책임편집 김용직

박용철 유필원고 자료집

朴龍喆 遺筆原稿 資料集

詩、評論、書簡、寫眞資料

깊은샘

이것은 박용철 시인이 생전에 써서 남긴 원고들과 사진들, 그 밖의 여러 정보자료를 담아 본 것이다. 널리 알려진 대로 박용철은 1904년 전남 광주 송정리에서 태어났다. 1930년대 초 『시문학』을 발간하면서 문학에 투신했다. 그는 본래 결바르고 충직한 사람이었던 것 같다. 본래 그는 이공계(理工系) 지망생이었으나 일단 문단활동을 시작하자 외곬으로 시를 쓰고 산문을 다듬었으며 문학 활동의 토대가 되는 잡지발간과 문예단체의 일에 심혈을 기울였다.

이 책의 전체 구성은 「사진자료」와 「유필원고」와 「부록」으로 되어 있다. 수록된 작품들은 박용철의 문필활동 가운데서 유의성이 크다고 생각되는 것들을 골라 엮은 것이다. 지금 유족들이 보관하고 있는 박용철의 유작 원고들은 이례적으로 그 양이 풍성하다. 그 가운데는 여러 권의 노트가 남아 있으며 원고지에 쓴 많은 양의 창작시와 번역시가 있다. 가족과 친지, 문우들과 주고받은 서간문과 비망기, 수상 등도 많다.

책을 엮기 위해서 우리는 몇 가지의 선별 기준을 만들었다. 우선 우리는 이 책을 박용철 시인의 문학세계가 기능적으로 부각되는데 보탬이 되도록 꾸며보고자 했다. 그런 기준에 따라서 시인의 작품성향이 잘 드러나는 것을 뽑아 본 것이다. 특히 서간문 가운데는 박용철 시인의 것이 아닌 문우들의 것이 포함되었다. 그것으로 박용철과 그들 시인 작가들의 작품 세계와 인간 관계가 새롭게 부각되지 않을까 기대해 본 것이다.

다음 또 하나의 기준으로 우리는 시와 산문 등 여러 양식에 대한 배분 문제를 감안했다. 예컨대 시조는 박용철이 본격적으로 매달린 양식은 아니었다. 그는 창작시를 위해 한국어 연습을 꾀한 듯하고 그 방법의 하나로 시조도 지은 듯 파악된다. 그럼에도 이 양식에 속하는 작품도 박용철이 시한 것은 우리 나름의 이유에서였다. 박용철이 시조를 썼을 때 그와 막역의 사이인 김영랑이 크게 반발을 했다고 한다. 그런 반대를 무릅쓰고 박용철이 시조를 써서 남긴 것은 그가 창작시를 위해 우리말과 시의 전통적 가락을 익히려 한 때문이다. 여기서 시조작품 원본이 제시된 것은 그런 사정이 감안된 결과다.

세번째로 이 책의 수록 기준이 된 것이 원고의 보존 상태와 거기에 담긴 정보·자료의 측면이었다. 전반적으로 유족이 간직하고 있는 박용철 시인의 원고들은 그 상태가 좋은 편이다. 그러나 그 대부분은 작품이 탈고된 때부터 어느새 7, 80년의 세월이 흘러가버렸다. 그 사이에는 일제 말의

각박한 식민지적 상황과 미증유의 대동란인 6·
25가 끼여있는 것이다. 거듭된 민족적 수난, 전란
의 소용돌이를 거치면서 박용철의 작품 원고 가운
데 심하게 마모되어 판독이 어려운 것도 생겼다.
이들을 우리는 부득이 유보하지 않을 수 없었다.
이와 아울러 박용철 시인이 끼친 원고 가운데는
초고 상태에서 손질이 가해진 자취가 드러나는 것
도 있다. 이들을 살피면 한 시인이 한 편의 시 작
품을 완성하기까지의 궤적이 포착된다. 그것으로
한 시인에 대한 작품 제작의식과 형태 해석, 기법
상의 특징이 기능적으로 설명될 수도 있는 것이
다. 이런 이유에서 우리는 확정된 원고보다는 그
이전의 자료들을 골라보았다.

머리에 나오는 사진 자료들은 박용철 시인의 생
전 모습을 담은 것과 그가 주재하여 간행한 잡지,
시집의 표지들이다. 다른 경우와 같이 여기서는
보관 상태가 좋은 것을 선별하여 수록했다. 「유필
원고」들은 양식에 따라 구분 수록을 했다. 그 순
서는 「창작시」, 「시조」, 「번역시」, 「평론」, 「서
간」 등이며 그 다음에 부록으로 시인의 문학세계
에 대한 비평이 첨가되었다. 부록편은 박용철의
문학을 분석 평가한 평론 「문학의 절대의식」,
의 미와 궤적」과, 박용철의 평론인 「조선 문학의
과소평가」를 검토한 「순수문학자의 조선문학 인
식」으로 이루어져 있으며 그에 이어 박용철의 문
단 활동 연보가 첨가되었고 연구서지를 실었다.

「작품편」에서 각 작품은 먼저 원본을 제시하였다.
그러나 책의 체제상 그것들은 실물 크기가 아니라
축소된 것이다.

이 책에 수록된 자료 가운데는 유일본들이 있으
며 그 밖에 희귀한 자료들이 적지 않다. 이들 여
러 자료는 박용철 선생의 미망인인 임정희 여사
께서 일제 말기의 각박한 상황과 6·25 동란의
소용돌이를 겪으면서도 소중하게 간직해 온 것들
이다. 이들 유고는 여사가 돌아가시고 난 후 유
족인 박종달 박사가 보관하여 오늘에 전하는 것
이다. 아껴 갈무림해 온 자료들을 제공해 준 유
족들에게 감사한다. 서울대학교 명예교수이신 李
基文 선생님은 초판 『정지용시집』과 『영랑시집』
의 표지를 빌려주셨다. 이 밖에도 이 책을 만들
기 위해 우리는 많은 분들의 도움을 받았다. 귀
중한 자료들을 이용하도록 해 준 모든 분들에게
깊이 감사한다. 이 책이 나오기까지에는 대산문
화재단의 지원이 큰 힘이 되었다. 지금 출판계는
공전의 불황이라고 한다. 그런 상황을 무릅쓰고
이 책의 출판을 흔쾌하게 맡아 준 「깊은샘」의 후
의에 대해서도 고개를 숙인다.

2005년 3월 25일
책임편집 김용직

1 각 작품 자리에는 활자본을 제시했다. 이 때, 표기는 원칙적으로 원형대로 했다. 다만 된시옷의 경우에 한해서만 쌔와 같이 구식 절차를 해소했다. 이와 아울러 띄어쓰기는 1939년도에 나온 시문학사판 『박용철 전집』에 준해서 썼다. 작품의 자의적인 개작에서 일어날 훼손을 막기 위해서 그 밖의 손질은 일체 가하지 않았다.

2 모든 작품에는 주석을 붙였다. 이 때의 기준이 된 것은 난해 어구와 오자, 탈자가 난 경우이며 또한 고어와 방언의 경우에도 그에 대한 풀이로 주석이 첨가되었다. 다만, 본문에 구식 철자로 된 부분이 나오는 경우에도 그것이 상식의 선에서 판독이 가능한 경우가 있다. 이때에는 별도로 주석을 달지 않았다.

3 본문의 한자들은 원칙적으로 그 독음을 한글로 달았다. 그밖에 영어·독일어 등의 외래어가 쓰인 경우에는 필요하다고 생각되는 것에만 풀이를 붙였다. 그러나 일상 쓰이는 외래어에 대해서는 별도로 해석을 붙이지 않았다. 일어나 한자어의 경우에도 이 원칙은 그대로 적용되었다.

4 원고 내에서 본래의 싯구 옆에 작게 써 놓은 시어와, 원고지 가장자리에 새로이 첨가된 싯구들은 제 위치에 표시하고, 필요한 경우 주석처리하였다.

5 각 작품의 원고 가운데는 판독이 불가능한 경우와 오자, 탈자가 나온 예가 있다. 이들은 가능한 한 바로잡았다. 끝내 해독이 불가한 경우에는 그 주석을 통해서 「미상」으로 처리했다. 그 밖의 원본 정리과정에서 생기는 문제들도 그에 준하는 입장을 취했다.

6 번역시의 하단에 적힌 숫자는 원고 작성 날짜로 추정된다. 또한 그 하단에 적힌 독일어는 해당 작품을 수록한 원전 시집을 의미한다.(L。I :「서정적 간주곡, Lyrisches Intermezzo」, N。F :「새봄, Neuer Friihling」, Lieder :「노래책, Buch der Lieder」)

  이 책에 수록된 것 이외에도 박용철 시인의 유작 원고와 그 밖의 자료들은 매우 많다. 이를테면 이번 자료집 발간은 박용철 관계 자료의 1차 정리작업에 해당한다고도 말할 수 있는 것이다. 여기에 그치지 않고 앞으로도 2차, 3차에 해당되는 작업이 지속적으로 이루어지기를 바란다.

목차

사진자료

1930년대 중반기경 초상。

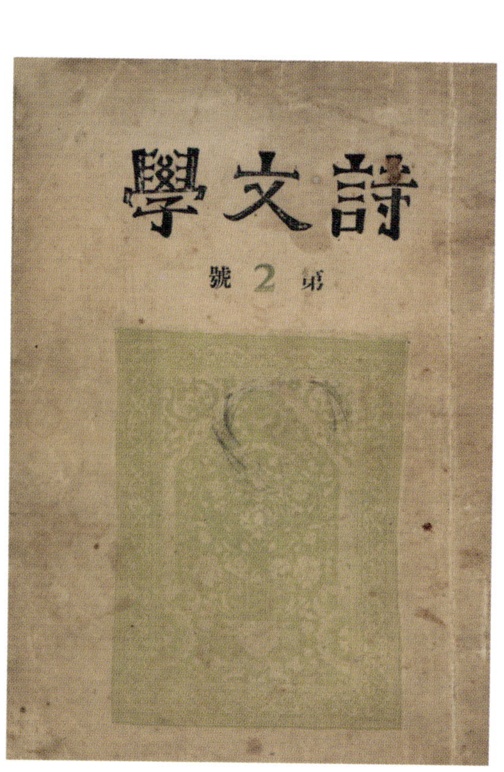
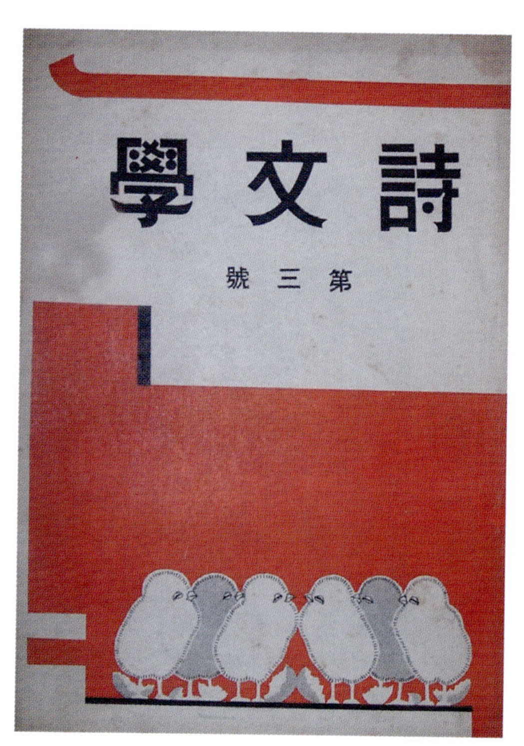

1930년 3월 ~ 1931년 10월까지 발행된 『시문학』 표지.

■ 『시문학』 1~3호(1930. 3 ~ 1931. 10)

박용철의 출자주재로 간행된 순수시 전문지(1930. 3. 5~193
1. 10. 10). 국판. 50면 미만. 시문학사 발행. 통권3호. 주요 동인은
박용철, 김영랑, 정지용, 정인보, 신석정, 이하윤 등. 『시문학』은 불과
3호밖에 안 나왔지만 그것의 문학사적 의의는 크다. 우선 카프를 중심
으로 한 프로문학의 목적의식 경향, 도식성과 획일성에 대항하여 순수문
학을 옹호한 모태가 되었다. 시를 언어의 예술로 승화시키고 참된 현대
시의 시발점을 이룩한 것도 『시문학』이다. 『시문학』의 시적 특성은 ①
과거의 애매한 형태에서 벗어나서 시작(詩作)을 하나의 예술적 결정체로
인식한 점, ② 시어에 대한 고도의 세련미를 얻기를 기했고, ③ 시의 음
성 구조와 의미 구조의 조화와 새로운 개척, ④ 신선한 비유와 선명한
이미지를 제시한 것과 아울러 음악성도 추구한 점등이 주목된다.

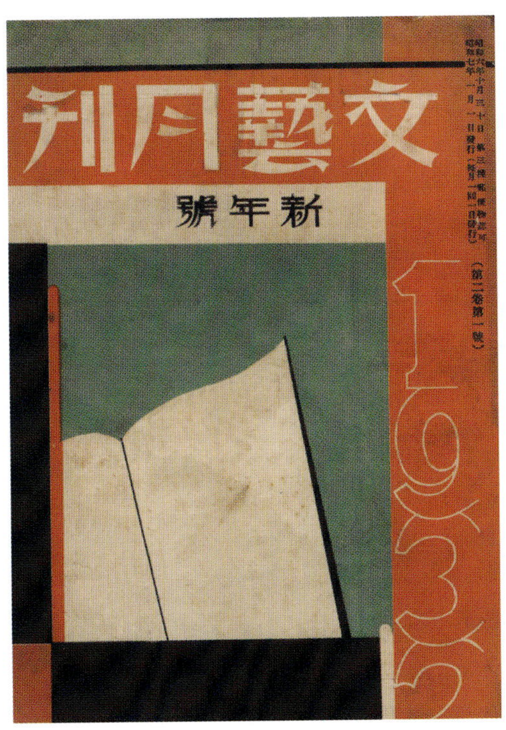

1931년 11월~1932년 3월까지 발행된 『문예월간』표지.

■ 『문학』 1~3호(1933。12 ~ 1934。4)

박용철 편집 주재로 발행된 순문예잡지(시문학사, 1933。12~1934。4). 국판, 37면 정도, 통권 3호 발행. 『문예월간』에 이어 간행한 문예지로 박용철이 주재한 제3차 문학잡지에 해당된다. 『시문학』, 『문예월간』 등과 꼭같이 박용철 개인의 출자로 간행되었다.

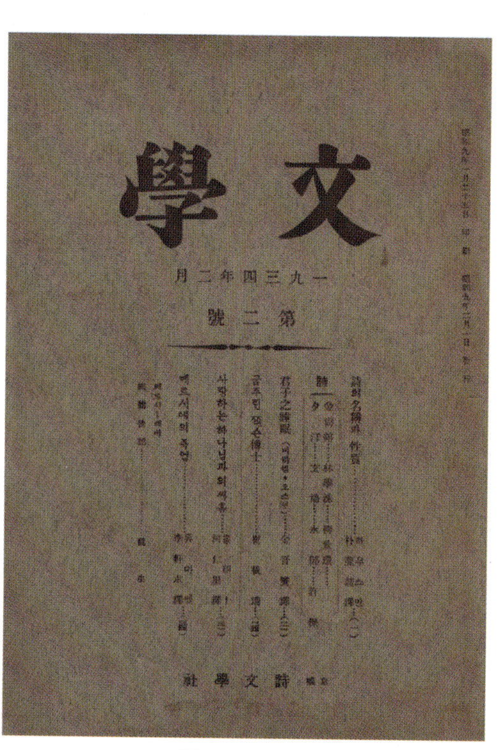

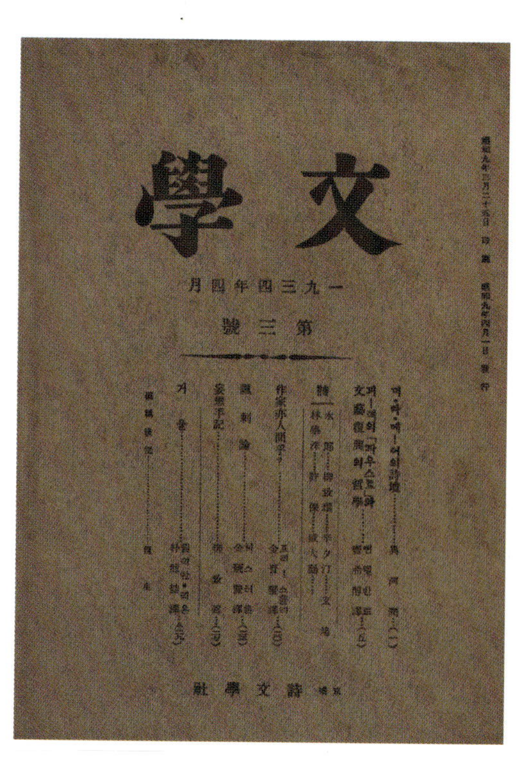

1933년 12월~1934 4월까지 발행된 『문학』 표지。

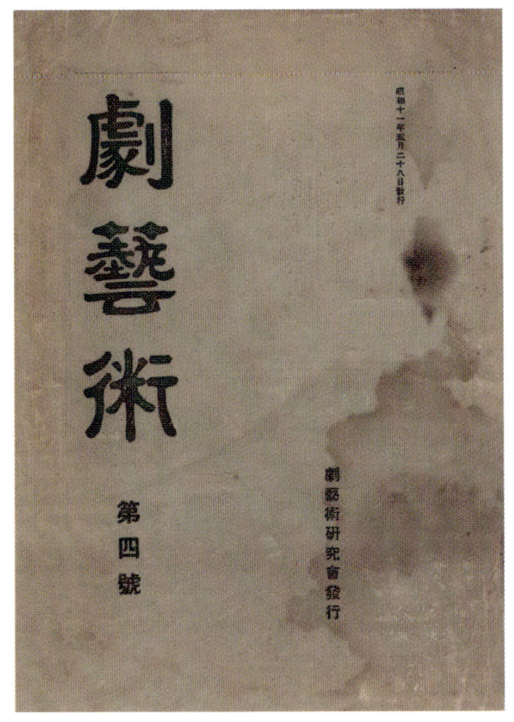
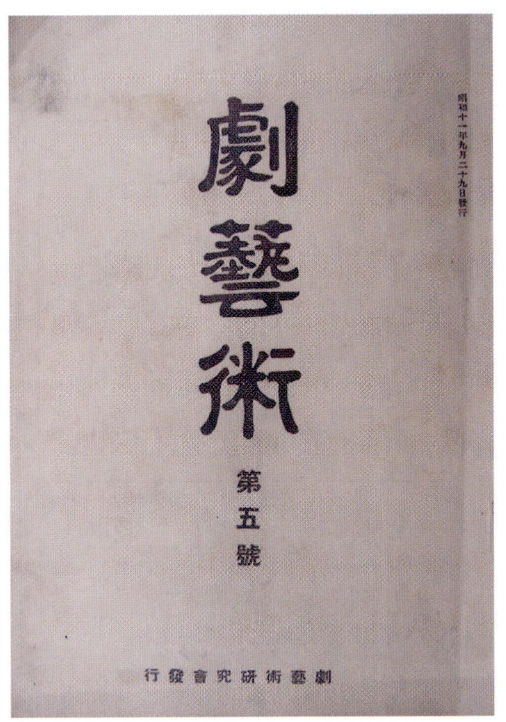

1934년 4월~1936년 9월까지 발행된 『극예술』 표지.

1941년 시문학사 발행 『정지용시집』 초간본。

1935년 시문학사 판, 『영랑시집』 초간본。

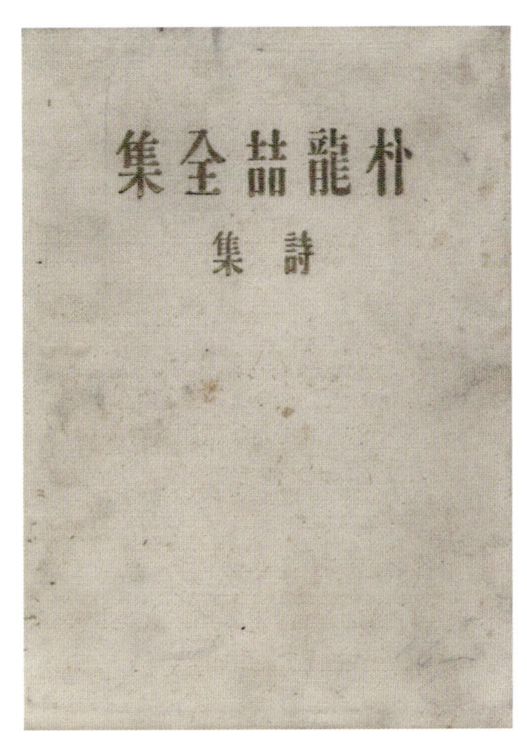

1940년에 발행된 『박용철전집(시집)』 표지。

1940년에 발행된 『박용철전집(평론집)』 표지。

아오야마(靑山學院)시절。

고종황제 인산때 가운데 흰두루마기를 입
은 모습。

아오야마(靑山學院)시절 후열 우측 끝。

아오야마학원 시절。뒷줄 오른쪽

동경외국어학교 시절。뒷줄 왼쪽에서 두번째

동경 유학시절 김영랑과 함께

왼쪽부터 김수임, 이양숙(용아의 동생인 남철의 부인), 미상, 임정희(용아 미망인)

◀ 연희전문 시절 염형우, 윤심덕과 함께

▼ 연희전문 시절, 뒷줄 왼쪽에서 첫번째

『시문학』 동인 창립 기념사진. 1929년, 앞줄 왼쪽부터 김영랑, 정인보, 변영로, 다음 줄 왼쪽부터 이하윤, 박용철, 정지용。

1930년대 후반 문우들과 함께。 앞줄 왼쪽부터 이헌구, 최옥희, 장기제, 김광섭。 다음줄 왼쪽부터 박용철, 함대훈。

극예술 회원과 함께 송전해수욕장에서 앞줄 왼쪽부터 김일영, 종달(박용철의 장남), 유치진, 뒷줄 왼쪽부터 장익봉, 박용철, 정인섭, 오시영.

청산학원 재학시 학우들과 함께。후열 좌측 첫 번째。

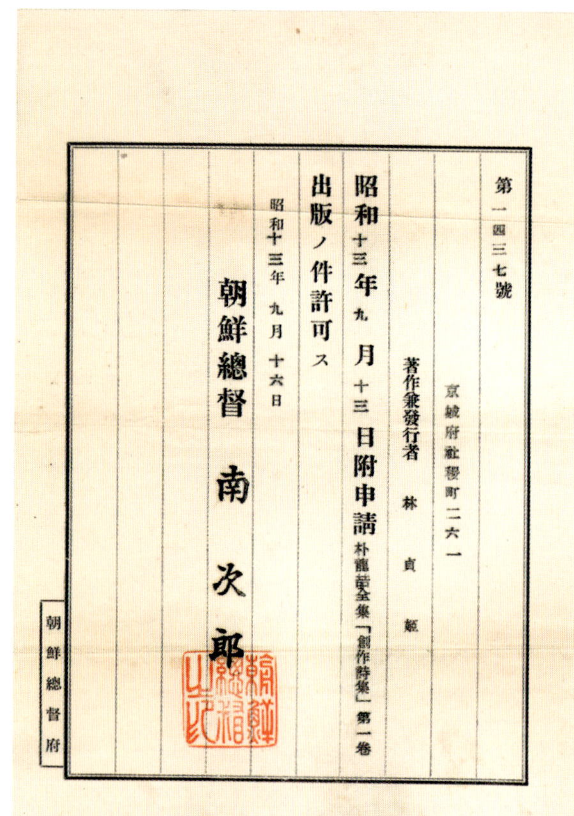

第一四三七號

京城府社稷町二六一

著作兼發行者

林　貞姬

昭和十三年九月十三日附申請

朴龍喆全集「創作詩集」第一卷

出版ノ件許可ス

昭和十三年　九月十六日

朝鮮總督　南次郎

朝鮮總督府

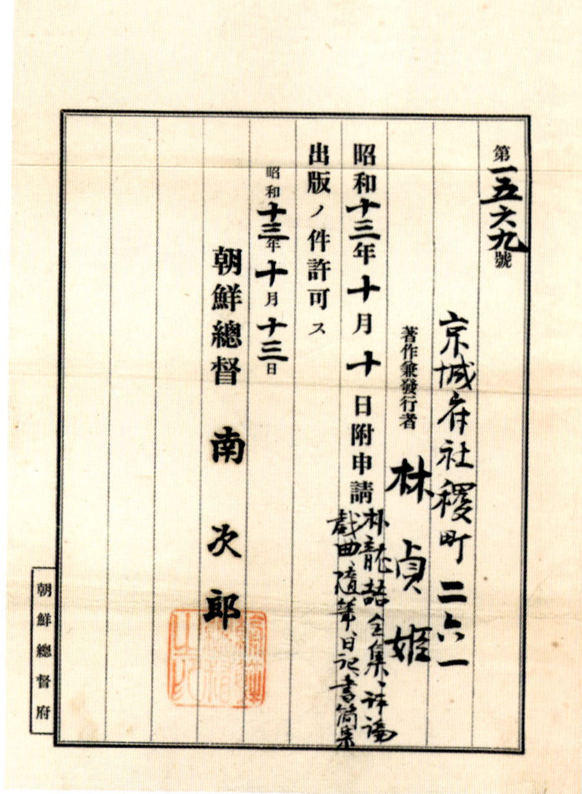

第一五六九號

京城府社稷町二六一

著作兼發行者

林　貞姬

昭和十三年十月十日附申請

朴龍喆全集、評論、戲曲、隨筆、日記、書簡集

出版ノ件許可ス

昭和十三年十月十三日

朝鮮總督　南次郎

朝鮮總督府

『박용철전집』 출판허가서, 조선총독 미나미(南次郎)의 직인이 찍혀 있다. 이것은 일제의 언론 통제 상황을 증명해 준다.

창작시

밤 기차에 그대를 보내고

i

온전한 어둠가운대 사라져 버리는
한낮[1] 촛불이여.
이 눈보라 속에 그대 보내고 도라서 오는
나의 가슴이여.
쓰린 듯 부인듯[2] 한데 뿌리는 눈은
드러[3] 안겨서
발마다 밋그러지기 쉬운 거름[4]은
자최 남겨서.
머지도 안은앞이 그저 아득 하여라.

ii

밧을 내여다 보려고[5] (생각기에)[6], 무척 애쓰는
그대도 서르렷다[7].
유리창 검은밧게 제얼골만 비처 눈물은
그렁그렁 하렷다.
내방에 들면 구석구석이 숨겨진 그눈은
내게 우스렷다.
목소리 들리는듯, 성그리는듯[8] 내살은
부댓기럿다.
가는그대 보내는나 그저 아득 하여라.

---

1 한낮 : 한날. 하잘것없는.
2 부인 듯 : 가슴이 텅 빈 듯 허전한 느낌.
3 드러 : 들어.
4 거름 : 걸음.
5 내여다 보려고 : 내다 보려고.
6 『박용철전집』에서는 삭제됨.
7 서르렷다 : 서러우렷다. 전남방언으로 〈서럽다(서르와서)〉, 〈서름〉, 〈서러서〉, 〈서러와서〉 등으로 쓰임.
8 성그리는듯 : 성을거리는 듯. 천연한 태도로 연해 가볍게 눈웃음치는 듯.

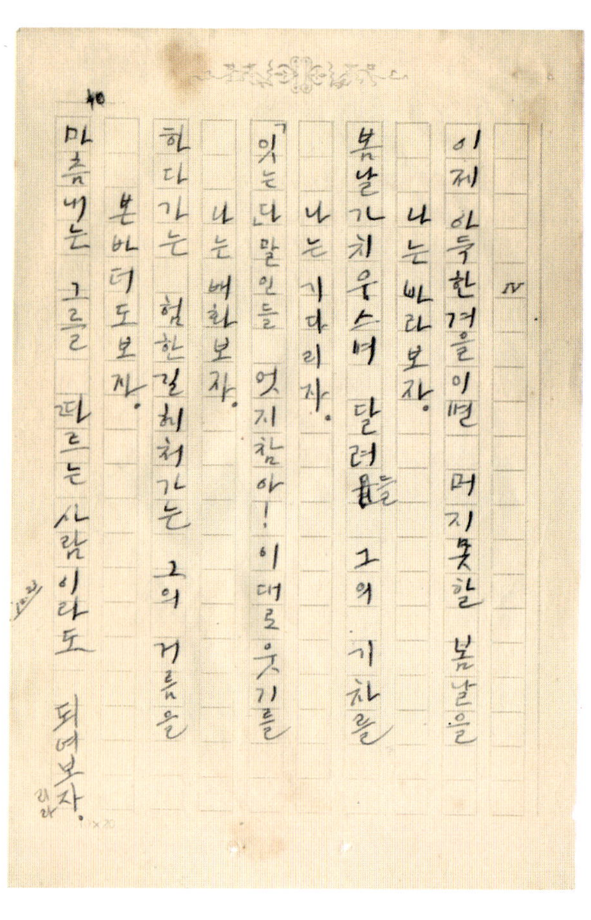

iii

어러부튼 바다에 쇄빙선[1]가치 어듬을
헤처 나가는 너.
약한정 후리처 떼고 다만 밝음을
차저 가는 그대.
부서진다 놀내라 두줄기 퀘도를
타고 달니는 너.
죽엄[2]이 무서우랴 힘잇게 사는길을
바로 닷는[3] 그대.
시러가는 너 실려가는 그대 그저 아득하여라.

iv

이제 아득한 겨을[4]이면 머지못할[5] 봄날을
나는 바라보자.
봄날가치 우스며 달려들 그의 기차를
나는 기다리자.
「잇는다」말인들 엇지 참아![6] 이대로 웃기를
나는 배화보자[7].
하다가는 험한길 헤처가는 그의 거름을
본바더도보자.
마츰내는 그를 따르는 사람이라도 되여 보자.

12.
23

리라

1 쇄빙선‥碎氷船。바다나 강의 얼음을 깨고 길을 내는 배。
2 죽엄이‥죽음이。
3 닷는‥닫는。빨리 가는。달리는。
4 겨을‥겨을。
5 머지못할‥멀지않을。
6 어찌참아!‥어찌 차마! 애틋하고 안타까워서 감히 어찌。
7 배화 보자‥배워 보자。

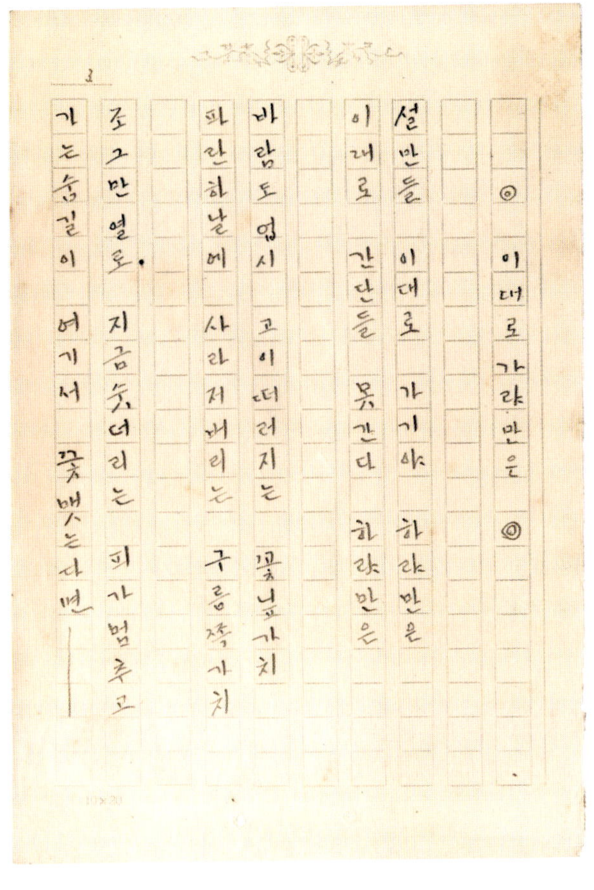

이대로 가라마는

설만들[1] 이대로 가기야 하랴마는
이대로 간단들 못간다 하랴마는
파란하날에 사라저버리는 구름쪽가치
바람도 업시 고이떠러지는 꽃닙파가치
조그만 열로 지금 숫더리는[2] 피가 멈추고
가는[3] 숨길이 여기서 꽃맺는다면—

아— 얇은빛 드러오는 영창아래서
참아 흐르지못하는 눈물이 왼가슴에
저저나리네

九, 五, 29 서운한시

1 설만들 :: 설마인들. 아무리 하기로인들.
2 숫더리는 :: 떨떠이는. 두근거리는.『시어사전』(김재홍),
   『박용철시집』(1968)에는 <수더리는>으로 잘못 표기
   되어 있음.
3 가는 :: 『박용철전집』에는 <가늘>으로 되어 있음.

싸늘한 이마

i

큰 어둠가운대 홀로 밝은불 혀
고 안저잇스면 모도 빼앗기는듯
한 외로움
한 포기 산꼿이라도 잇스면 얼마
나 한 위로이라

ii

모도 빼앗기는듯 눈덥개 고이 나
리면 환한 왼몸은 새파란불 부터
잇는 린광
깜안 귓도리하나라도 잇스면 얼마
나 한 깃붐이라

---

1 혀고 : 켜고. 〈혀다〉는 〈켜다〉의 고어.
2 모도 : 모두. 전남방언.
3 산꼿 : 산(山)꼿.
4 고이 : 곱게.
5 왼몸 : 온몸.
6 린광(燐光) : 어두운 곳에서 드러나 보이는 청백색의 미광.
7 깜안 : 까만. 〈검은〉의 작은 말.
8 귓도리 : 귀뚜라미. 〈귀또리〉가 전남방언.

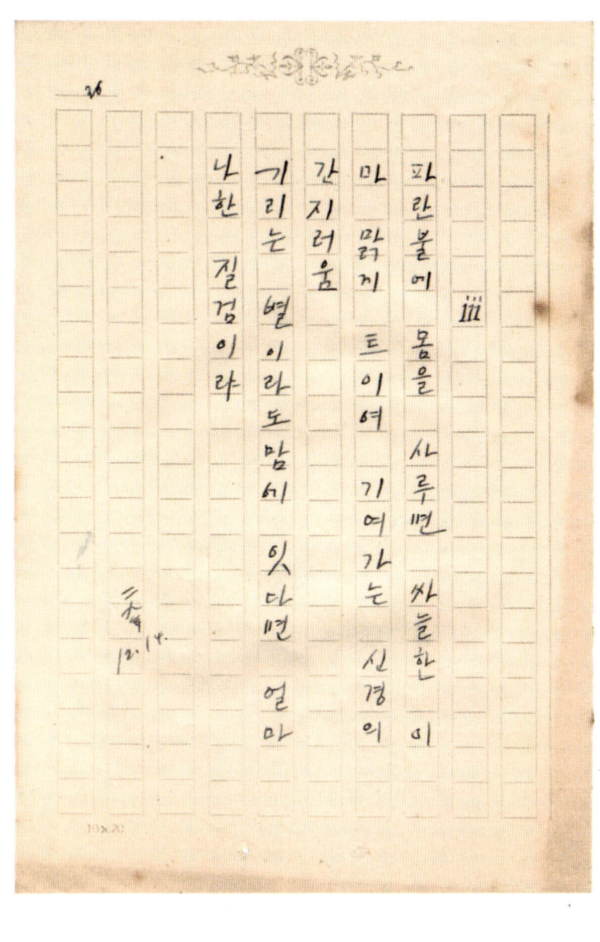

iii

파란불에 몸을 사루면 싸늘한 이
마 맑게 트이여 기여가는[1] 신경의
간지러움
기리는[2] 별이라도 맘에 잇다면 얼마
나 한 질겁이랴[3]

1 기여가는 : 기어가는
2 기리는 : 그리는. 그리워하는.
뜻의 〈기립다(기리워서)〉가 잇음. 전남방언에 〈그립다〉는
3 질겁이랴 : 즐거움이랴.

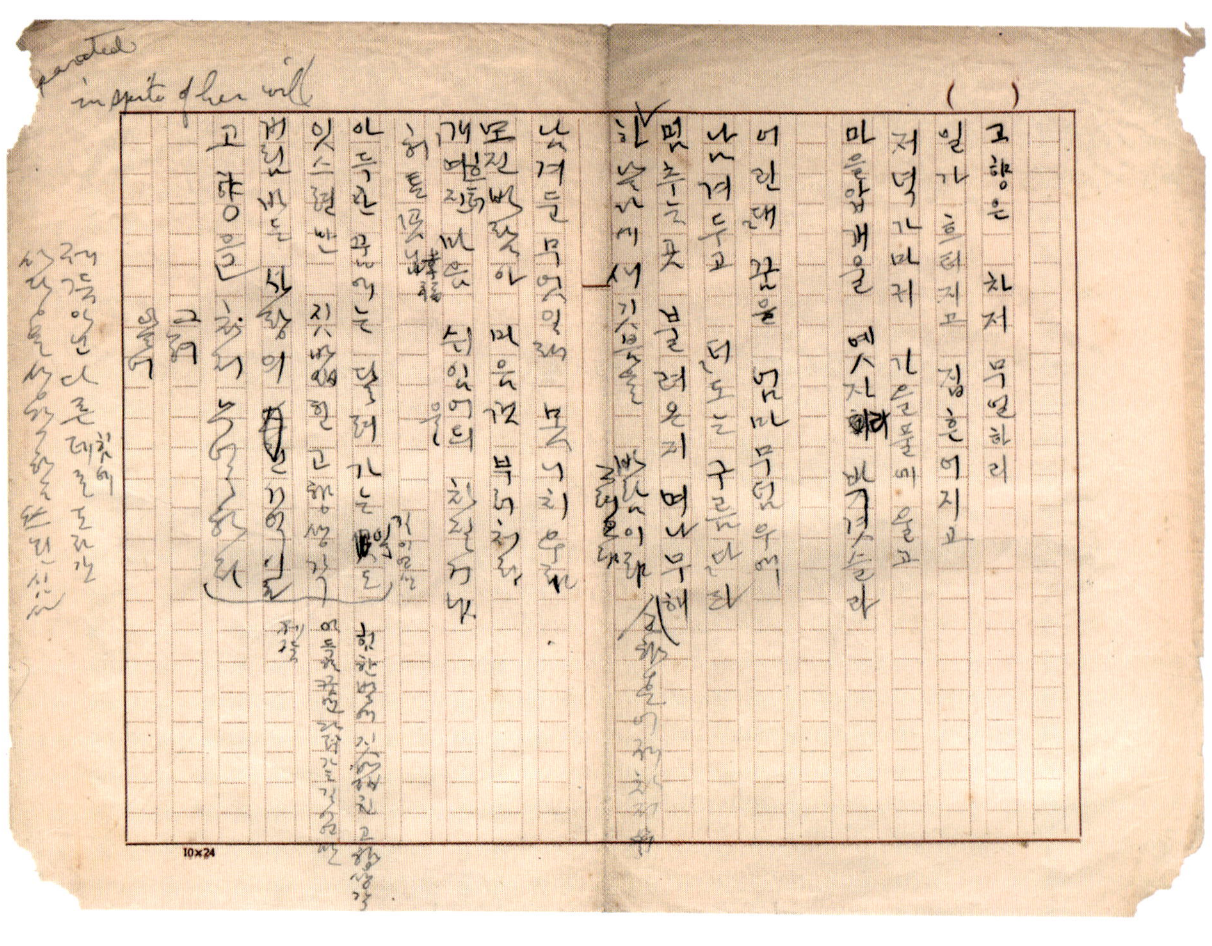

고향은 차저 무얼하리
일가 흐터지고 집흔어지고
저녁 가마귀 가을풀에 울고
마을압 개울 옛자리 박겻슬라.

어린때 꿈을 엄마 무덤우에
남겨두고 떠도는 구름따라
멈추는곳 불려온지 여나무해
고향은 이제 차저 무얼하리.

하날가에 새 깃븜을 바람이라
그려보라
남겨둔 무엇일래 못니치우랴
모진바람아 마음껏 부터처라
깨여진 마음 쉬임어되 차질거냐.

아득한 꿈에는 달려가는 일도
잇스련만 짓밟힌 고향생각
버림바든 사랑의 기억이라
고향을 차저 무얼하리

제뜻 아닌 다른데 도라간
사랑을 생각하는 쓰린심사

비 나리는 날

세염도업시[1] 왼하로[2] 나리는비에
내맘이 고만 여위여가나니
앗가운 갈매기들은 다저저 죽엇겟다

12.
15

1 흐터지고 : 흘어지고
2 집흐터지고 : 집무너지고.
3 박겼슬라 : 바꿔었을라
4 여나무해 : 여남은 해. 10여 년.
5 2연 넷째행 〈고향은 이제 찾아 무얼하리〉가 지워짐.
6 바람이라 : 『박용철전집』에서 〈기쁨을 그리어보라〉가
됨.
7 〈깨여진 마음〉 왼쪽에 〈흐튼꼿닙, 幸福〉이 보임.『박용
철전집』 : 〈흘어진 꽃닙 쉬임어디 찾는다냐〉
8 『박용철전집』 : 〈험한 발에 짓밟힌 고향생각〉
9 『박용철전집』 : 〈─아득한 꿈엔 달려가는 길이언만─〉
10 『박용철전집』 : 〈서로의 굴은뜻을 남게 앗긴〉
11 『박용철전집』 : 〈옛사랑의 생각같은 쓰린 심사여라.〉
12 원고 말미의 두 줄.

1 세염도없이 : 하염없이. 쉴새없이
2 왼하로 : 온종일. 온하루.

비

아모러치도 안은 비가 주룩주룩 나려와서 …
쉬일 줄도 모르고 일도 업시 나려와서 …
나무를 집웅을 고만이[1] 세워 노코 축여준다
누가 우러보낸 물아니고 설기야 무어서르리마
는 …

저기 가는 나그내는 누구이길래 발자최[2]에 물
이 괸나니 …
마음 잇는 듯 업는 듯 공연한 비는 주룩주룩
한결가치 나려와서 …

나의 마음은 반드기는[3] 입사귀보다 더한들리
여[4] …
발근 불 혀 노은[5] 그대의 방을 무연이[6] 싸고
돈단다 …

1 고만이 :: 가만히
2 발자최 :: 발자취
3 반드기는 :: 〈번득이는〉의 작은말.
4 한들리여 :: 흔들리어
5 노은 :: 놓은
6 무연이 :: 뜻밖의 일로 넋을 잃고 멍한 모양. 撫然。

시집가는 시악시[1]의 말

나는 이제 가네.
눈물 한줄도 아니 흘리고 떠나가려네.

어머니, 치마로 눈을 가리지마시오[2].
너이들도 다 잘 잇거라.
새벽빛이 아즉도 히미해서[3] 얼골들이 눈에 서
투르오[4].
다시 한번 눈이라도 익여둡시다[5].
남의 마음이 흔들리기 쉬운줄도 모르고.

공연히 수선거리지들 마러오.
황토 붉은 산도[6] 푸른 잔듸밧도 다 잘 잇거라.
잔자갈[7] 시냇물도 잘 노라라.
— 가면 아조가나, 잔사정[8] 작별을 이리하게
봉선화야 너는 거년[9]까지 내손가락에 물드리
엿지[10].

아, 순이야, 금이야, 남이야, 빗나든철[11]의 동모들

---

1 시악시 : 새색시, 색시. 전남방언으로 〈시악시〉、〈새악시〉、〈새아씨〉가 있음.
2 마시오 : 『박용철전집』 — 마서요
3 히미해서 : 희미해서.
4 서투르오 : 익숙하지 못하오.
5 익여둡시다 : 익혀둡시다.
6 황토 붉은 산도 : 黃土 붉은 산도. 『전집』에는 〈산아〉
7 잔자갈 : 잘거나 가는 돌.
8 잔사정 : 자잘한 속사정.
9 거년 : 去年。지난해、작년.
10 물드리엿지 : 물들이었지
11 빗나든철 : 빗나던 시절.

이제는 동모라는 말조차 써볼데가 업겟고나.
너이들 따—느린[1] 머리를 어듸좀 만저 보자.

붉은단기[2] 울넘으로[3] 번듯이든 자랑스러움,
거리길에 조금업시 굴러가든 너이들 우슴,
이것이 어느새 남의 일가치 이약이 될줄이야!
손하나 타지안코[4] 산골에 맑은 한나리꼿송이
가치,
매인데 굽힐데업시 자라나든 큰아기시절을
내이제 뒤으로 머리돌녀 앗가워 할줄이야!

눈물은 내서 무엇하느[5],
가고야 마는 것을! 가면 아조 가라만은.
남는 너희나 그대로 잇서지다고[6], 내다시 볼때
까지.

아버지 이길은 무슨 길이길래,
　　　　　그러기레
눈물에 싸여서라도 가고 보내는 마련[7]이래요?
마른님은 부는 바람에 불려야만 되나요?
손에달코 눈에익은 모든것을 버리고
아득한 바다에 몸을 띄워야만 새살님길인가요?

1 따—느린 :: 땋아 늘인
2 단기 :: 댕기. 여자의 길게 땋은 머리 끝에 드리는 헝겊
이나 끈.
3 울넘으로 :: 울타리 너머로
4 타지안코 :: 사람 손이 닿지 않아 순결한 상태.
5 무엇하느 :: 무엇하니
6 있어지다고 :: 있어지다고.
7 마련 :: 당연히 그리하게 되어 있음.

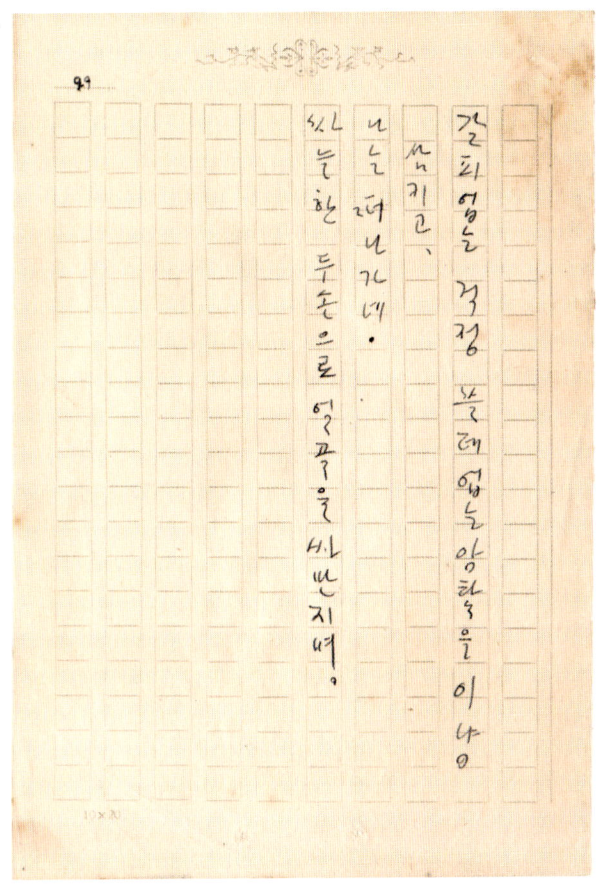

갈피없는─ 걱정 쓸데없는앙탈을 이냥[2]
삼키고、
나는 떠나가네。
싸늘한 두손으로 얼골을 싸 만지며。

1 갈피없는∷ 갈피를 못 잡는。마음을 안정하지 못하고 갈팡질팡하는。
2 이냥∷ 이대로。

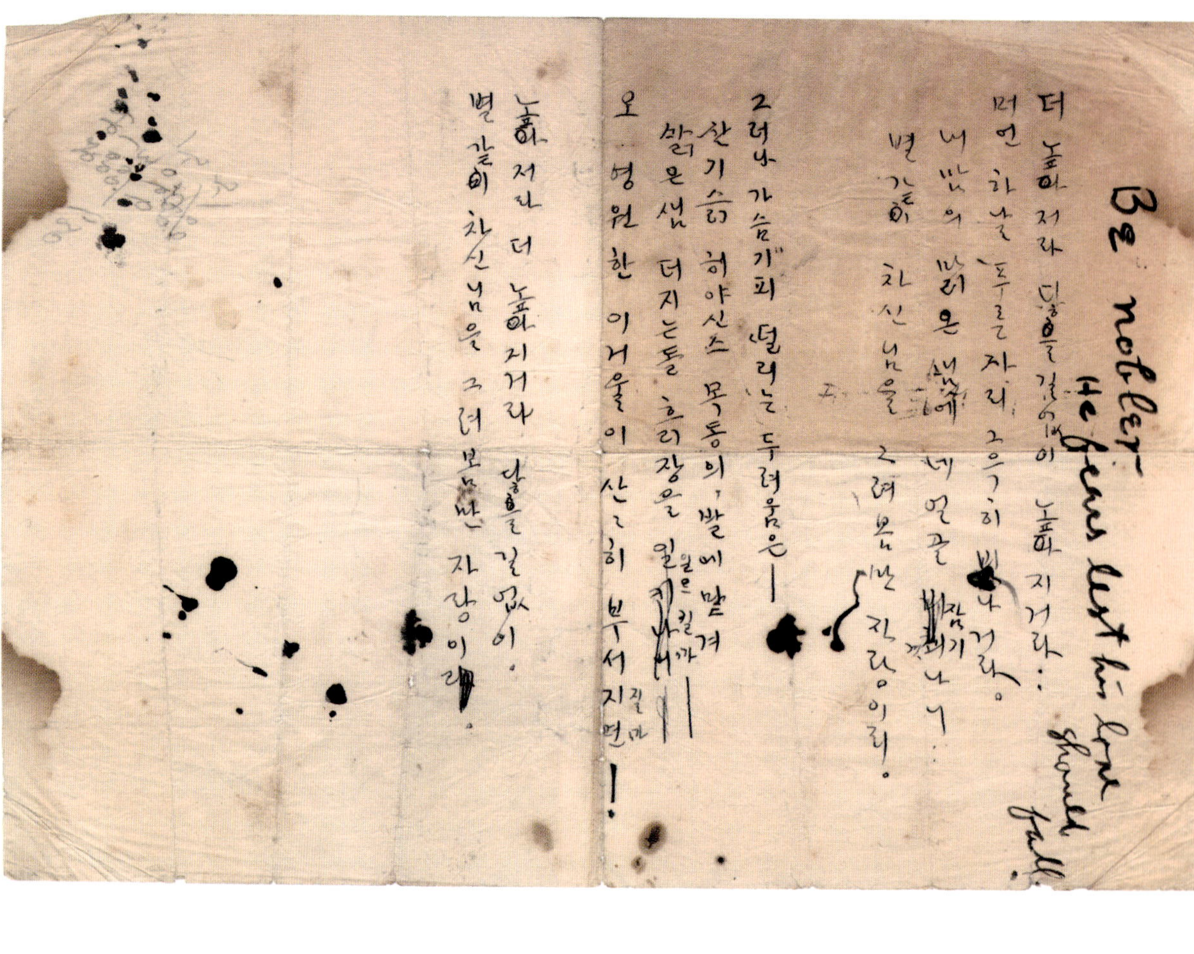

Be nobler[1]
He fears lest his love should fall[2]。

더
높아저라 더 높아 지거라……
머언 하날 푸른자리 그윽히 빗나거라
내 맘의 맑은 샘에 네 얼골 잠기나니
별같이 차신님을 그려봄만[3] 자랑이리

그러나 가슴기피 떨리는 두려움은—
산기슭 히야신스 목동의 발에 말겨
맑은샘 더지는돌[4] 흙장[5]을 일으킬까—
질까
오 영원한 이거울이 산산이 부서지면!

높아저라 더 높아지거라 닿을길없이
별같이 차신님을 그려봄만 자랑이리.

1 Be nobler : 더 고귀해지거라. 여기서는 높아져라라의 의미가 강함
2 He fears lest his love should fall : 그는 사랑에 빠질까봐 두려워한다.
3 그려봄만 : 그리워해 보는 것만.
4 더지는돌 : 던지는 돌.
5 흙장 : 흙탕물.

絶望에서

나는 이제 絶望의 흙속에
파물혀 엎드린 한개의 씨
아— 한없는 어둠……
과 고요……

그러나 그러나
나는 고개를 든다
천천이 천천이
천천이 천천이

그러나 힘있게 우으로
나는 머리를 밀어 올린다……

나는 숨을 쉬었다 地球를 나는 뚤헛다—[1]
나는 팔을 뻗친다—
나는 다리를 뻗친다—
아— 나는 이제 아츰해[2] 비췬[3] 언덕우에
두팔 처드러 왼몸 훨신[4] 펴고 서잇는
오— 서잇는 사람이로라

---

1 다음 행인 〈地球를 나는 뚤헛다〉가 삭제됨.
2 아츰해 : 아침해.
3 비췬 : 비친.
4 훨신 : 훨씬. 정도 이상으로 매우 많이.

希望과 絕望은

어느 해와 달에 끄을림이뇨
내 가슴에 밀려드는 밀물 밀물

등실한[1] 水面은 기름가치 소사올라
두어 마리 갈매기[2] 어긋저 서로 날고
난다

돗폭은 바람가득 먹음어
만리ㅅ길 떠날 차비한다[3]

그 순간을 스치는 한쪽 구름
가슴은 폭 내려안고 깃발 꺽거지며
험한바위 도로다[4] 제얼골 드러내고
검정 뻘은 죽엄의 손짓조차 업다

남은 웅덩이에 파닥거리는 고기들
도라봄도업시[5] 몸을 내던진 海草들
기다림

---

1 등실한 :: 둥글고 여유있는.
2 『전집』에 수정한 것으로 되어 있음.
3 차비한다 :: 差備한다. 마련한다.
4 도로다 :: 도로 다. 먼저와 같이.
5 도라봄도업시 :: 돌아 보지도 않고. 본래와 같이. 『전집』에는 〈기다림도 없이〉로 되어 있음.

우연은 머리칼처럼 헝크러지도 안햇거니
너는 무슨 낙시[6]를 오히려 드리우노[7]

히망과 절망의 두 등허기[8] 사이를
시게추가치[9] 건네질하는[10] 마음씨야

詩의 날랜 날개로도 따를수업는
거름빠른 슬레잡기야 이 어리석음이야

절로 드러오며 다시 나가며 부질없는 이 呼吸
너는 그래 六月 소보다 더 헐더 그릴뿐이나[11]

六月소보다 더힘드는 이 호흡을
너는 정말 무슨 힘애 끄을려 드내쉬느뇨[12][13]

---

6 낙시 : 낙시.
7 드리우노 : 드리우느냐.
8 등허기 : 언덕. 전남방언에 〈언덕〉을 〈등치기〉라 함.
9 시게추가치 : 시계추같이.
10 건네질하는 : 건너서 왔다갔다하는. 〈건너다〉의 전남방언은 대부분 〈건네다〉임.
11 〈부질업는 이 呼吸〉 우측에 〈철업는〉이 지워짐.
12 헐더 그릴뿐이나 : 헐떡거릴 뿐이냐.
13 〈六月소보다 더 힘드는 이 호흡을 너는 정말 무슨 힘에 끄을려 드러내쉬느뇨〉 — 작품 끝에 적는 비망기.

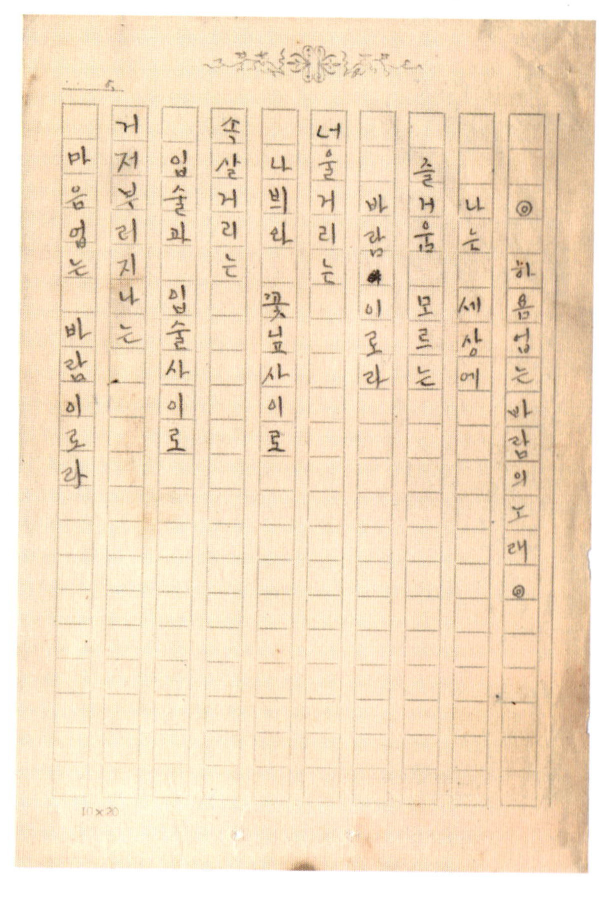

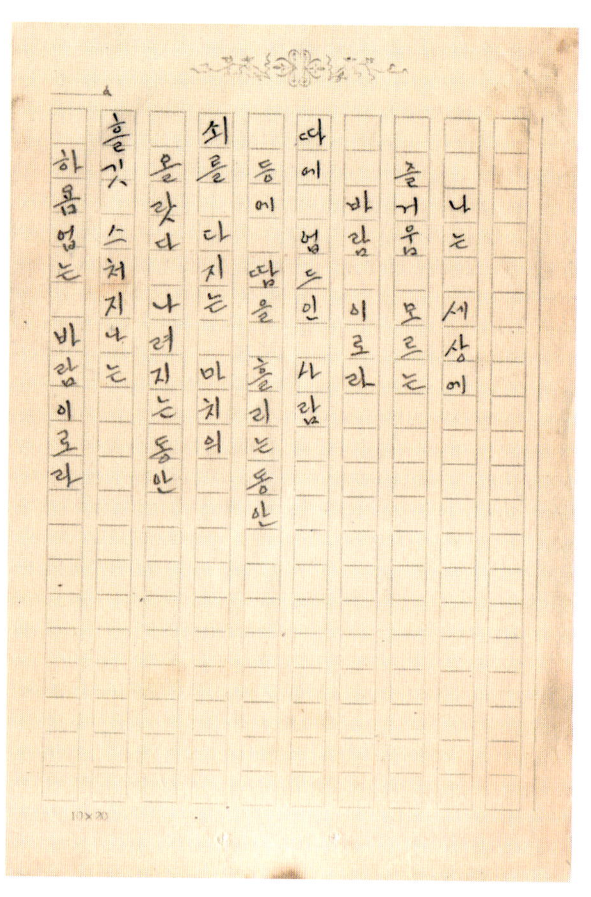

하욤업는¹ 바람의 노래

나는 세상에
즐거움 모르는
바람 이로라
너울거리는
나븨²와 꽃닙사이로
속살거리는
입슬과 입슬사이로
거저³부러지나는
마음업는 바람이로라

나는 세상에
즐거움 모르는
바람 이로라
따에 업드인⁴ 사람
등에 땀을 흘리는동안
쇠를 다지는 마치⁵의
올랏다 나려지는동안
흘깃 스처지나는
하욤업는 바람이로라

---

1 하욤업는 :: 하염없는. 이렇다고 할 만한 아무 생각이 없는.

2 나븨 :: 나비.

3 거저 :: 아무런 노력이나 댓가 없이.

4 업드인 :: 엎드린

5 마치 :: 망치.

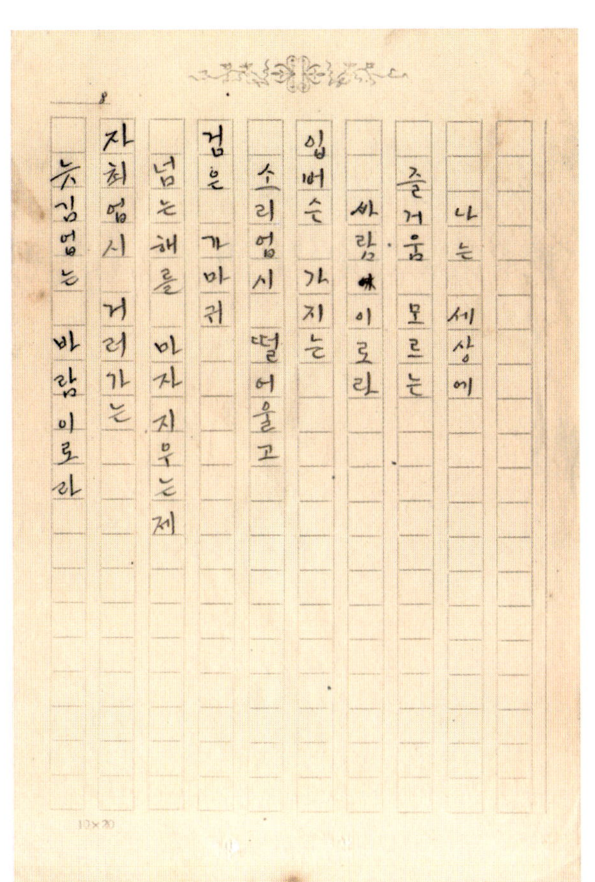

나는 세상에
즐거움 모르는
바람이로라

누른 이삭은
고개숙이여 가지런하고
밝안[1] 사과는
산기슭을 단장한곳에
한숨가치[2] 옴겨가는
어듬업는[3] 바람이로라

나는 세상에
즐거움 모르는
바람이로라

입버슨[4] 가지는
소리업시 떨어울고
검은 가마귀
넘는 해를 마자[5]지우는제
자최업시[6] 거러가는
늣김업는[7] 바람이로라

---

1 밝안 ‥ 밝간. 붉은.
2 한숨가치 ‥ 한숨같이.
3 어듬업는 ‥ 얼음이 없는.
4 입버슨 ‥ 잎 벗은. 낙엽이 된.
5 마자 ‥ 마저. 전부. 남음이 없이 모두.
6 자최업시 ‥ 자취없이. 〈마자〉외에 〈마작〉, 〈마적〉이 있음.
7 늣김업는 ‥ 느낌이 없는. 감각을 잃음.

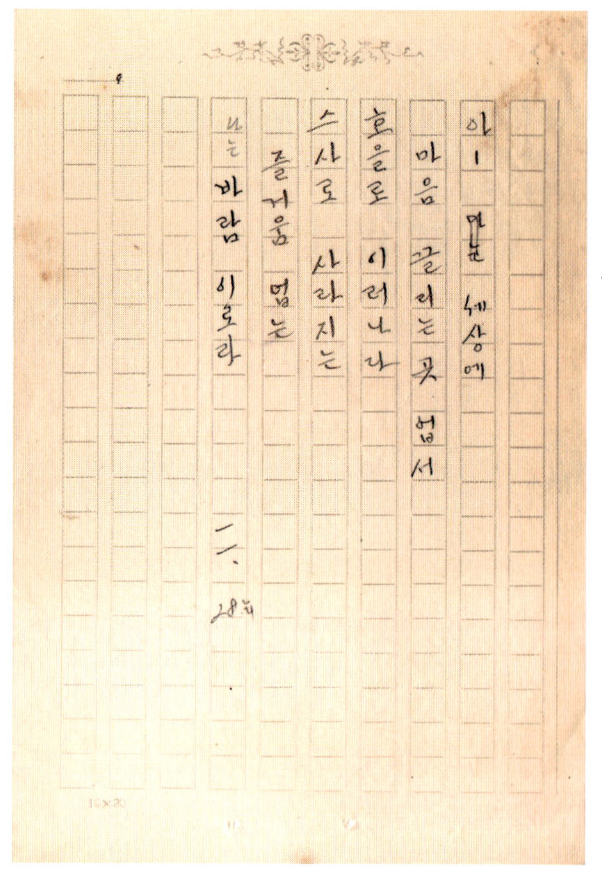

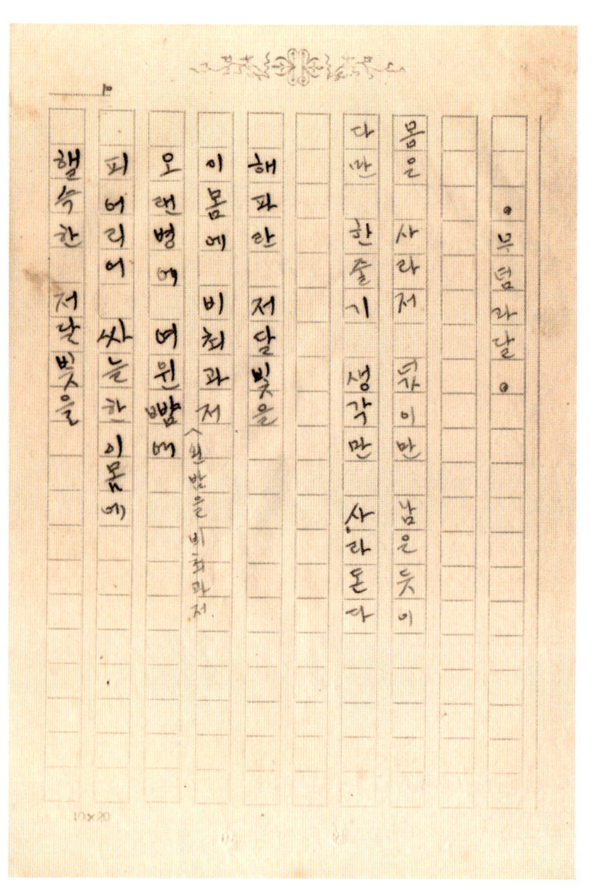

아— 세상에
마음 끌리는 곳 업서
호을로[8] 이러나다
스사로[9] 사라지는
즐거움 업는
10 바람 이로라

二、
28

무덤과 달

몸은 사라저 넋이만[1] 남은듯이
다만 한줄기 생각만 사라돈다

해파란[2] 저달빛을
이몸에 비최과저[3]
오랜병에 여윈뺨에
피어리어 싸늘한이몸에
핼슥한[4] 저달빛을

1 넋이만‥넋만.
2 해파란‥해맑고 파란.
3 비최과저‥비추고자.
4 핼슥한‥핼쑥한.
8 호을로‥홀로. 호올로.
9 스사로‥스스로.
10 열은‥글씨로 〈나는〉이라고 적혀 있음.

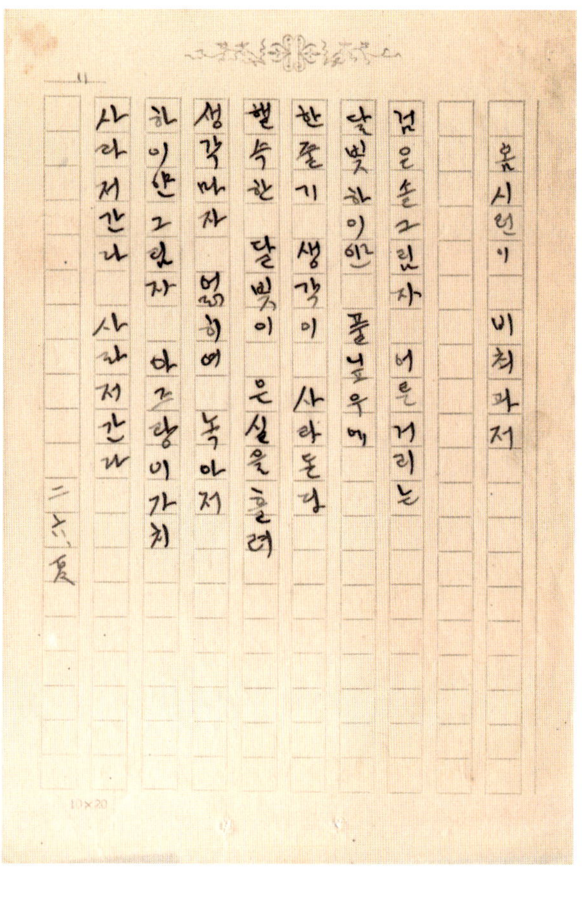

옴시런이[1] 비최과저

검은솔그림자 어른거리는
달빛하이얀 풀닢우에[2]
한줄기 생각이 사라돈다
햴슥한 달빛이 은실을흘려
생각마자 얽히여[3] 녹아저
하이얀그림자 아즈랑이가치[4]
사라저간다 사라저간다

二六、夏

1 옴시런이 : 고스란히. 전남방언으로는 〈옴쓰라기〉, 〈옴쓰락허니〉, 〈옴쓰레기〉, 〈옴쓰락〉 등이 쓰임.
2 풀닢우에 : 풀잎 위에.
3 생각마자 얽히여 : 생각마저 얽히어.
4 아즈랑이가치 : 아지랑이 같이.

센티멘탈

I

포름한[1] 하날에 해빛이 우렷하고[2]
은빛 비늘구름[3]이 반짝반득이며
「나아가 잣구나 나아가 잣구나[4]」
가자니 하— 어듸를 가잔말이냐
아— 그러지안아 탁가운[5] 가슴을
웨이리[6] 건드려 쑤석거려내느냐
솔나무미테 발을멈추다—
잔디바테가 퍽주저안다—

1 포름한 : 아주 엷게 파르스름한.
2 우렷하고 : 빛깔이 회미한 가운데 은근하면서도 뚜렷하고.
3 비늘구름 : 상층운의 하나로, 작은 덩이진 흰구름이 불고기 비늘처럼 널려있는 구름.
4 가잣구나 : 가자꾸나.
5 탁가운 : 안타까운.
6 웨이리 : 왜 이리.

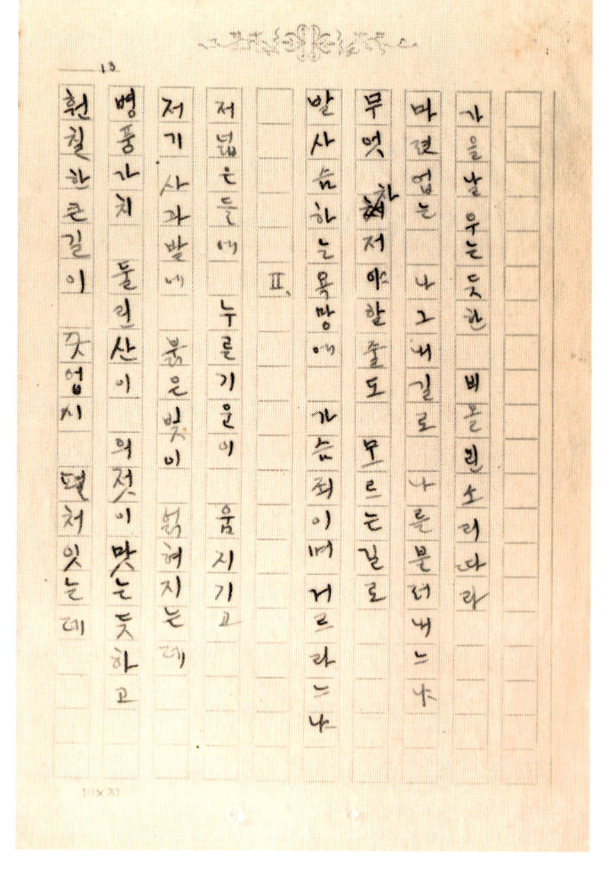

가을날우는듯한 비올린[7] 소리따라
마련업는[8] 나그네길로 나를불러내느냐
무엇 차저야할줄도 모르는길로
발사슴[9]하는욕망에 가슴죄이며[10] 거르라느냐[11]

Ⅱ

저넓은들에 누른[12]기운이 움지기고
저기 사과밭에 붉은빛이 얽혀지는데[13]
병풍가치 둘린산이 의젓이 맛는듯하고[14]
훤칠한큰길이 꿋엄시 펼처잇는데

아—이하날아래 이공긔속에
열매익히는 저햇빛 가득담은술잔을
고마이[15] 밧드러[16] 압뒤업시[17] 취하든못해도
눈감은 만족에 바다가치 가라안지도[18]못하고

가슴에 머리에 넘치는 우름을
눈섭하나 깟닥이지[19] 못하는 사람은

二九, 八月

7 비올린 : 바이올린(violin). 바이올린의 불어 표기는 〈비오롱(violon)〉임. 『전집』에는 〈애올린〉으로 되어 있음.
8 마련업는 : 계획이나 준비없는.
9 발사슴 : 팔과 다리를 움직이며 몸을 비틀어서 부스대는 짓. 여기서는 〈꿈틀거리며 솟구쳐 오르는〉의 뜻으로 쓰임.
10 죄이며 : 조이며.
11 거르라느냐 : 걸으려 하느냐.
12 누른 : 누런. 노란.
13 얽혀지는 : 얽히는.
14 맛는듯하고 : 맞이하는 듯하고.
15 고마이 : 고맙게.
16 밧드러 : 받들어.
17 압뒤업시 : 앞뒤없이.
18 가라안지도 : 가라앉지도.(물에 떠 있던 것이 밑바닥에 내려 앉지도).
19 깟닥이지 : 까딱이지.

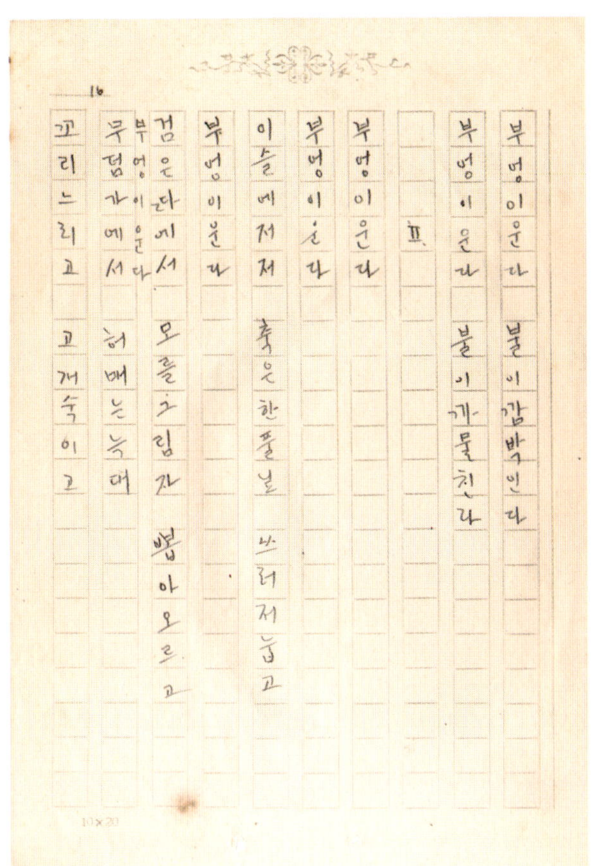

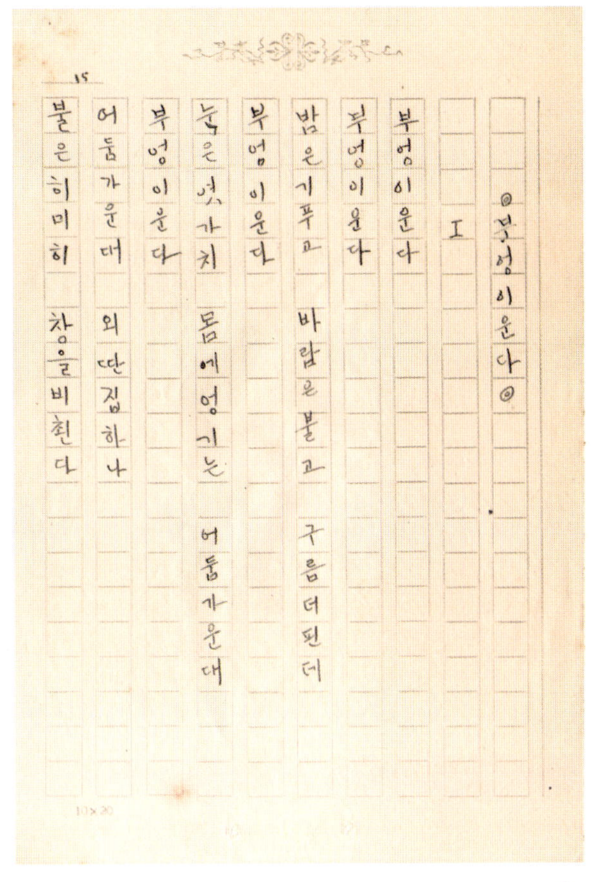

부엉이운다

I

부엉이운다
부엉이운다
밤은기푸고[1] 바람은불고 구름더핀데[2]
부엉이운다
눈은엿가치[3] 몸에엉기는 어둠가운대
부엉이운다
어둠가운대 외딴집하나
부엉이운다
불은히미히[4] 창을비췬다
부엉이운다 불이깜박인다
부엉이운다 불이까물친다[5]

II

부엉이운다
부엉이운다
이슬에저저 축은한[6] 풀닢 쓰러저[7]눕고
부엉이운다
검은따에서[8] 모를그림자 뽑아오르고[9]
부엉이운다
무덤가에서 허매는[10]늑대
꼬리느리고[11] 고개숙이고

1 기푸고 ‥ 깊고.
2 더핀데 ‥ 덮인 곳.
3 눈은엿가치 ‥ 눈은 엿같이.
4 히미히 ‥ 희미하게.
5 까물친다 ‥ 까무러친다.
6 축은한 ‥ 측은한. 가엾고 불쌍한.
7 쓰러저 ‥ 쓰러져.
8 따에서 ‥ 땅에서.
9 뽑아오르고 ‥ 길게 늘여 오르고.
10 허매는 ‥ 헤매는.
11 느리고 ‥ 늘이고.

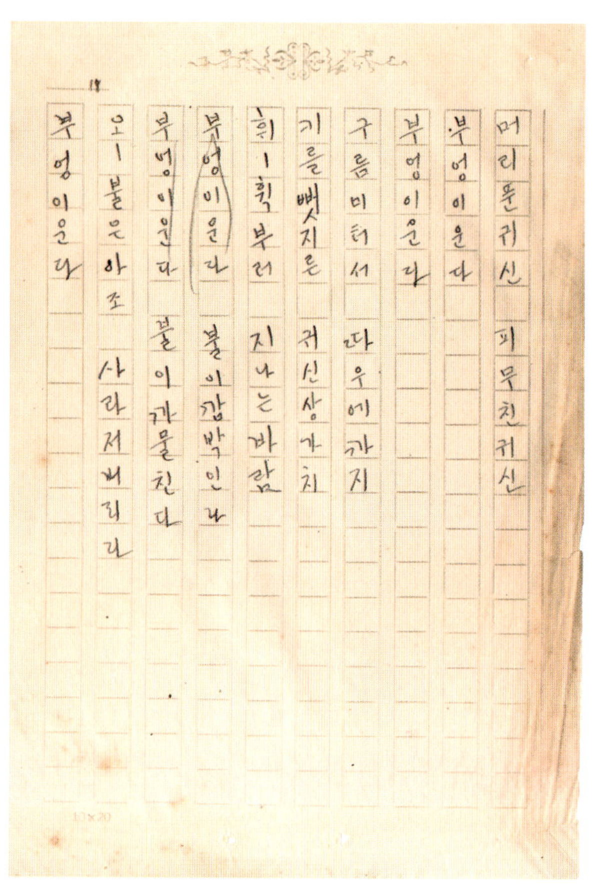

부엉이운다 불이깜박인다
부엉이운다 불이까물친다

Ⅲ

부엉이운다[1]
오— 무엇을 부르는우름
네— 무엇을 불러내느냐
부엉이운다
부엉이운다
모든이약이[2] 가운대사는[3]
머리푼귀신 피무친귀신
키를뺏지른[5] 귀신상가치
휘—획부러 지나는바람
구름미터서 따우에[4]까지
부엉이운다
부엉이운다
부엉이운다 불이깜박인다
부엉이운다 불이까물친다
오—불은아조[6] 사라저버리다
부엉이운다

1 다음 행에 〈부엉이운다〉가 지워짐.
2 이약이∶이야기
3 가운대사는∶가운데 사는.
4 따우에∶땅 위에.
5 뺏지른∶뻗쳐서 내지른.
6 아조∶아주. 전남방언임.

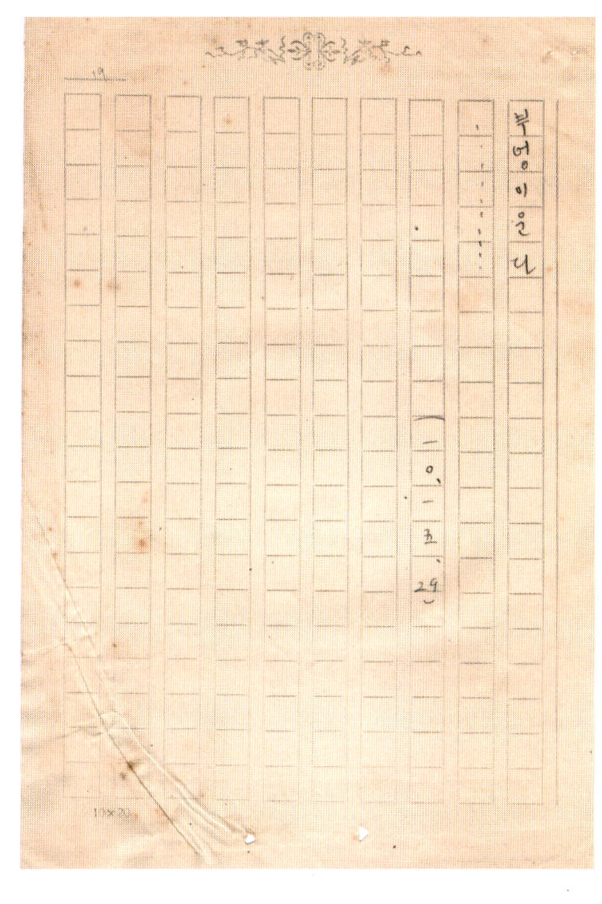

…… 부엉이운다

(一○、一五、29)

비에 젖은 마음

불도업는 방안에 쓰러지며
내쉬는 한숨딸어 「아 어머니!」석기는[1] 말
모진듯 참어오든[2] 그의모든 서러움이
공교로운 고임새[3]의 문허저[4] 나림가치[5]
이한말을 따라 한번에 쏘다진다.

만흔구박가운대로 허위여다니다가[6]
헌솜가치 지친몸은 이러날 긔운일코
그의맘은어두움에 가득차서잇다
쉬일줄 모르고 찬비작고[7] 나리는밤
사람기척도업는[8] 싸늘한방에서

뜻업시 소리내부른 이한말에 마음플려
                    내인
짓구진[9] 마을애들게 부댓기우다[10]
엄마 옷자락에매달려 우는애가치
그는 달래여주시는[11]손 이마우에 늣겨가며[12]
모든괴롬 우러이즈련듯[13] 마음노아 울고잇다

1 석기는‥섞이는.
2 참어오든‥참아오던.
3 고임새‥굄새。괴어 놓은 모양.
4 문허저‥무너져.
5 나림가치‥내림같이.
6 허위여다니다가‥허우적거리고 다니다가.
7 작고‥자꾸。전남방언은〈자꼬〉.
8 업는‥없는.
9 짓구진‥짓궂은。굴이 남을 귀찮게 굴어 곰살갑지 않은.
10 부댓기우다‥부대끼다。무엇에 시달려서 괴로움을 당하다.
11 애가치‥아이같이.
12 달래여주시는‥달래어 주시는.
13 이즈련듯‥잊으련듯.

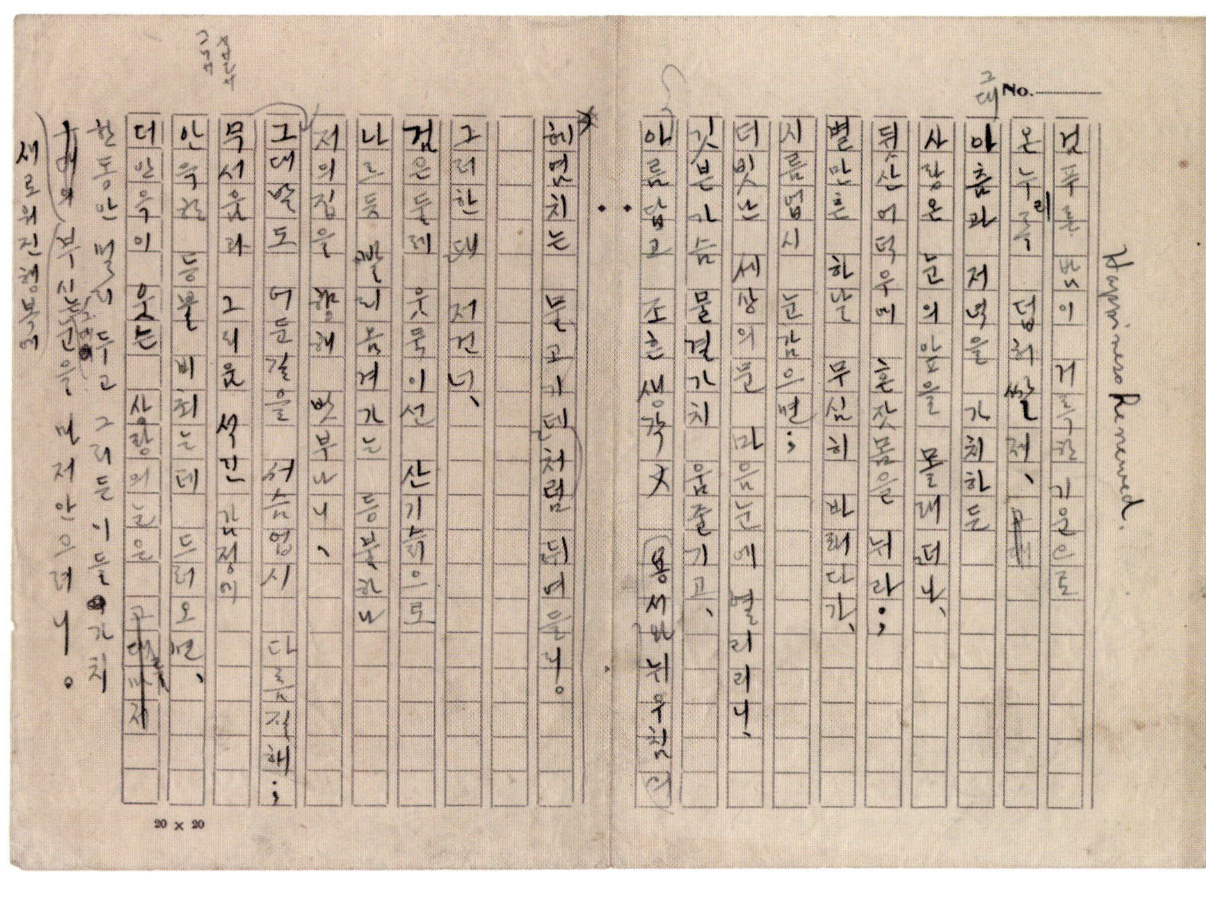

Happiness Renewed

검푸른 밤이 거룩한[1] 기운으로
온누리를 덮허쌌제[2]、
그대 아침과 저녁을 가치하든
사랑온[3] 눈의 앞을 몰래떠나、
뒷산어덕우에 혼잣몸을 뉘라；
별만흔 하날 무심히 바래다가[4]、
시름업시 눈감으면；
더빗난 세상의문 마음눈에 열리리니、
깃븐가슴 물결가치 움줄기고[5]、
아름답고 조흔생각 용서와 뉘우침의
헤염치는[6] 물고기떼처럼 뛰여들리。

그러한때 저건너、
검은둘레 웃둑이선 산기슭으로
나르듯[7] 빨리옴겨가는[8] 등불하나
저의집을 향해 밧부나니、
그대발도 어둔길을 서슴업시 다름질해：
무서움과 그리움 석긴[9] 감정에
안윽한[10] 등불 비최는데[11] 드러오면、
더안윽이 웃는 사랑의눈은、
한동안 멀리두고 그리든이들가치
새로워진 행복에 부시는 그대눈을 마저안으려니。

---

1 거룩한 ‥ 거룩한。
2 덮허쌌제 ‥ 덮어 싼 때에。
3 사랑온 ‥ 사랑은。
4 바래다가 ‥ 바라보다가。
5 움줄기고 ‥ (고어) 움직이고。
6 헤염치는 ‥ 헤염치는。
7 나르듯 ‥ 날 듯。
8 옴겨가는 ‥ 옮겨가는。
9 석긴 ‥ 섞인。
10 안윽한 ‥ 아늑한。
11 비최는데 ‥ 비치는데。

유쾌한 밤(In Memory of Yerterday night)

서울 십일월도 이처럼 다정한 적이 잇드란가[1]
종로 공기도 이러케 가슴 넓히는 적이 잇드란가
하, 하, 하, 우슴에 주름살이 펴이여[2] 하날이 웃
죽[3] 물러선다

밋그러지듯 전깃불 밑으로 기여가는 택시 안
에 정다운 둘이 내여다 뵈고
조그만 놈이 종종 걸어 흘깃 눈으로 스치니
우리의 녀왕은 주황빛 외투짓을 검은 목도리
우로 세우는구려

—덴 가쓰[4]는 잡탕에 돈이 들어 팔보탕 (이드
구만) x
　　　정도드라 o
—그애의 입모습이 어엽드구나[5]
똥모[6]의 모자도 덮지않은 머리가 제 멋으로
너벌거렷다[7]

길잡이야 우리의 길을 훨신 돌음길[8]로 잡어라
아스팔트 우에 우리의 걸음이 넘우나 가비여우
니 넘우나[9]
세갈름길[10]이 하나 닥치고 보면 돌아서기도 어
려우리라

저건너서 시시덕거리는 양복축[11]들은 어우러저
춤이라도 출가보다
향료바른것처럼 아른한감각이 살결을 지긴거리
니
가벼운배에 따끔한 카피[12]가 내 피를 왼통[13]을
려벗구나

박용철 유품인고 자료집

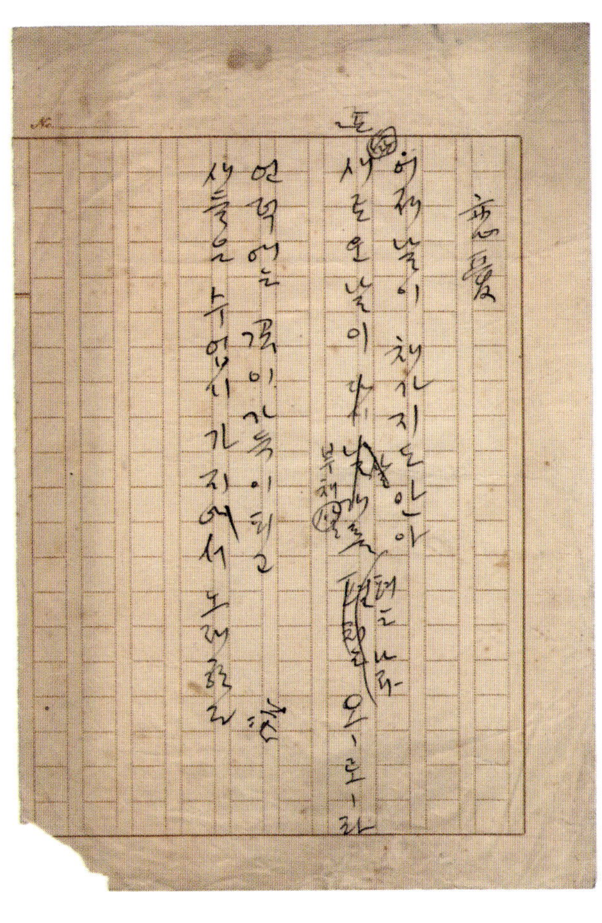

끝나일[14]。 좋으나캄우소 대문을 콩콩 뚜드리시
오—
자— 우리도 여기서 동으로 서으로 손을 난호세[15]—
…… 아차 하마터면 공연한 앞에 사람의 억개를
칠번했네 그려
一九三七年、十一月六日、

戀愛

어제날이 채 가지도 안아[1]
또 새로운 날이 부채사를[2] 펴는 나라 오—로—라
언덕에는 꼿이 가득이 피고
새들은 수업시[3] 가지에서 노래한다

1 잇드란가 : 있던가. 〈-드란가〉는 전남방언으로 〈-던가〉,
〈-던지〉의 뜻.
2 펴이여 : 펴져.
3 웃죽 : 우쭉. "하날이 웃죽 물러선다"는 하늘이 갑자기
커지면서 넓어진다는 뜻.
4 덴 가쓰 : 포크커틀릿.
5 어엽드구나 : 어여쁘더구나.
6 동모 : 동무.
7 너벌거렷다 : 너볼거렸다. 연해 부드럽게 나부꼈다.
8 돌음길 : 우회도로.
9 가비여우니 : 너무나 가벼우니.
10 세갈름길 : 세 갈래 길.
11 양복측 : 양복 입은 무리.
12 카피 : 커피.
13 완통 : 온통.
14 끝나일 : good night。안녕.
15 난호세 : 나누세.

1 안아 : 않아.
2 부채사를 : 부채살을. 부채살을. 원고에는 〈날개를 펼칠〉을 쓰고
지운 부분.
3 수업시 : 수없이.

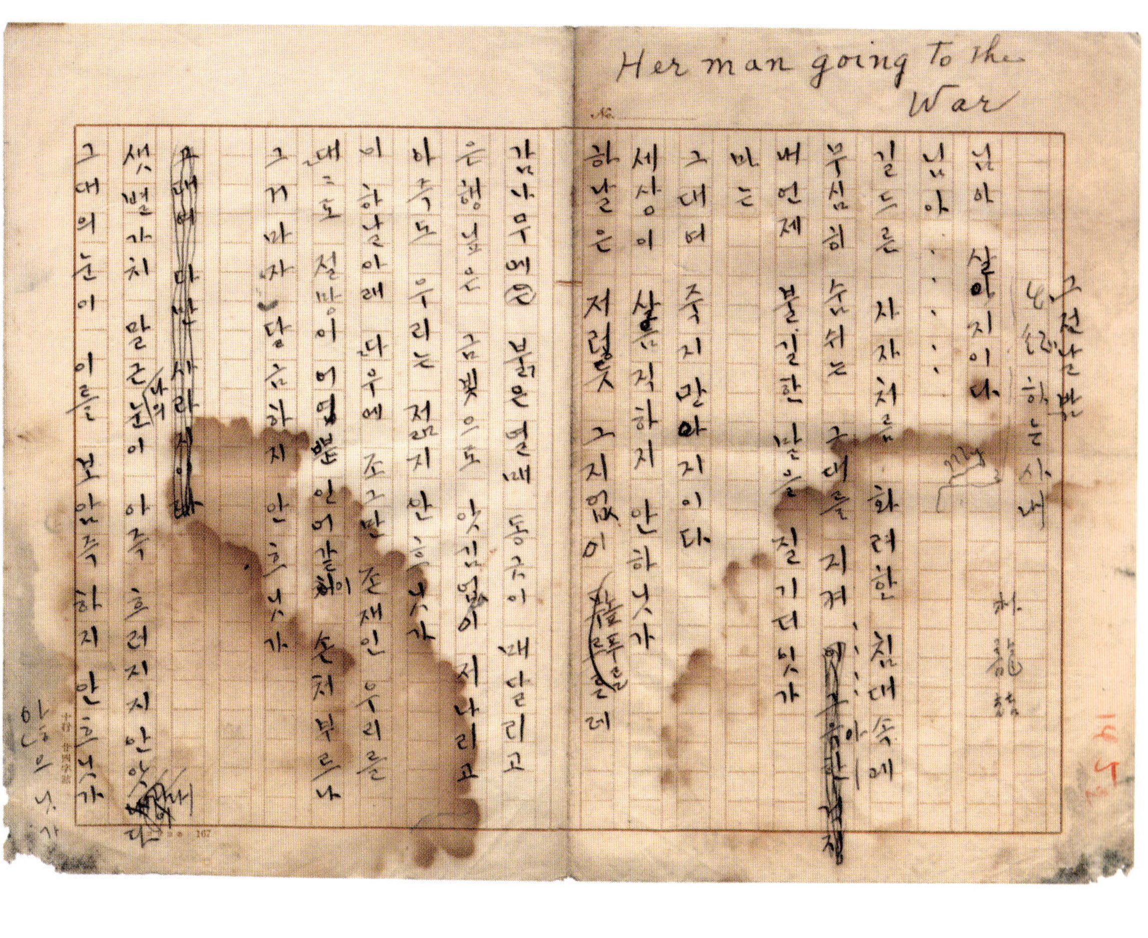

그 전 날 밤
出征하는 사내 (Her man going To the War)

朴龍喆

님아 살아지이다

님아 ……………

길드른 사자처름 화려한 침대 속에

무심히 숨쉬는 그대를 지켜……아—

내언제 불길한 말을 질기더잇가[2]

마는

그대여 죽지말아지이다

세상이 살음즉하지 안하닛가

하날은 저렇듯 그지없이 놉푸른데[3]

감나무에는 붉은열매 동긋이 매달리고

은행님은 금빛으로 앗김없이 저나리고[4]

이 하날아래 따우에 조고만 존재인 우리를

때때로 절망이 어엽분 인어같이 손처부르나[5]

그거마자 달금하지 안흐닛가[6]

아즉도 우리는 젊지 안흐닛가

샛별가치 말근 나의 눈이 아즉 흐려지지 안앗

내다

그대의 눈이 이를 보암즉하지 안흐닛가[8]
않으닛가[9]

---

1 『박용철전집』에는 제목이 〈그전날밤〉으로 되어 있다. 그러나 원고 위에 〈Her man going to the war〉라고 쓴 것이 보인다.

2 질기더잇가 : 즐기더이까. 즐겼습니까.

3 안하닛가 : 않습니까.

4 동긋이 : 동긋하게. 모나지 않고 좀 둥글 게.

5 저나리고 : 져서 내리고.

옥보담 고흔 살결이 주름 잡히지 안앗나니
그대의 손이 예서 참아 떠나지 못하리다[10]
그대여 다만 사라지이다
나는 사라지기 쉬운 고흔[11] 구름이요
흐터지기 쉬운 장미가 아니릿가
쇠로 다진 배도 험한 물결에 깨지거든
이 세상의 물결이 험치안타 하나잇가

이미[12] 하날에 다흔듯 시픈 사랑이 날마다 새
노피를 여러
날마다 사랑의 무한우에 새로 한 층게를 올리
나니
우리의 사랑의 날이 아프로 길지 안흐닛가

엇지 맛남이 늦고 나힘이 쉬우려 하나잇가
비오는 날이면 먼데 가시지도 안튼 그대가 안
이오닛가
그대여 엇지 이러한 일이 잇스릿가

6 손처부르나 : 손을 흔들어서 부르나.
7 달금하지 : 달콤하지. 알맞게 달지. 전남방언으로 〈달큰허다〉、〈달그작허다〉.
8 안흐닛가 : 엽에 〈않으닛가〉로 고침.
9 이 행에 〈그대여 다만 사라지이다〉가 지워짐.
10 다음 행에 〈그대여 엇지 이러한 일이 잇스릿가〉가 지워짐.
11 고흔 : 고운. 『전집』에는 〈곻은〉.
12 이미 : 『전집』에는 〈이〉로 되어 있음.

이 세상의 여러 가지 것들을 다 버려두고
힌 웃가슴에 꼬즌 한 송이 꽃가튼 내 마음만
을 위해서라도
그대여 죽지마라지이다
다만사라[13]
저 나라는 어듭고 칩지[14] 안으릿가
사랑하는 이도 따라갈 수 업는 그림자조차 업
는 치운따이 아니오닛가
그대여 엿지 가시리잇가

서른철이 따로이 잇스릿가마는[15]
우리의 즐검가운대서도 가을의 서름을 말하[16]
지 안으섯나잇가
그대 만일 아니게시오면
달도 공연히 밝고 가을밤은 길 뿐이겟나이오
국화의 향기는 다만 쓸뿐이오[17]
기럭이 소리는 다만 눈물이 겟나이다
그러다 겨을이 오면 그대의 무덤은 차겁지 안
으릿가
갓갑다 하옵데다마는 눈가치 깨끗한 내가 엿
지 봄을 기다리고 남어잇스릿가

13 『전집』에는 〈다만 사라지이다〉로 되어 있음.
14 칩지 … 춥지.
15 설은철이 … 서러운 철이. 서러운 계절이.
16 즐검 … 즐거움.
17 쓸뿐이오 … 쓴 느낌이 날 뿐이오.

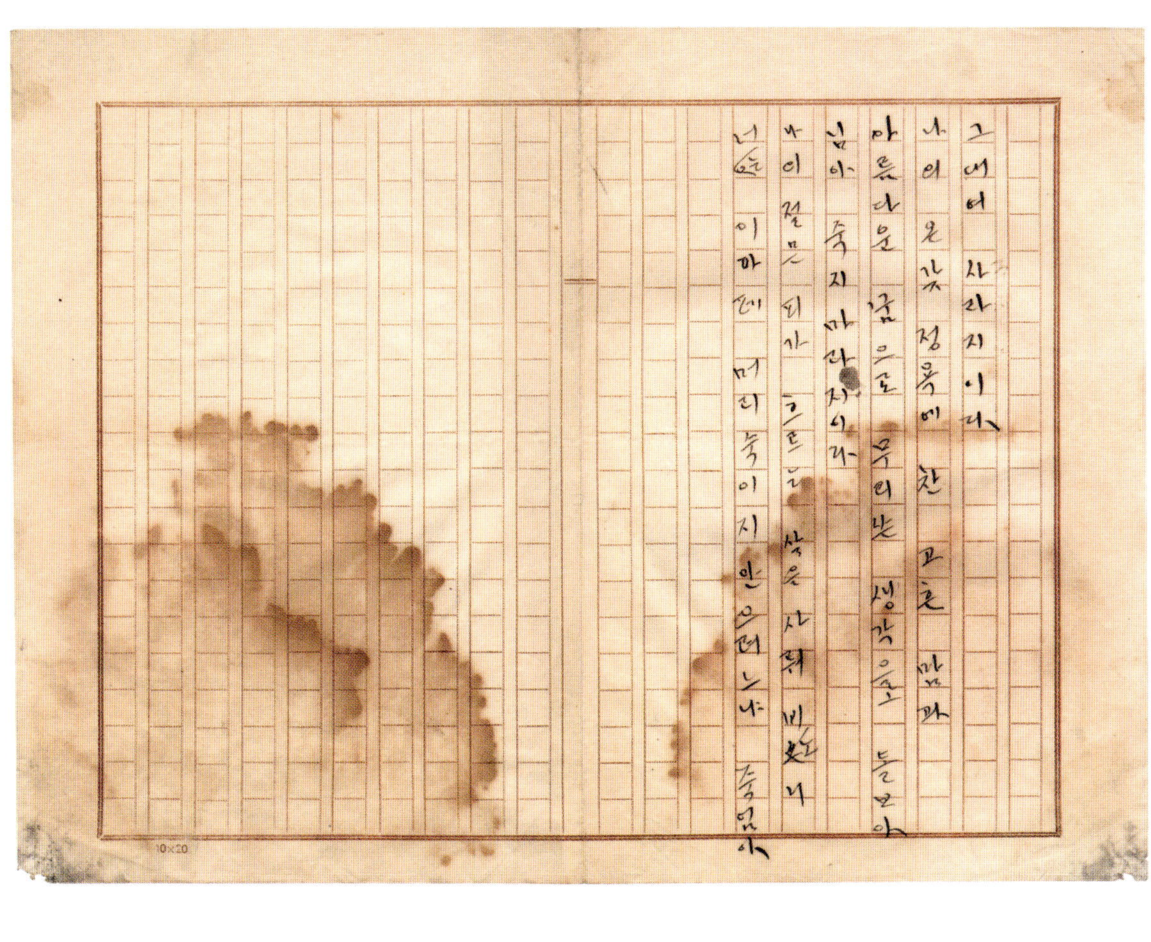

그대여 사라지이다
나의 온갖 정욕에 찬 고흔[18] 맘과
아름다운 꿈으로 무리쓴[19] 생각으로 돌보아
님아 죽지마라지이다
나의절믄[20] 피가 흐르는 살을 사뤄[21] 비노니
너는 이아페 머리숙이지 안으려느냐 죽엄아

18 고흔 : 고운. 『전집』에는 〈곻은〉.
19 무리쓴 : 해, 달의 주위에 때때로 보이는 둥근 테 모양을 쓴.
20 나이절믄 : 나 이 젊은.
21 살을 사뤄 : 살을 사르어. 살을 태워불이면서의 뜻.

시조

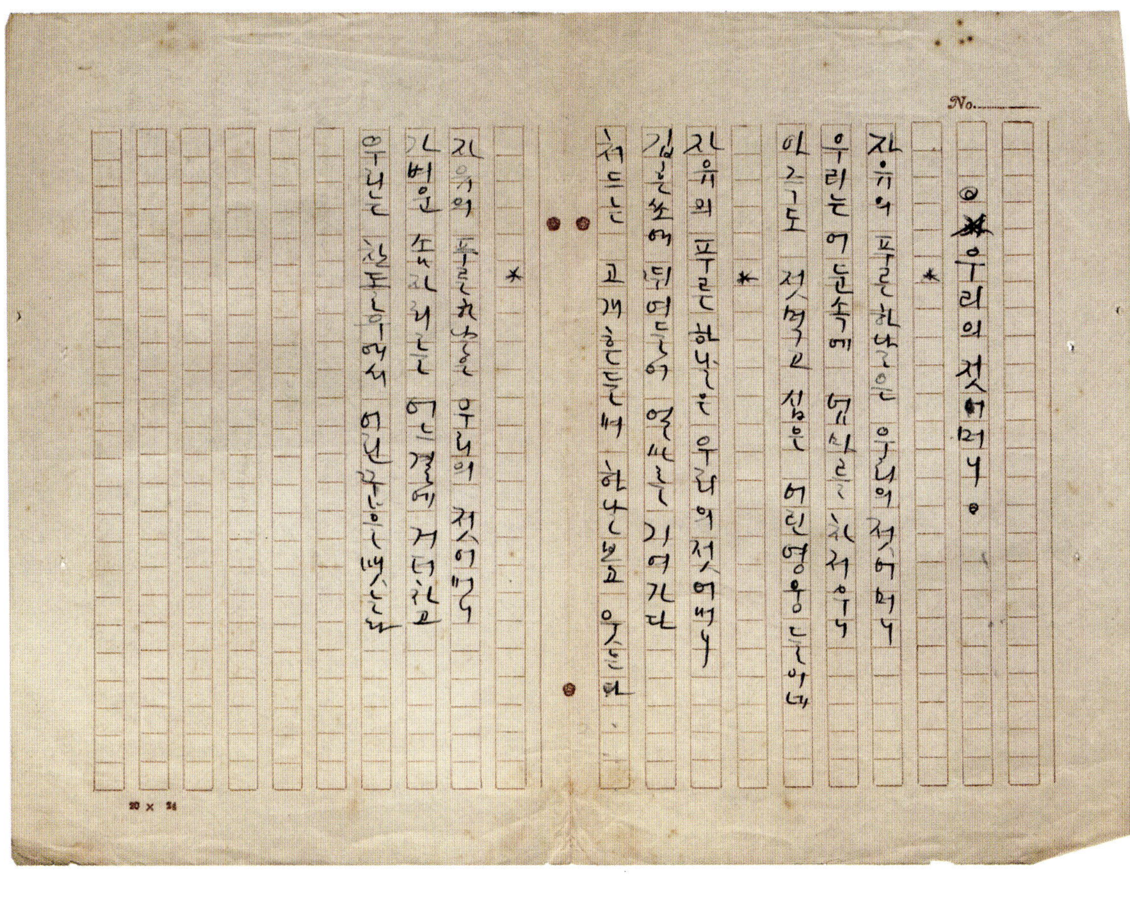

우리의 젓어머니 [1]

*

자유의 푸른하늘은 우리의 젓어머니
우리는 어둠속에 엄마를 차저우니
아즉도 [2] 젓먹고 십은 [3] 어린영웅들이네

*

자유의 푸른하늘은 우리의 젓어머니
깁흔쏘에 뛰여들어 얼마를 기여가다
처드는 고개흔들며 하날보고 웃는다 [4]

*

자유의 푸른하날은 우리의 젓어머니
가벼운 솜자리를 [6] 어느결에 거더차고 [7]
우리는 찬돌우에서 어린꿈을 맷는다 [5]

---

1 젓어머니∴유모(乳母)。
2 아즉도∴아직도。
3 십은∴싶은。
4 『전집』에서는 〈우리는 시퍼런 칼 피를 보는 싸홈의
　『전집』에서는 〈얼골에 칼흔적 있는 사나히가 되련
5 솜자리를∴솜을 넣은 이부자리를。
6 거더차고∴걷어차고。
7 거더차고∴걷어차고。

봄 에

이 밤에 고요히 나리는 가는 비는
첨하끄테[1] 듯는 소리 헤이기도 하올듯이
봄님의 꽃불럼말[2] 아니면 이리 다수하랴

귀에 설은 새소리 창밧긔 숫저리여[3]
잠긴 마음 깨트리고 불연듯 뛰여나니
봄이라 저의 벗찻는 불럼소리엿네

따에서 오르는김 품엇느니 파란 내암[4]
씨슨듯 비지나고 도두느니[5] 푸른 비치
미칠듯 부둥켜 안고 뺨을 부벼 보오리

1 첨하끄테 : 처마 끝에.
2 꽃불럼말 : 꽃을 부르는 말.
3 숫저리여 : 수런거리어. 지저귀어.
4 내암 : 내음. 냄새.
5 도두느니 : 돋우느니.

맑게 된 옥향로에. 저한 향을 피우니

한줄 무르은 연기 피어오르 아름드리

본록닥 구른 녹에 오그들하고 더럽 은

손잡 기넌논 므렁렁넌 벙묵이 엇기

잇어 흐르는 노래롤 머지벙 우세라

貞姬에게[1]

공기는 높고맑아 새암물 약이 되고
친구가튼 아버지와 동기가튼 어머니라
집웅이야[2] 족으마하던[3] 다시 업서 뵈더라
시냇물 소리따라 짓거리는[4] 말소리며
새악시 우슴에 굴러가는 거름이매
어느덧 접어드는 길을 잇고지나가더라

安養道中

어제야 아랏던가 十年을 사굇던가[5]
뷔인말[6] 하지아녀 마음서로 비최든가
만흘듯 적은말삼을[7] 그대하소 하여라

마른님 까라노흔 뒤어덕을 뛰여채니[8]
장하다 철원벌 눈아래 깔니는고
말달릴 젊은마음이 도로사라 오도다

발마초든[9] 여섯거름 도라서니 헛되여라
마음에 등을지니 그림자ㄴ들 위로되랴
뒷자최 애처러워라 더진듯거러 가더라

궁예[10]의 꿈을실흔 철원벌에 달만녀겨[11]
흐린눈 떼여보니 다만한방 전등빛을
웃방에 누이[12]의 숨소리는 들려들려 오더라

1 정희(貞姬)는 박용철 시인의 아내 임정희 여사임.
2 집웅이야 ·· 지붕이야.
3 족으마하던 ·· 조그마해도.
4 짓거리는 ·· 지껄이는.
5 사굇던가 ·· 사귀었던가.
6 뷔인말 ·· 빈말.
7 적은말삼을 ·· 적은 말씀을.
8 뛰여채니 ·· 뛰어 차오르니.
9 발마초든 ·· 발 맞추던.
10 궁예 ·· 弓裔. 태봉국을 세우고 철원에 도읍을 정한 고사에서 봄.
11 달만녀겨 ·· 달로만 생각하여.
12 박용철 시인의 누이 朴鳳子여사. 그 때 이화여전 학생으로 동행을 함.

정희를 가름하야[1]

촛불이 무어완대[2] 멀거니 바랏는고
네얼골 다만바라고[3] 손을쥐여 보고저
우슴다 우슴다하며 제절로[4] 나는눈물
날다려 어리석단가 저도보면 알거슬

남달리 넉엿더니 내하어이[5] 어리석어
밝은달이 원망될줄 이제야 깨다른고
가지를 울리는바람아 고이건너 가렴아[6]

그윽한닭의우름 하멀리[7] 들려온다
달근한잠은 널조차 거기간가[8] 하올가
벼개만 뺨을만지니 헛든하다[9] 하올가

눈에자최[10] 아른— 가슴만 문듯메여[11]
또렷한 그림을 드러보니 도로심증[12]
이러틋 못니즐놈을 어이쩬고 십허라[13]

너도공주 아니언듸 내사무슴 왕자라나
이약이가운대 나오는 사람가치
떠러저 서로기리기만은[14] 무슴일고 십허라.

---

1 정희를 가름하야 : 정희를 염두에 두고.
2 촛불이 무어완대 : 촛불이 무엇이길래.
3 다만바랏고 : 다만 바라보고.
4 제절로 : 저절로.
5 내하어이 : 내+하+어이. 내가 하 어이. 〈하〉는 심중의 감정을 나타내는 소리.
6 건너가렴아 : 건너가려무나
7 하멀리 : 아주 멀리.
8 이 행의 앞부분에 〈개소리〉가 지워짐.
9 헛든하다 : 허전하다.
10 자최 .. 자취.
11 문듯메여 : 문득 메어.
12 도로심증 : 돌아오고 싶어하는 증세. "또렷한 증"은 〈헤어진 아내(정희)를 또렷하게 떠올려보니 나에게 돌아오고 싶어하는 증세(마음)가 있는 것 같은데〉의 이미지임.
13 어이쩬고 십허라 : 어이 떼어 놓았는가 싶어라.
14 서로기리기만은 : 서로 그리워하기만은.

哀詞

그대와 한자리에 나달을[1] 보내올제
하날도 푸르러 우슴에 즐겻스나
님이라 부르옵기는 생각밧기옵더니

벼힌듯[2] 나뉘옵고 말삼업시 떠나시니
허날이 물어다하 다시뵐길 바이업서[3]
님이라 거침업시불러 야숙하야[4] 합내다

風流五百年[5] 으스름하다는 모래텁[6]을
나란이 거닐믄 모래알만 밟음이런가
님이여 흐르는 노래를 거더잡아 무삼[7]

말소리 버레소리 석겨남도 한햇녀름
놈훈 목청으로 강물을 놀랫거든[8]
님이여 하날을바라고 우슴이나 마소서

이마당 가운대서니 달도또한 가이업다
묵긴밭 푸는듯이 가벼운 뛰염거리[9]
우리는 하날의 그림자 춤추는가 십헛네

『박용철전집』에는 7수이나 원고에는 마지막 두 수가 누락됨。

1 나달을 :: 날과 달을。
2 벼힌듯 :: 칼로 베어낸 듯。
3 바이업서 :: 전혀, 아주 없어。
4 야숙하야 :: 야속하여。섭섭하고 언짢아 하여。
5 풍류오백년 :: 조선왕조 500년동안 선비들이 풍류를 즐기던 한강변을 가리킴。『박용철전집』에서는 〈보름달 구름속에 으스름한〉으로 고침。
6 모래텁 :: 모래톱。모래벌판。
7 무삼 :: 무엇하리。
8 놀랫거든 :: 놀라게 했거든。
9 뛰염거리 :: 뛰는 일。

님

龍喆

（一）
꿈에늘 뵈든얼골 너아니고 누기런가[1]
으로
이제 처음보아 첨갓갈지[2] 아니하니
언제부터 그리든님이기로 이제뵌고 하노라

（二）
날신한 몸매므새 갸름한 달걀얼골
맑은별 눈동자에 상큼한 콧날이니[3]
그아래 담은입조차 참아 엡버하노라

（三）
앳기는[4] 몸과맘을 앳김업시 내맷기는[5]
믿는맘 고은맘을 밧드는맘 떨리나니
얼골로 어엿비보든맘 붓그러워하노라
이 뜻
일 짐내다

（四）
넓은이마 지혜롭고 힌살이 맑엇나니
한점 틔여오는[6] 옥이란들 어떠하리
조심히 어루만지어 참아놀줄 업서라

（五）
수접은[7] 붓그러움 잠간 어대 밀어두고
나리깔든 눈조차 작난스리 뵈네그려
손끝에 어리운[8] 사랑이야 어느말슴 미츠료

---

1 누기런가 : 누구인가.
2 첨갓갈지 : 처음갓을지.
3 달걀얼골 : 달걀 모양의 얼굴.
4 앳기는 : 아끼는.
5 내맷기는 : 내어 맡기는.
6 한점 틔여오는 : 한점 트이어 오는.
7 수접은 : 수줍은.
8 어리운 : 엉기어 피어 있는.

하날도 우서주소 햇님도 부러하소
수줍은 이 큰애기 별님들은 숨어주소
그님을 안앗든 이두팔에 깃붐가득 남엇네

어제가치 가난튼 맘 온세상이 가수롭네
백두산 머리에서 웨처본들 시원하리
세상아 날우러보소 님의사랑 이라네

봄날이 질겁단이 모도다 거짓말이
숲사이 새소리가 시름더욱 자아낸다
님이야 한님뿐이어니 마음어대 붙이라

내마음 모진줄이 님떠나 모진줄이
이님을 떠나이고 참아어이 님단말이
님께야 바친목숨이니 끝내 기려보리라

비소리 나무닢소리 바람노리 새소리에
기리는이 나뉜님을 어누한때 잇일줄이
꿈에야 부러맞나뵈려니 잇고살줄 잇스다

(六)
하늘도 우서주소[9] 햇님도 부러하소
수줍은 이 큰애기 별님들은 숨어주소
그님을 안앗든[10] 이 두팔에 깃붐가득 남엇네[11]

(七)
어제가치 가난튼[12] 맘 온세상이 가수롭네
백두산 머리에서 웨처본들 시원하리[13]
세상아 날 우러보소[14] 님의사랑 이라네

(八)
봄날이 질겁단이[15] 모도다 거짓말이
숲사이 새소리가 시름더욱 자아낸다
님이야 한님뿐이어니 마음어대 붙이랴

(九)
내마음 모진줄이 님떠나 모진줄이
이님을 떠나이고 참아어이 님단말이
님께야 바친목숨이니 끝내 기려보리라

(十)
비소리 나무닢소리 바람소리 새소리에
기리는이 나뉜님을[16] 어누한때 잇일줄이
꿈에야 부러맞나뵈려니[17] 잇고 살줄 잇스라

9 우서주소 ‥ 웃어주소.
10 안앗든 ‥ 안았던.
11 남엇네 ‥ 남았네.
12 가난튼 ‥ 가난하던.
13 가수롭네 ‥ 가소롭네.
14 날 우러보소 ‥ 날 우러러 보소.
15 질겁단이 ‥ 즐겁다니.
16 기리는이 ‥ 그러느니.
17 부러맞나뵈려니 ‥ 짐짓 만나 보려니.

번역시

유필 역시를 담은(독일시편) 노우트 표지.

◎ 미 뇬 의 노래 (二)

꾀테

뭇지랑은 마러요 이대로 두지。
이를 감초는 의무 인것을。
내가슴 펼쳐 네 앞에 뵛스면、
허나 운명이 허락지 안음을。

바른때 오면 소수는 해는
어둔밤 쫏고 밝은빛 벌것을。

구든 바위도 가슴 열면은
숨긴샘 따에 앗기지 안을걸。

사람마다 벗님의 팔에 쉬여안기여、
눈물에 사정을 펴기도 하련만。
엇저한 맹세라 입술 구지 다치여、
하날이 오즉 여러준다니。

12. 21

미뇬의 노래

꾀테

뭇지랑은 마러요 이대로 두지
이를 감초는 의무 인것을。
내가슴 펼쳐 네 앞에 뵛스면、
허나 운명이 허락지 안음을。

바른때 오면 소수는 해는
어둔밤 쫏고 밝은빛 벌것을。
구든 바위도 가슴 열면은
숨긴샘 따에 앗기지 안을걸。

사람마다 벗님의 팔에 쉬여안기여、
눈물에 사정을 펴기도 하련만。
엇저한 맹세라 입술 구지 다치여、
하날이 오즉 여러준다니。

12.
21

투―르게의 님군 ◎
꾀테

넷날 투―르게의 한분 님군은
죽도록 변함업잔 마음이러니,
그안해 몬저 세상버리며
금술잔 하나를 남겨드리다.

그잔을 다시업시 귀히 녀기여
잔치마다 님군은 그를 기우려.
그잔에 술부어 마실때마다
눈물만 눈에 넘처흐르다.

죽을날도 갓가이 왓슬만하야
그는 고을과 나라 모도 헤아려、
남김업시 아들게 미루엇스나
금잔은 따로이 남기여두다.

바다가에 선 높은성우에
조상들 그림 걸린 큰마루에서

투―르게의 님군

꾀테

넷날 투―르게의 한분 님군은
죽도록 변함업잔 마음이러니,
그안해 몬저 세상버리며
금술잔 하나를 남겨드리다.

그잔을 다시업시 귀히 녀기여
잔치마다 님군은 그를 기우려.
그잔에 술부어 마실때마다
눈물만 눈에 넘처흐르다.

죽을날도、갓가이 왓슬만하야
늙으신 님군 죽을날도 머지안어、
그는 고을과 나라 모도 헤아려、
남김업시 아들게 미루엇스나
금잔은 따로이 남기여두다.

바다가에 선 높은성우에
조상들 그림 걸린 큰마루에서

헥토르의 이별

안드로막헤

실레르

헥토르 그대는 가시려나 나를 버리고,
당할길 없는 악힐의 무서운 손이
파트로클루스의 원수 갚는 마당으로?
누기라 잇서 우리의 남은 아들
창더지기 신을 섬기기 가르치리?
그대 만일 어둔황천에 나려가시면.

헥토르
사랑하는 안해여 눈물을 거두라!
싸홈마당을 향하는 불가튼 내마음,
페르가무스를 직힘은 이두팔이라.
신들의 거룩한 제단을 위하야
싸호다 죽어, 스튁스강가에 내려간다면,
나는 조국의 구원자로 깃브게가리라.

안드로막헤에
다시는 그대의 환도소리 드를길업고,

그대의 칼도 헛되이 마루에 걸리어、
프리암스 큰영웅의 겨레 여기 그치단말가?
그대 참으로 가시려나 해 빗나지 안는 곳
거친들에 눈물의 강 우름우는곳으로?
그대의 사랑도 레테의 물에 사라지리로다。

헥토르
이세상에 바라든 모든가지 내 모든생각
레테의 고요한 흐름에 잠겨버리과저、
허나 나의사랑만은 안되느니。
드러라 적병의 성벽에 지치는소리。
서럼은 버리고 내허리에 칼을 채우라。
헥토르의 사랑만은 레테도 엇저지 못하느니。

12。24

1 첨가 됨。

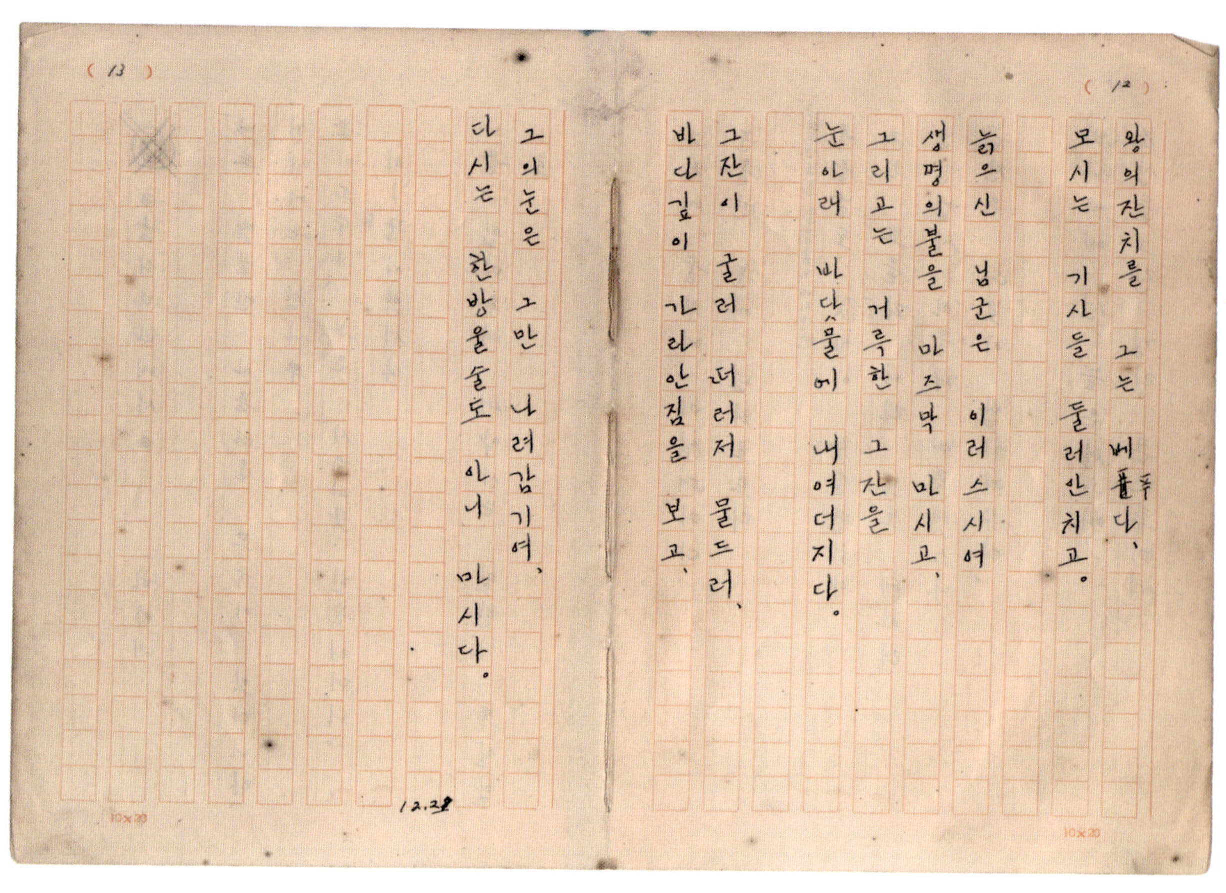

왕의 잔치를 그는 베푸다,
모시는 기사들 둘러안치고.
늙으신 님군은 이러스시여
생명의 불을 마즈막 마시고,
그리고는 거룩한 그 잔을
눈아래 바닷물에 내여더지다.

그 잔이 굴러 떠러저 물드러,
바다깊이 가라안짐을 보고,
그의 눈은 그만 나려감기여,
다시는 한방울 술도 아니 마시다.

12.
28

남의 나라에서

하이네

나도 옛날엔 아름다운 모국이 잇더니라、
거기에는 참나무
놉이소수고[1]、고은 시리미꽃 한들리더니。
아—꿈이엿서라

나를 입마추며 새악시는 말한다 독일말로、
「이히 리—베 듸히」(나는 당신을 사랑하오)[2]
그목소리 얼마 조흔지 남이야 알라듸야[3]
아—꿈이엿서라

12.
28

1 놉이소수고 :: 『전집』에는 〈놉이 자라 오르고〉。
2 『전집』에는 〈내 너를 사랑한다〉。
3 알라듸야 :: 알겠는가。

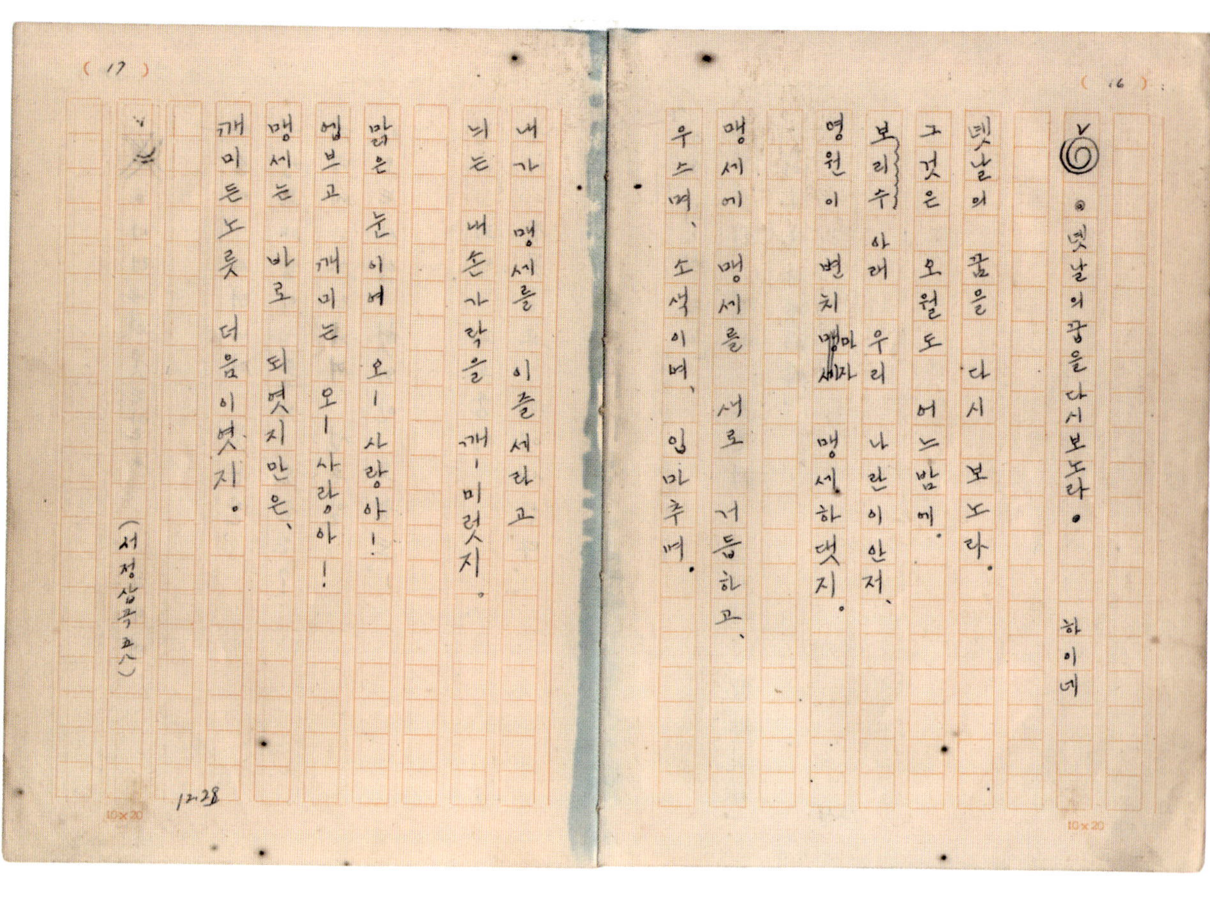

넷날의 꿈을 다시 보노라

하이네

넷날의꿈을 다시 보노라。
그것은 오월도 어느밤에。
보리수아래 우리 나란이안저、
영원이 변치마자 맹세하댓지 [1]。

맹세에 맹세를 새로 거듭하고、
우스며、소색이며 [2]、임마추며。
내가 맹세를 이즐세라고
늬는 내 손가락을 깨ー미럿지。

맑은 눈이여 오ー사랑아!
엡브고 [3] 깨미는 [4] 오ー사랑아!
맹세는 바로 되엿지만은、
깨미든노릇 더음이엿지 [5]。

(서정삼곡 五八) 12。28

1 맹세하댓지‥맹세하였지。
2 소색이며‥속삭이며。〈소색이다〉는 전남방언임。
3 엡브고‥예쁘고。
4 깨미는‥깨무는。
5 더음이엿지‥덤이엿지。

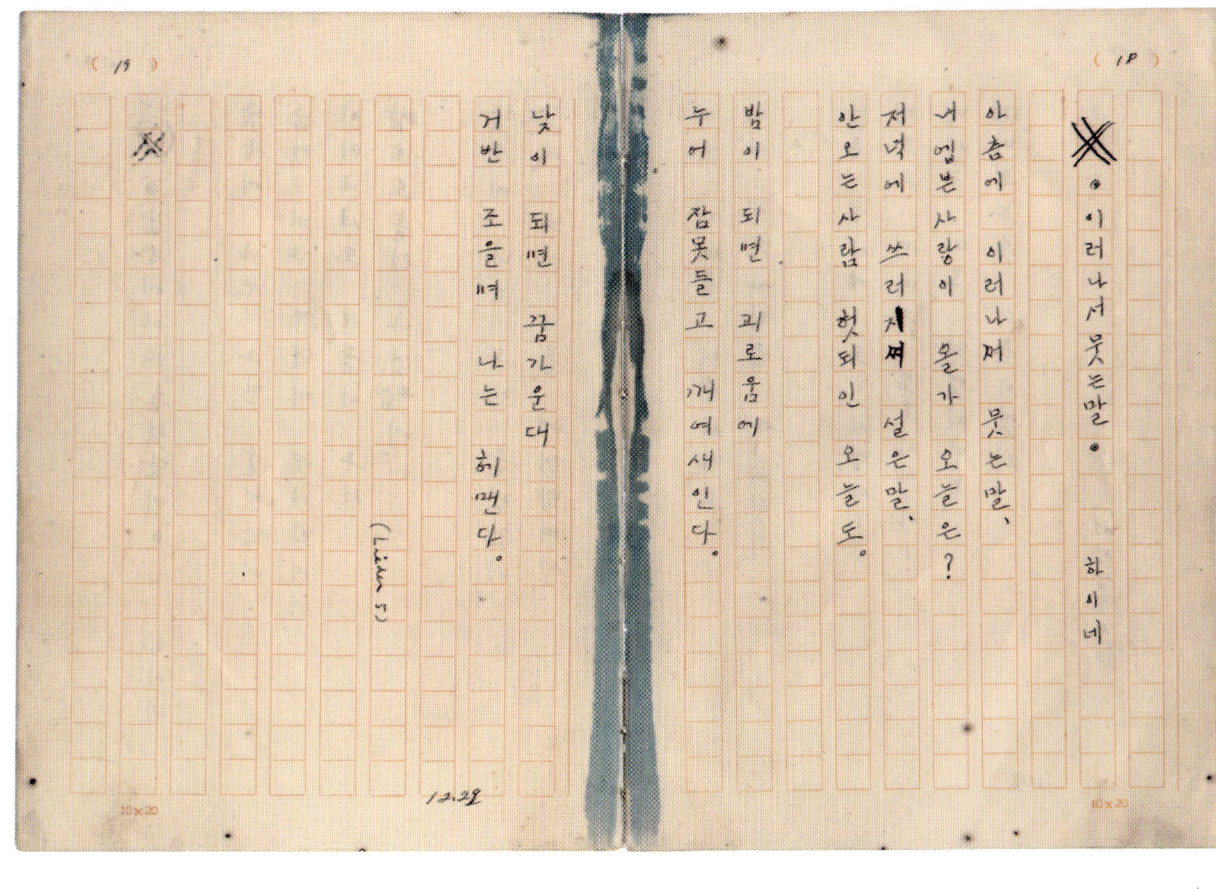

이러나서 묻는 말

하이네

아츰에 이러나서 묻는말,
내엡븐 사랑이 올가 오늘은?
저녁에 쓰러지며 설은말,
안오는 사람 헛되인 오늘도。

밤이 되면 괴로움에
누어 잠못들고 깨여새인다。
낮이 되면 꿈가운대
거반 조을며 나는 헤맨다。

(Leider 5)
12。29

꿈속에 나는 울엇담네

하이네

꿈속에 나는 그만 울엇담네,
꿈에, 늬가 무덤에 누어 뵈여서
이러나서도 눈물이 그저
빰으로 흘러 나렷슴네.

꿈속에 나는 그만 울엇담네,
꿈에, 늬가 나를 버려 뵈여서.
그리다가 해 넘어갈지음에
바닷가에 가서 울엇더니라.

내마음은 저해와 다름도업시
이제 보기에 불타고잇스니와ー[1]、
그리하야 사랑의 바다 속으로
크고 아름답게 가라안는다.

(파리죽지)

12.
31

---

1 정확히 알 수 없음.

내 노래는 독이드럿다

하이네

내 노래에는 독이 드러잇다.
아니 그럴수 있을라듸야[1]?
나의 피여나는 삶가운대
늬가 독을 타 먹이지안앗늬.

내 노래에는 독이 드러잇다.
아니 그럴수 있을라듸야?[2]
　안할수
　엇지아니 그럴라듸야
내사랑아, 내가슴에는
만흔배암이 그리고 늬가
─드러잇지안으냐.

(L I。57) 12。31

---

1 잇을라듸야 : 있겠느냐.
2 『전집』에서는 왼쪽 염줄의 것을 사용하지 않음.

환작¹ 아름다운 오월달에

하이네

환작 아름다운 오월달에
나무에 움이 모조리 피여 날제,
그때에 내 가슴속에도
사랑이 보부라젓드란다².

환작 아름다운 오월달에
새들이 제마다 노래부를제
나는 그에게 말해버렷드니라,
나의 애틋한 사랑을.
(속)
(못견듸게 기리는 내 마음을)

(ㄴ, ㅣ, ㅇ, 1)
12.
31

1 환작 : 활짝.
2 보부라젓드란다 : 부푸러졌더란다. 부풀어올랐단다. (사랑이)피어났더란다.

세상은 눈머럿지

하이네

세상은 어리석고 세상은 눈머럿지.
날이날마닥[1] 멋 업서가지!
네이약을[2] 한대며, 내엡븐아기아,
네가 버릇이 조치안타고.[3]

세상은 어리석고 세상은 눈머럿지.
그러고 언제나 너를 잘못알지!
알라듸야[4] 너의키쓰가 얼마나달고
얼마나 깃버 날뒤게하는가 야.

(L°I° 16) 12° 31

1 날이날마닥 :: 날이면 날마다.
2 네이약을 :: 네 이야기를. 〈이약〉은 전남방언임.
3 내엡븐아기아 :: 내 예쁜 아기야.
4 알라듸야 :: 알겠느냐. 〈—듸야〉는 〈—디〉、〈—더냐〉、〈—던가〉의 전남방언임.

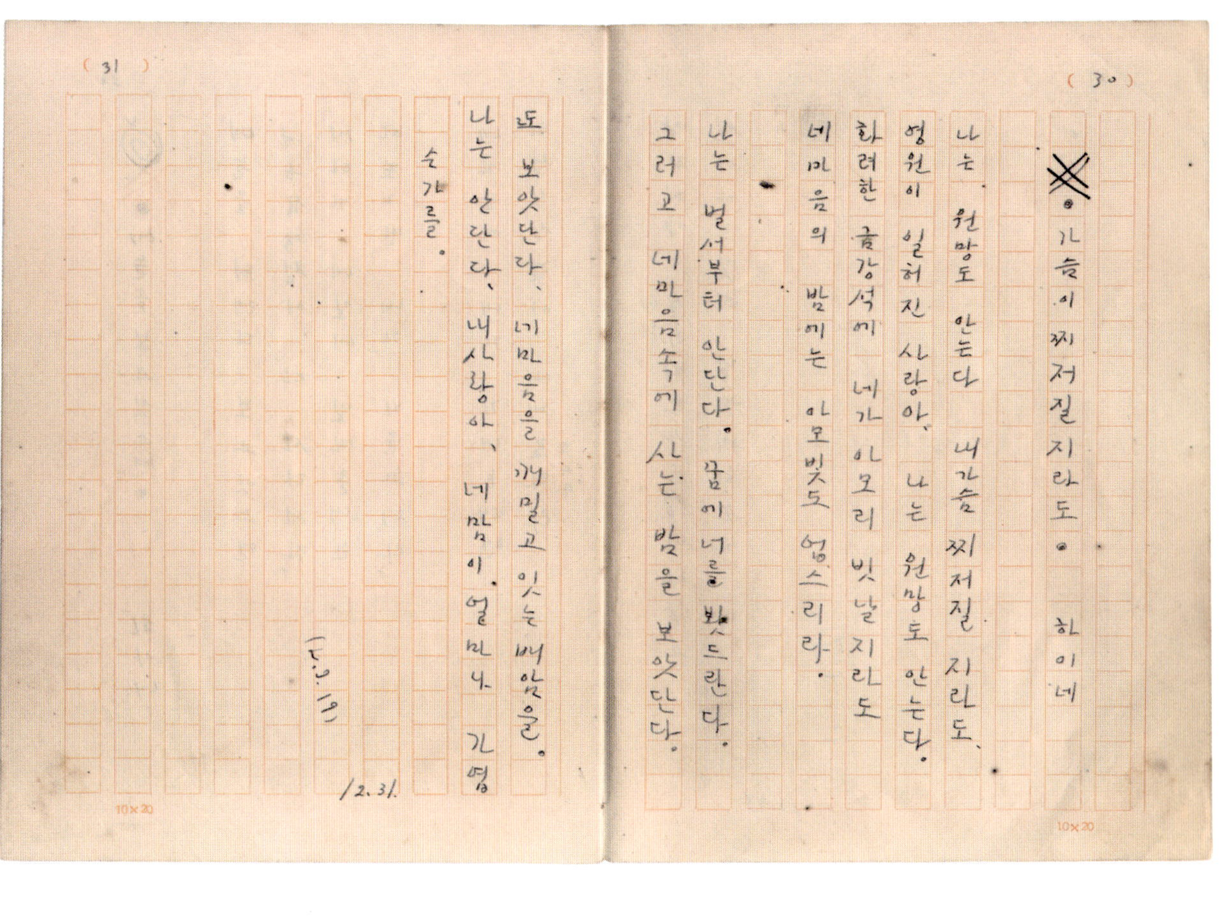

가슴이 찌저질지라도

하이네

나는 원망도 안는다— 내가슴 찌저질지라도,
영원이 일허진 사랑아, 나는 원망도 안는다.
화려한 금강석에 네가 아모리 빗날지라도
네마음의 밤에는 아모[2]빗도 업스리라.

나는 벌서부터 안단다. 꿈에 너를 봣드란다.
그리고 네마음속에 사는 밤을 보앗단다.
또 보앗단다. 네 마음을 깨밀고[3] 잇는 배암
을.
나는 안단다, 내사랑아, 네 맘이 얼마나 가엽
슨가를.

(ㄴㅣ。19) 12。31

1 안는다 : 않는다.
2 아모 : 아무.
3 깨밀고 : 깨물고.

네 눈을 보고잇스면

하이네

네눈을 듸려다[1] 보고잇스면
내근심걱정이 다 사라저라。
게다가 네입에 입마촐때는[2]
아조그만 내가 기운차저라[3]。

네가슴에 내가 기대는때면
하날의질겁이[4] 내게로와라。
　　　　　잇서라

허다가 늬가 말하길、 「당신을 사랑하오」
하면 나는 애닯게도 울게된단다。
　　　　　　　어야한단다

(L I。4) 12。31

1 듸려다 ‥ 들여다。
2 입마촐때는 ‥ 입맞출 때는
3 기운차저라 ‥ 기운차게 돼라。
4 하날의질겁이 ‥ 하늘의 즐거움이。

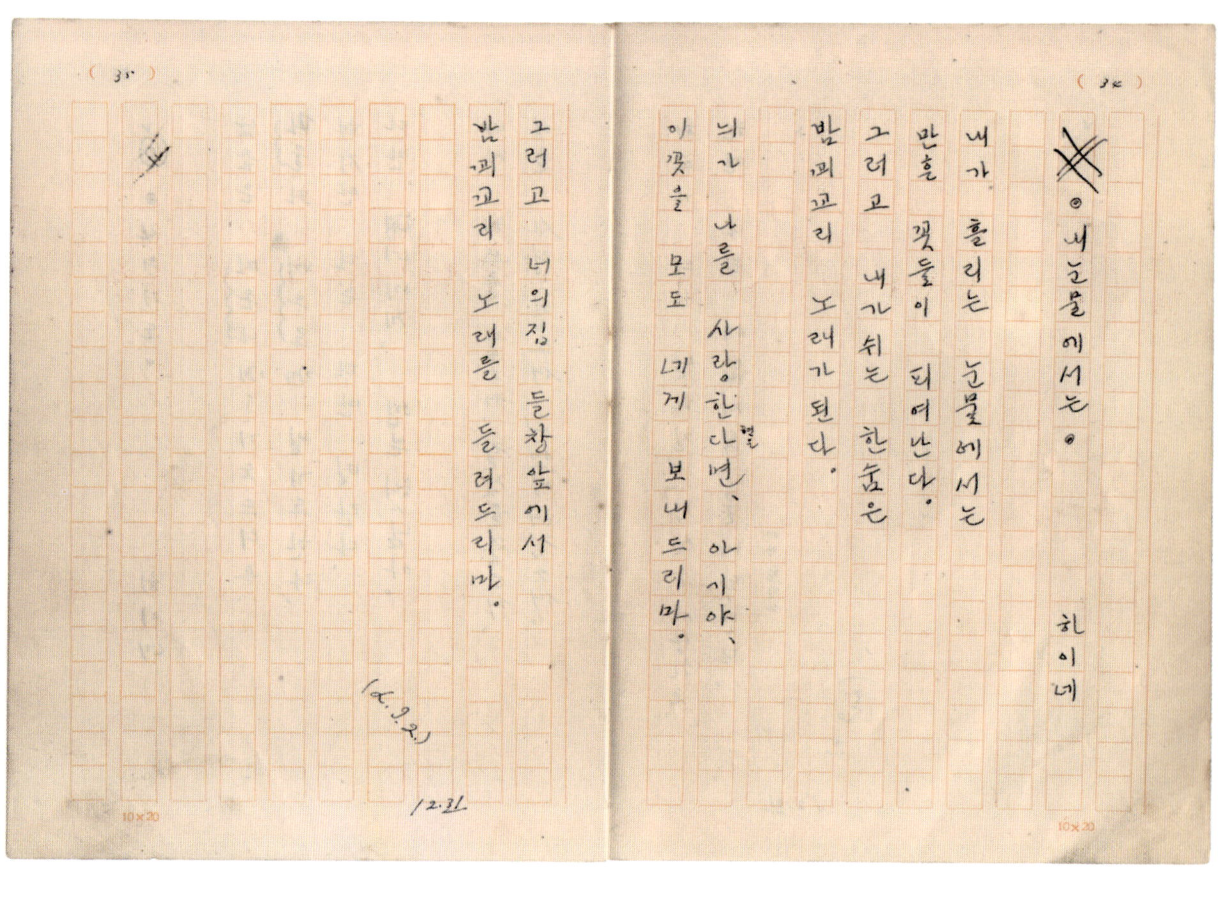

내 눈 물 에 서 는

하이네

내가 흘리는 눈물에서는
만흔[1] 꽃들이 피여난다.
그러고 내가 쉬는 한숨은
밤꾀꼬리[2] 노래가 된다.

늬가 나를 사랑한다면, 아기야, 해도
이꽃을 모도 네게 보내드리마.
그러고 너의 집 들창앞에서
밤꾀꼬리 노래를 들려드리마.

(ㄴ.I。2)
12。31

---

1 만흔 : 많은.
2 밤꾀꼬리 : 꾀꼬리는 밤에 울지 않는다. 여기서는 나이팅겔을 가리키는 듯하다.

나 의 기 도

하 이 네

남들은 마돈나께 기도드리고,
바울과 베드로께 빌기도한다.
허지만 나는 다만 빌란다.
다만 너에게, 엡쁜[1] 햇님아.

내게 키쓰를 줍소서, 질검을[2] 줍소서,
나를 사랑합소서 어엿비 녀김소서.
게집애가운대 가장 엡쁜햇님아!
저햇님아래 가장엡쁜색시야!

(Die Heimkehr 52)

12.

31

1　엡쁜 : 예쁜.
2　질검을 : 즐거움을.

※ 뺨이 뺨을 대여라。
하이네

네뺨을 내쌧미 꼭대여오사라。
그러면 눈물은 한데흐르리。
가슴에 가슴을 꼭부듸여라、
그러면 불길은 가치 타오르리。

그래 그 큰 불길 속으로
우리 눈물의강이 흘러가면은、
내팔이 너를 힘잇게 안으면ー
애정에 나는 죽고말리라。

(12.31)

뺨에 뺨을 대여라

하이네

네뺨을 내뺨에 대여보아라。
그러면 눈물은 한데흐르리。
가슴에 가슴을 꼭부듸여라[1]、
그러면 불길은 가치 타오르리。

그래 그 큰 불길속으로
우리 눈물의강이 흘러가면은、
내팔이 너를 힘잇게 안으면ー
애정에 나는 죽고말리라。

(ᄂ Iᆞ6)
12ᆞ
31

1 꼭부듸여라 ‥ 꼭 붙여라。

내울고 도라다니면

하이네

숲으로 거러다니며 내가 울면은,
（거기）
쌍궁이 높은데 안저,
깃븐 듯 뛰염것고 노래하며、
「늬는 웨 그리 설어 하늬？」

너의 누이들 제비게 무르면
일러주리라하리라、맘고은 새야
줄 수 잇느니라
내사랑 게시는 그 들창우에
살가운 제비는 살가이 집짓고 사느니。

(Heine、4)　12。31

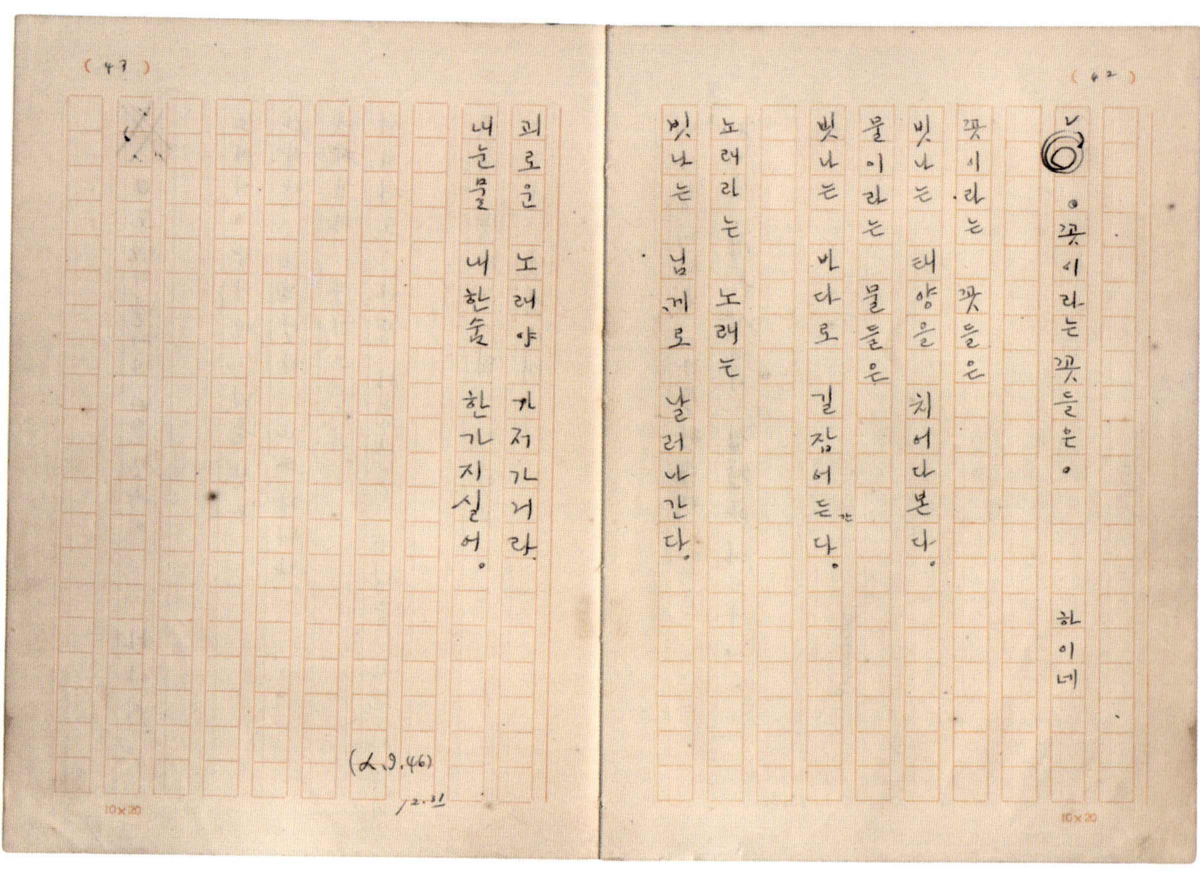

꽃이라는 꽃들은

하이네

꽃이라는 꽃들은
빗나는 태양을 치어다본다.
물이라는 물들은
빗나는 바다로 길잡어든다. 간

노래라는 노래는
빗나는 님게로 날러나간다.
괴로운 노래야 가저가거라
내눈물 내한숨 한가지실어.

(ㄴ。ㅣ。46) 12。31

노래의 날개에 너를 싯고[1]

하이네

노래의 날개에 너를 싯고
사랑아, 나는 멀리 가고지워라.
깐지스강[2]가 꽃피는 들로,
거기서도 가장 아름다운 구석을 나는 아노니.

붉게 꽃피는 뒤안[3]이 잇고
고요한 달빗아래.
련꼿은 저의 어엽븐[4]
어린누이를 기다리고 잇다.

시르미꼿[5] 웃고 속살거리며
하날에 별을 치여다본다.
장미는 저이끼리 귀에대이고
향기로운 이약이[6]를 가만이한다.

순하고 살가운[7] 사슴은
이리뛰여와 귀기우린다.

1 싯고 : 실고.
2 깐지스강 : 갠지스 강. 인도에서 가장 큰 강.
3 뒤안 : 뒤꼍, 뒷동산.
4 어엽븐 : 어여쁜.
5 시르미꼿 : 오랑캐꽃. 제비꽃.
6 이약이 : 이야기.
7 살가운 : 기본형, 살갑다, 상냥하고, 부드럽다.

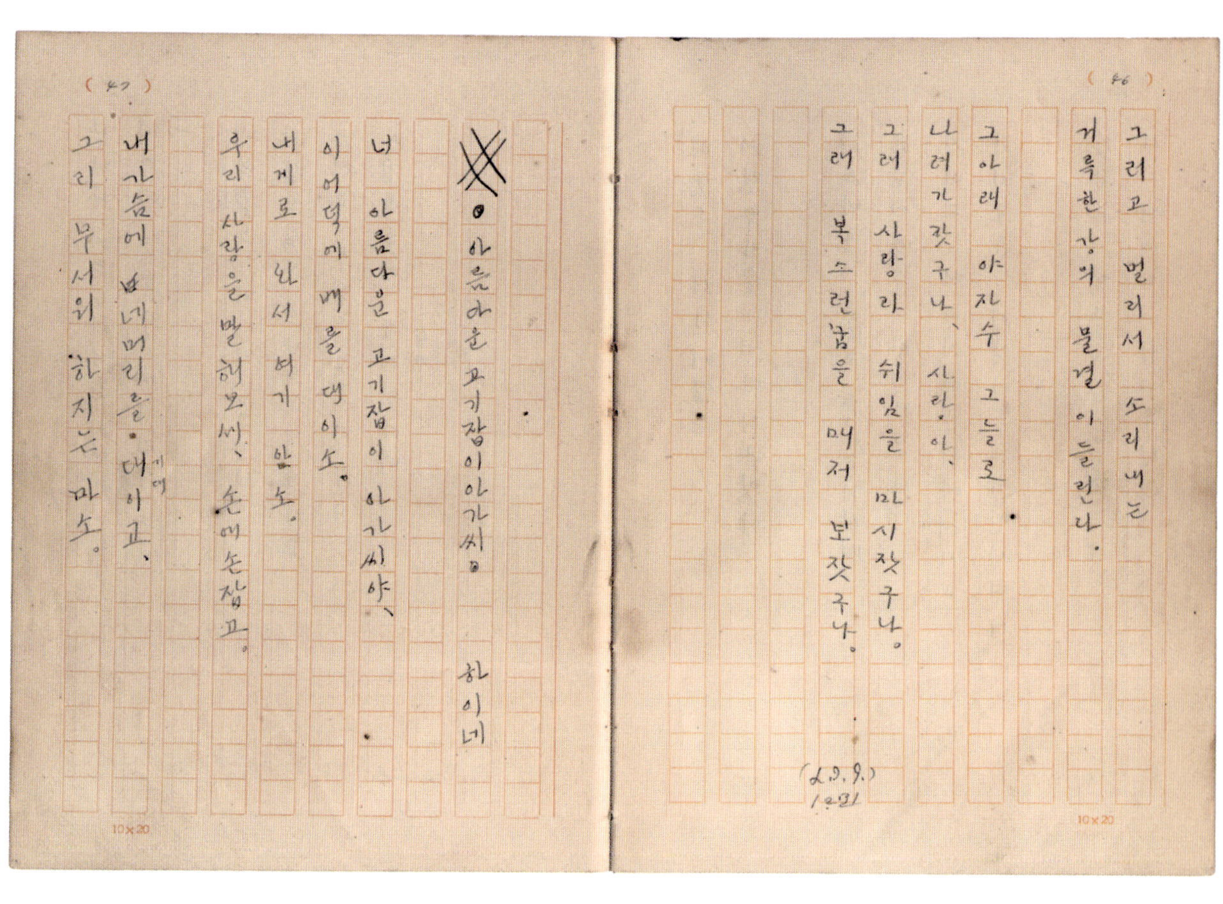

아름다운고기잡이아가씨

하이네

너 아름다운 고기잡이 아가씨야,
이어덕에 배를 대이소.
내게로 와서 여기 안소
우리 사랑을 말해보세, 손에 손잡고.
내가슴에 네머리를 대이고,[1]
그리 무서워하지는 마소.

그리고 멀리서 소리내는
거룩한강의 물결이 들린다.

그아래 야자수 그늘로
나려가잣구나, 사랑아,
그래 사랑과 쉬임을 마시잣구나.
그래 복스런꿈을 매저 보잣구나.

(ㄴ。ㅣ。ㅇ。ㅇ) 12。31

1 『전집』에는 〈기대고〉

날마다 너는 저거츤 바다에
걱정업시 몸을 맛기지[2] 안는가.
내가슴도 바다와 꼭가터,
바람도 잇고 드나드는 물도 잇고,
그러고 수업는 고은 진주가
깁흔곳에 수여[3] 잇다네.

(Heine 8) 12。31

치운[1] 한밤중에

하이네

한밤중이라 치웁고 고즈낙[2]한데,
나는 울면서 숩으로 쏘다다닌다.
잠든 나무를 흔드러 깨우면,
저의는 동정하는 듯 머리를 흔들흔들한다.

(ㄴI。64。) 12。31

---

2 맛기지: 맛기지.
3 수여: 숨어. 『전집』에서 〈수여〉

---

1 치운: 추운.
2 고즈낙: 고즈넉. 기본형 〈고즈넉하다〉, 잠잠하고 조용하다.

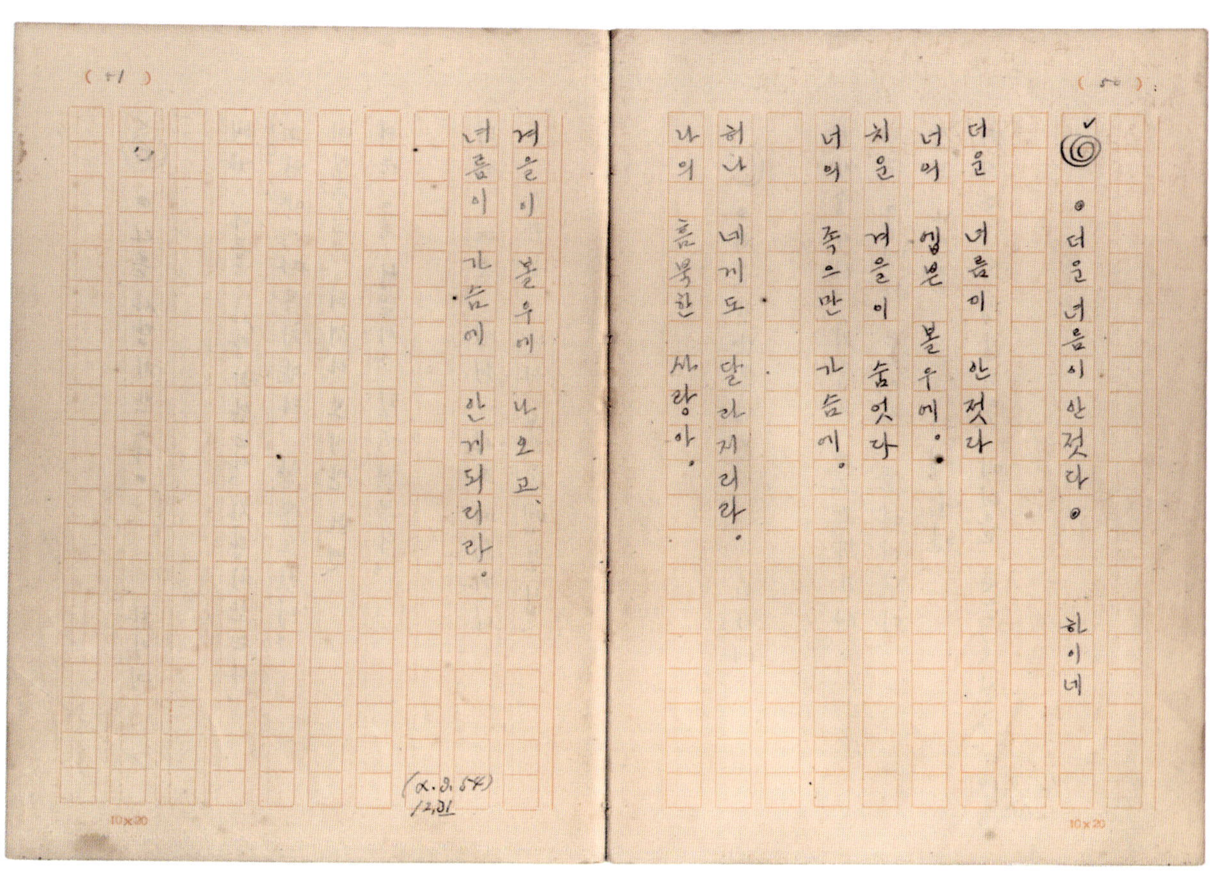

더운 녀름이 안젓다

하이네

더운 녀름이 안젓다
너의 엡븐 볼우에‥
치운 겨을이 숨엇다
너의 죽으만 가슴에。

허나 네게도 달라지리라
나의 흠북한 사랑아
겨을이 볼우에 나오고、
녀름이 가슴에 안게되리라。

（Ｌ。Ｉ。
54
12。
31

나를 사랑치 안는다

하이네

늬가 나를 사랑치 안는다、 사랑치 안는다.
그거야 아무치 안타 할수도 잇다.
하지만 그야
네얼골[1]을 듸려다[2]보기만 하면、
나는 무슨 님금이나 된 듯 깃브다.

늬가 나를 미워 아조[3] 미워한다
고 말하는 너의 붉은 엡븐님[4].
그것만 내게 입마초라 내미러주면、
나는 그만 더안바라겟다、 내사랑아.

만족

(ㄴㅣ。 12) 12。 31

1 네얼골 : 네 얼굴.
2 듸려다 : 들여다.
3 아조 : 아주.
4 엡븐님 : 예쁜 입.

자리에 누으면

하이네

밤과 이불에 둘러싸이여
자리에 몸을 누이면
내(눈)앞에 곱고 사랑스런
얼골이 어른거린다.

고요한 조름이[1] 내 눈을
겨우 감겨 주기만하면,
그 얼골이 꿈가운대로
살작이 기여드러온다.

아츰이 되면 꿈은깨이나,
그 얼골 사라질줄 업서、
왼하로[2] 내가슴에 그대로
지니고 도라단인다.

(Heine 49)
1。1。1930

1　조름이 :: 졸음이.
2　왼하로 :: 온 하루. 하루종일.

꿈에 늬가 뵈이여

하이네

밤마다 꿈에 늬가 뵈이여
내게 정답운 인사를 한다.
그러면 나는 소리처 울고
네고은 발아래 업드려진다.

늬는 나를 서런 듯이[1] 바랏고
뿔론드[2] 머리를 흔들더니,
진주가튼 눈물방울이
네눈에서 괴여나온다.

가만이 무슨말 한말하고,
늬는 씨프레스[3] 가지테를 내게준다.
이러나보면 가지는 안보이고,
고말도 이저버리엿고나.

(L I。62) 1。1

1 서런 듯이 : 서러운 듯이.
2 뿔론드 : Blond 갈색.
3 『전집』에는 〈전나무〉는

캄캄한 꿈속에서서

하이네

아득한 꿈속에서서
저의 그림을 듸려다보느라니
그 사랑스러운 얼골이
가만이 사라나오더라.

저의 입술가장에
아련한 우슴이 뜨더니、
괴로운 눈물로인듯
저의 두 눈이 빗나지더라.

나도 눈물이 흘러나려서
뺨을 타고 떠러젓다.
아ー 늬가 일허젓다고
내가 미들 수 잇느냐。
나는
　　　미더지지안는다
　　　얻는일이다

(Heine。 23) 1。1

늬를 언제나 사랑한다

하이네

나는 너를 언제나 사랑햇고 언제나 사랑한다
세상이 모도[1] 한번에 부서진다자[2]、
그부스러기속에서라도—
내사랑의 불길은 나타오르리라。

(ㄴ。Ⅰ。50) 1。1

1 모도 : 모두。
2 부서진다자 : 부서진다고 하자。

밧게는 눈이 싸인다 하자

하이네

저밧긔 눈이 싸인다 하자、
느레[1]가 오고、폭풍우 인다자、 진눈개비
창을 군들거리며[2] 부듸친다자、
내사 조금도 설은말은[3] 안켓다。
내가슴에는 품어잇지안으냐、
사람의 얼골과 봄의 질검을[4]。

(Heine 51) 1。1

1 느레 : 우박。
2 군들거리며 : 흔들거리며
3 설은말은 : 서러운 말은。
4 질검을 : 즐거움을。

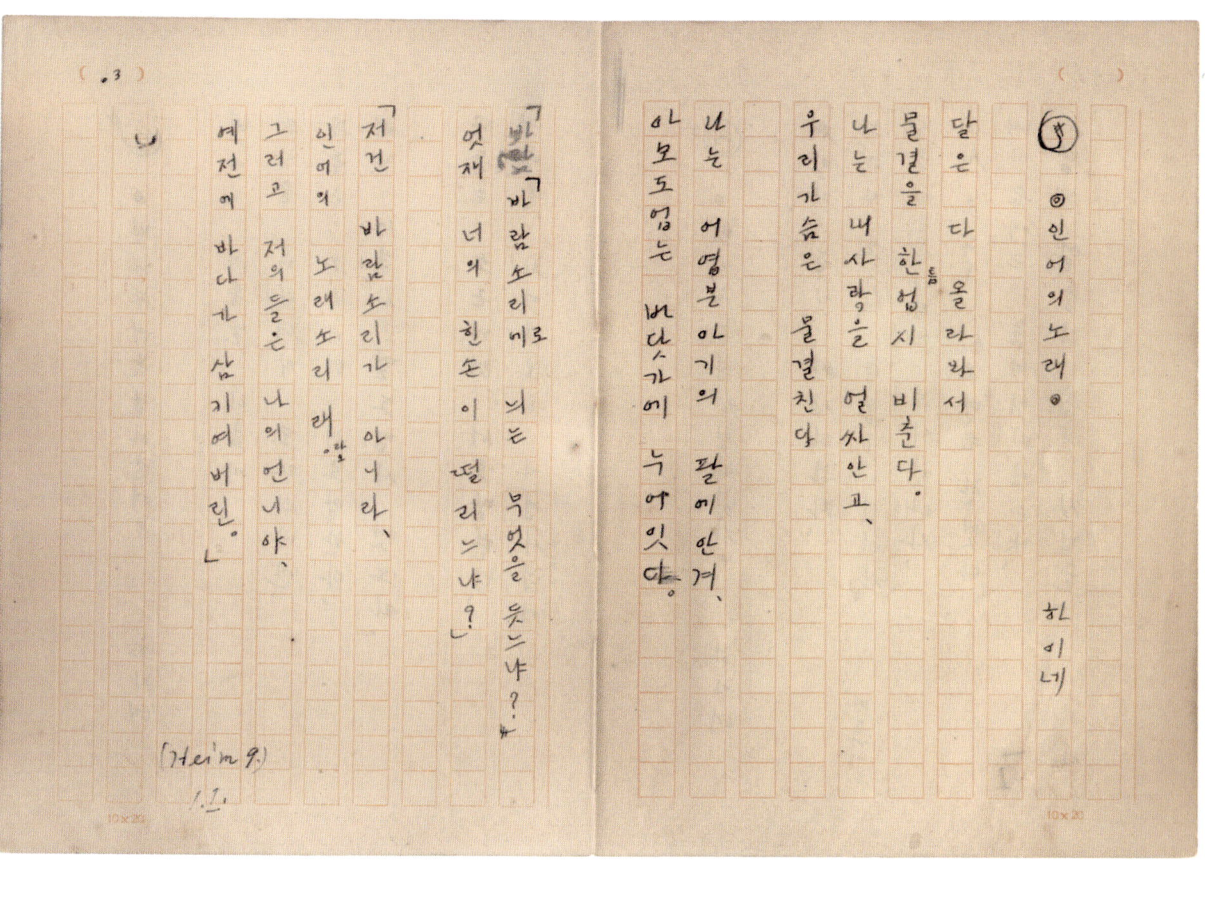

인 어 의 노 래

하이네

달은 다 올라와서
물결을 한엽시— 비춘다.

나는 내 사랑을 얼싸안고,
우리 가슴은 물결친다

나는 어여쁜아기의 팔에 안겨,
아모도² 업는 바닷가에 누어 잇다.

「바람소리에 늬는 무엇을 듯느냐³?

엇재 너의 흰손이 떨리느냐?」

「저건 바람소리가 아니라,
인어의 노래소래.

그러고 저의 들은 나의 언니야⁴、
예전에 바다가 삼키여버린.」

(Heine 9°) 1°1

1　『전집』의 〈틈업시〉보다 〈한업시〉가 더 좋다.
2　아모도 :: 아무도.
3　듯느냐 : 듣느냐.
4　『전집』에서 〈언니요〉로 된 것에 주의.

빗나는 녀름날 아츰에

하이네

빗나는 녀름날 아츰에
뒤안을 이리저리 도라다니면,
꼿들은 소근거려 서로말한다.

허나 나혼자 말도업시 것노라[1].
꼿들은 소근거려 서로말한다.
내얼골 치어다보고 가엽시녁여[2]

「우리 언니게[3] 성내지 마서요[4],
서름에[5] 파래진 어른아.」

(ㄴ ㅣ。52)
ㅣ。
1

1 것노라 : 걷노라. 기본형 〈걷다〉
2 가엽시녁여 : 가엾게 여겨, 생각하여.
3 언니게 : 언니에게.
4 마서요 : 마세요.
5 서름에 : 설음에.

사랑하는 두사람이

하이네

사랑하는 두사람이 난호일때는[1]
서로의 손을 쥐여가며
눈물도 터저나오고
끗업는 탄식에 잠기는 것이다

우리들은 난흘제[2] 우지도안코,
「아!」「설다!」탄식도 업시.
헌데 눈물과 탄식(네)들이
뒷전으로 차서왓고나.

(ㄴ I。55) 1。1

---

1 난호일때는 : 나누일 때는, 헤어질 때는.

2 난흘제 : 헤어질 때.

산위에 해는 올라와

하이네

저 산 위에 해는 벌서 올라오고,
양의무리 멀리서 방울소리한다。[1]
내사랑아, 양아, 해야, 질검아,[2]
다시한번 늬가 보고십고나!

나는 기웃한 눈치로 치여다본다—
잘잇거라, 아기야, 나는 예서 떠나간다。
아—그만! 커틘하나 깟닥하지 아니하니‥
그는 아즉 누워서 자는가— 나의 일을 꿈이나
꾸고?。

(Heine 83) 1。1

해는 산우애 올라오고
양의떼 멀리 방울소리한다
내사랑 내염소 나의해야 질검아
너를 꼭 한번 보고십고나

기웃대는 눈치로 치여다본다
잘잇거라 아기야 나는 떠나간다
할일업다! 포장도 깍닥안하니
저는 누어 자는가 나를 꿈이나꾸고

(Heine 83) 1。1

1 방울소리한다 ∷ 방울소리 낸다。
2 질검아 ∷ 즐거움아。

너는 한송이 꼿

하이네

너는 바로 한송이 꼿이여라.
그리 어엽고[1] 곱고 맑아라.
너를 보고만잇스면 설븐생각[2]이
가슴속으로 어느새 기여드론다.

네머리우에 내손을 언고
이러케 나는 비러야 할까보다
하나님이 너를 이대로
「맑고 곱고 어엽게 직혀줍소서.」

(Heine。 47)
1。
1

1 어엽고 : 어여쁘고.
2 설븐생각 : 서러운 생각.

나븨는 장미꿋에 미처서

하이네

나븨는고만 장미꿋에 미처서、
천번이나 그를 싸고돈단다。
헌데−또 나븨를 사랑하는 해빗은
그뒷을 금빗 고읍게 싸고돈단다。

허지만 장미꿋은 누기를[2] 사랑는지、
나는 그것이 알고 십지만、
그것이 노래부르는 밤꾀꼬리[3]ㄴ가?
아니면 밤하늘에 말업는 별인가?

내사모른다。장미꿋이 누기를 사랑는지、
다만 나는 너희들 모도[4]를 사랑한다、
장미꿋、나븨、햇빗
밤에별 밤꾀꼬리。

(neuer Fruhling 7。) 1。1

1 헌데∴그런데。
2 누기를∴누구를。
3 밤꾀꼬리∴나이팅게일。
4 모도∴모두。

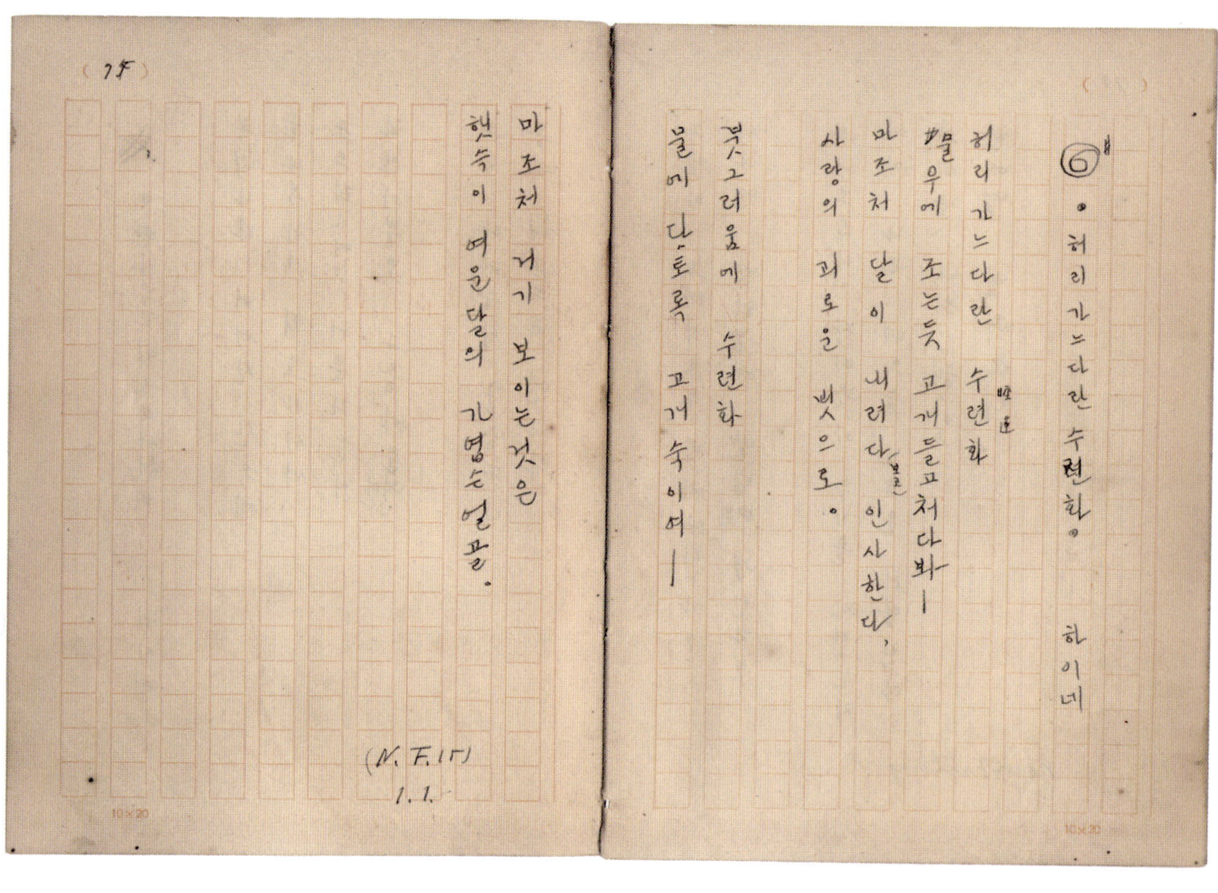

허리 가느다란 수련화

하이네

허리 가느다란 수련화　睡蓮
물우에 조는 듯 고개들고 처다봐—
마조처— 달이 내려다 인사한다,　(보고)
사랑의 괴로운 벗으로.

붓그러움에 수련화
물에 닷토록 고개숙이여—
마조처 거기 보이는 것은
햇속이 여운2달의 가엽슨얼골.

(N°F° 15)　1°1

1　마조처: 마주쳐.
2　여운: 여원.

솔나무는 외로이서서

하이네

북녁나라 버서진 산우에
솔나무[1]하나 외로이서서、
조으러가면 : 어름과눈이
하얀이불로 그를싸준다。

그는 야자수의 꿈을꾼다、
동쪽 해소스는[2] 먼나라
타는듯한 바위기슭에
말도업시 외로이 서잇는。

(i。m。33)
1。1

---

1 솔나무: 소나무
2 해소스는: 해가 솟는。해가 뜨는。

련꼿은 두려워서

하이네

찬란한 해의 앞에
련꼿은 두려워서
머리숙이고 꿈보며
밤이 오기를 기다린다.

밤의달은 저의사내
그빛으로 저를 깨우면
저는 정결한 꼿의얼골을
어렴업시[1] 그앞에 내여놋는다.

저는 활작피고 붉게타고 번적여
말도업시 하날을 치여다보며,
사랑과 사랑의 괴로움에
향기나고 우름울고 몸을 바르르떤다.

(ㄴ. ㅣ. 10)
ㅣ. ㅣ

1 어렴업시 : 어려움 없이

어느 꼿인지 알길업서

하이네

내사랑하는꼿이 어나것인지[1]
하나 잇기는하나 알길업서、 　이것이 내게 괴로움이라。
나는 꼿닙속마다 듸려다보며、
마음 하나를 찻노라。

저녁놀에 꼿은모도 향기롭고
나이팅겔 노래한다。
나는 마음하나를 찻노라、
내마음가치 그리곱고[2]、 그리곱게 움지기는。

나이팅겔 노래한다。
나는 아라드럿다、 그의늣거운노래를。
우리들이다 괴롭고 근심스러、
그다가치 근심스럽고 괴로워。

(N。F。4。)　1。1

---

1 어나것인지 : 어느 것인지。
2 그리고운 : 그리 고운。

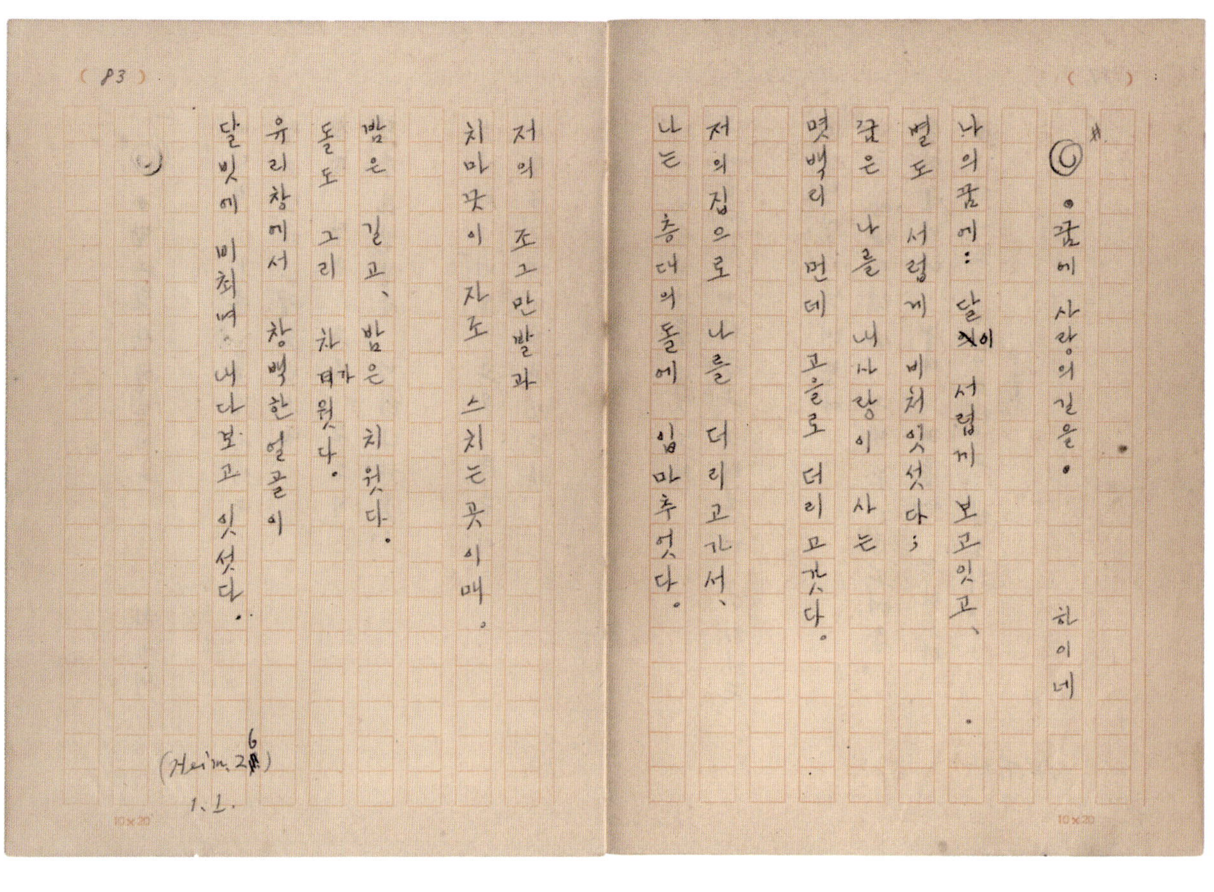

꿈에 사랑의 길을

하이네

나의 꿈에 : 달이 서럽게 보고 잇고、
별도 서럽게 비처잇섯다 ‥
꿈은 나를 내사랑이 사는
멧백리 먼데 고을로 더리고 갓다[1]。
저의 집으로 나를 더리고가서、
나는 층대의돌에 입마추엇다[2]。
저의 조그만발과
치마끗이 자조 스치는곳이매。
밤은 길고、 밤은 치웟[3]다。
돌도 그리 차가웟다。
유리창에서 창백한얼골이
달빗에 비최며[4]
내다보고 잇섯다。

(Heine。 26)
1。 1

---

1 더리고갓다 ∷ 데리고 갓다.
2 입마추엇다 ∷ 입맞추었다.
3 치웟다 ∷ 추웠다.
4 비최며 ∷ 비추며.

달 그림자 떨 듯이

하이네

바다의 거츤 물결에서는
달그림자 떨고잇스나、
참말 달은 고요 든든이
활등하날길을 거러나가듯‥

그가치 너도 고요 든든이、
사랑아、거러가고잇스나、
내가슴 이리 뒤흔들리매
이속에 네그림자 떨고잇니라。

(N。F。23。) 1。1

네얼굴 곱고 사랑스러

하이네

네얼골 곱고 사랑스러
요즘에 꿈을 다 보앗다.
그리 순하고 천사가트나
그러나 괴롬에 새파라케 질렸다.

그러고 입술만이 붉으나
죽엄이[1] 이내 파라케 입마촌다.[2]
그미듬잇는 눈에서 새어오는
하날의 빗이 사라지리라.

(L.I.5)
1.1

1 죽엄이 : 죽음이.
2 입마촌다 : 입맞춘다.

산우에 올라서니

하이네

산몰랑이에— 올라서니
공연이 여러생각 나는고나.
「날르는 새나 되엿더면!」
하는 한숨도 멧천번인지.

내가 제비라도 되엿더면,
네게로 곳 날러가겟다만, 내아기야、
그래 보금자리를 지으되
너의 유리창 잇는 바로우에다.

내가 나이팅겔이 되엿더면,
네게로 곳 날러가겟다만, 내아기야
그래 노래를 불러들리되,
밤마다 푸른 보리수 우에서.

내가 바보새나 되엿더면,
나는 네가슴으로 바로 날러가련만‥

1 산몰랑이 ∷ 산마루.
2 내아기야 ∷ 전집에서는 〈내아이야〉
3 지으되 ∷ 짓되.

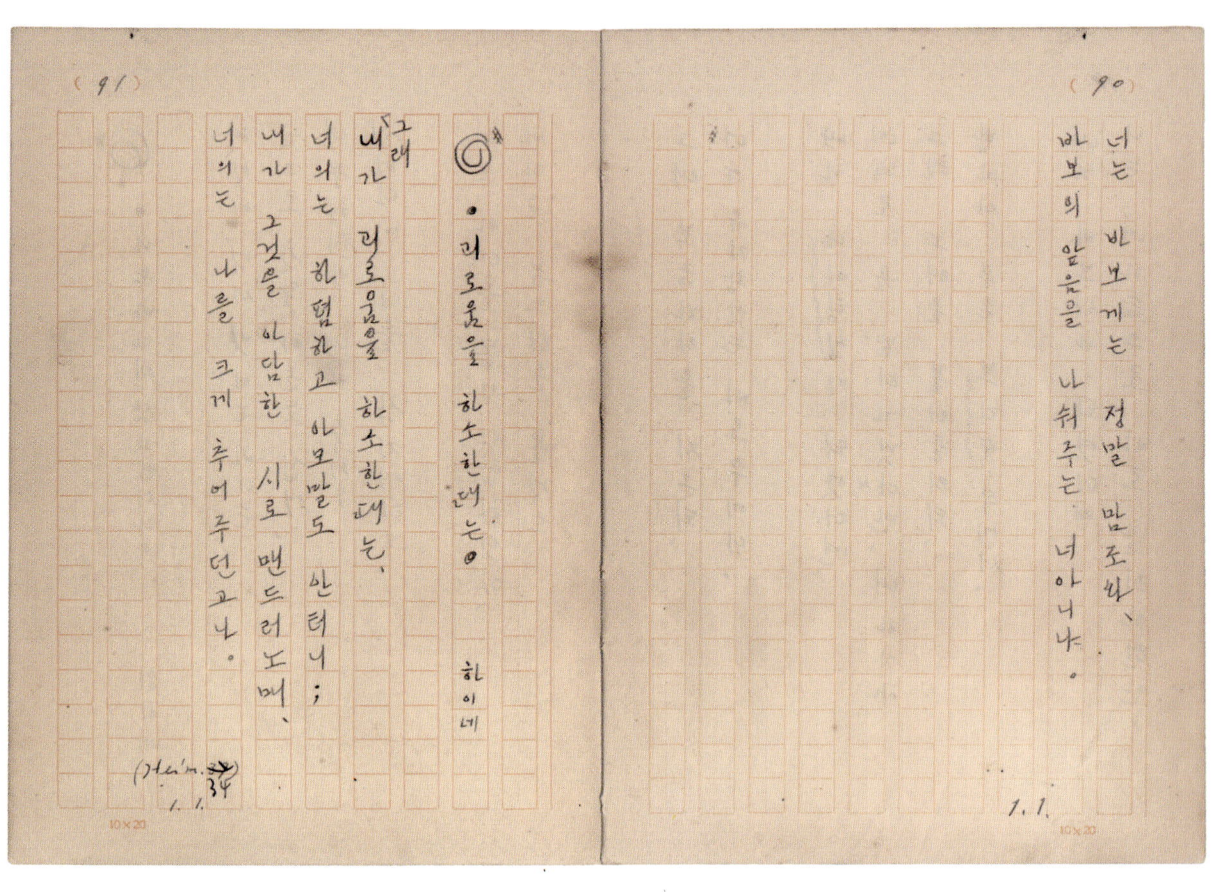

너는 바보게는[4] 정말 맘조와,
바보의 앎음을 나쉬주는 너아니냐.

1.1

괴로움을 하소한때는

하이네

그래 내가 괴로움을 하소한때는,
너의는 하펌하고[1] 아모말도 안터니;
내가 그것을 아담한 시로 맨드러노매[2]
너의는 나를 크게 추어주던고나.

(Heine. 34) 1.1

4 바보게는 : 바보에게는.
1 하펌하고 : 하품하고
2 맨드러노매 : 만들어 놓으매, 만들어 놓으니까

나는 바다에 잠기여지라

하이네

해빛에 넘처 빗나는 바다는
금으로 참말 이룬듯 십어.
너들형제야 내가 죽거든
저바다에 나를 잠기여다오.

나는 바다를 몹시 사랑하엿다,
바다는 부드러운 물결로
여러번 내 마음을 식혀주엇다[1].
우리는 서로 조흔 사이였더라[2]。

서

1 식혀주엇다 :: 씻어주엇다.
2 『전집』에 〈사이였어라〉가 되었음에 주의.

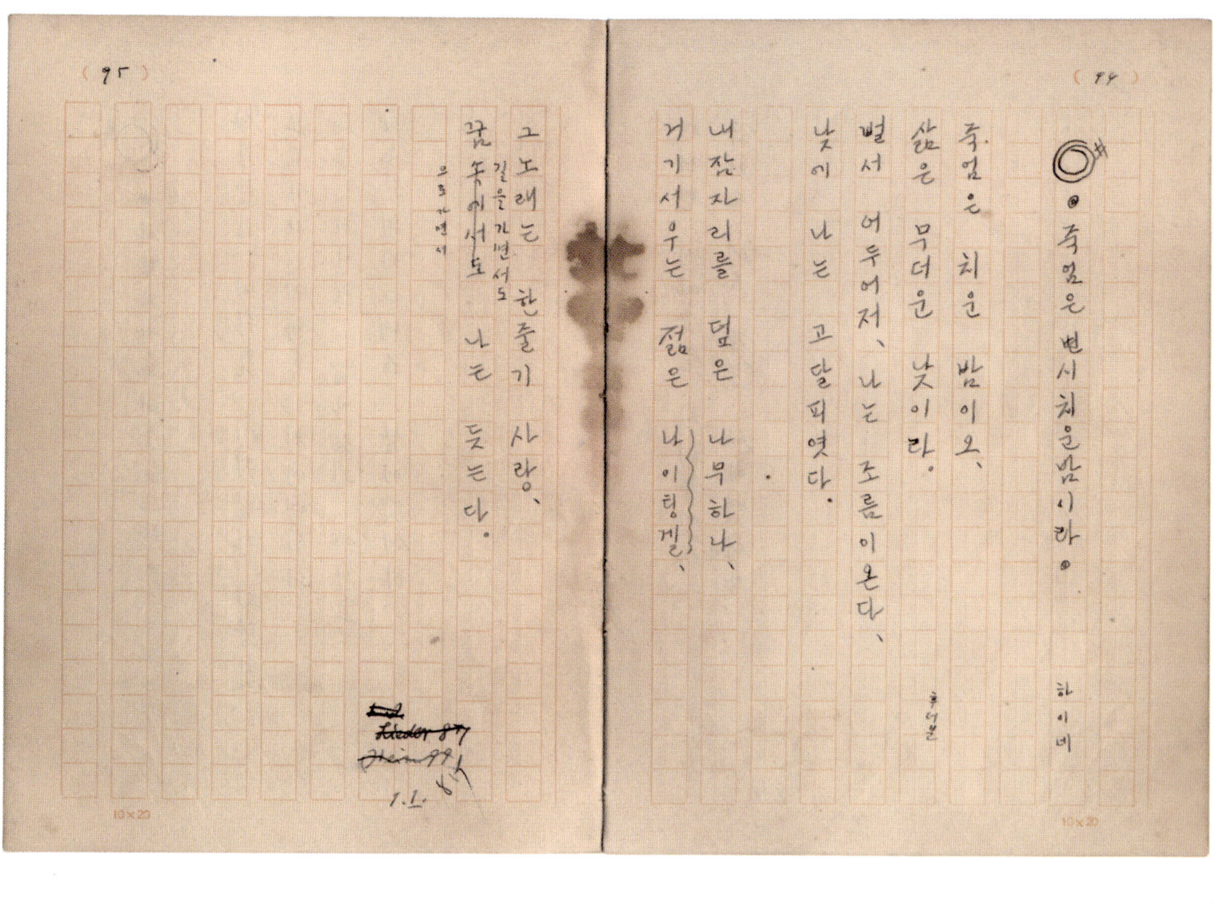

죽엄은변시[1] 치운밤이라

하이네

죽엄은 치운 밤이오,
삶은 무더운 낮이라.
벌서 어두어저, 나는 조름이온다,
낮에 나는 고달피엿다.[3]

내 잠자리를 덮은 나무하나,
거기서우는 젊은 나이팅겔,
그 노래는 한줄기 사랑,
꿈길을가면서[4]도 나는 듯는다.

후더분[2]

1 . 1

1 원고에는 전집의 주석을 따르라 되어있으나 지칭하는
단어가 다름.
2 후더분 : 〈무더운〉에 대한 대안으로 생각한 듯하다.
3 고달피엿다 : 고달팠다.
4 꿈길을 가면서 : 아랫줄에 〈꿈길으로 가면서〉를 생각
할 것.

사랑과미움 미움과사랑

하이네

사랑함과 미워함, 미워함과 사랑함,
모든가지 내게로 지내여가나,
그중 하나도 남아잇지 아니코,
나는 왼이 그대로 남어잇서라.

허저

(Leider 77)　1 。 1

푸른숲으로 다니고십다

하이네

꽃들이 피여나고 새들은 노래하는
푸른 숲으로 나는 도라다니고 십다.
언제나 내가 무덤속에 눕는날에는
눈도 귀도 흙으로 덥히여저,
피어나는 꽃인들 볼수잇스랴!
우는 새노래인들 들을수나 잇스랴!

(Leider 77)　1 。 1

로 레 라 이[1]

하 이 네

일인바에 알수는 업스나、
나는 그저 설다네[2]。
네부터 나려오는 한이약이
마음에 이체지지 안슴네[3]。

싼듯한공기[4]、날은저물고、
라인강 고요히 흐르는데、
묏봉오리 저녁햇빗에
번쩍이고 잇슴네。

아련이 아릿다운 새악시
바위 저우에[5] 안저슴네∶
황금 꾸미개[6] 번쩍어리고[7]、
금빗 머리를 빗겨슴네。

황금빗으로 머리빗기며、
부르는 노래도 한가락

1 원고에는 〈로레롸이〉라고 되어 있음。
2 설다네∶서럽다네。
3 안슴네∶않네。
4 싼듯한공기∶싸늘한 공기。
5 저우에∶저 위에。
6 꾸미개∶무엇을 곱게 꾸미는 데 쓰는 물건。
7 번쩍어리고∶번쩍거리고。

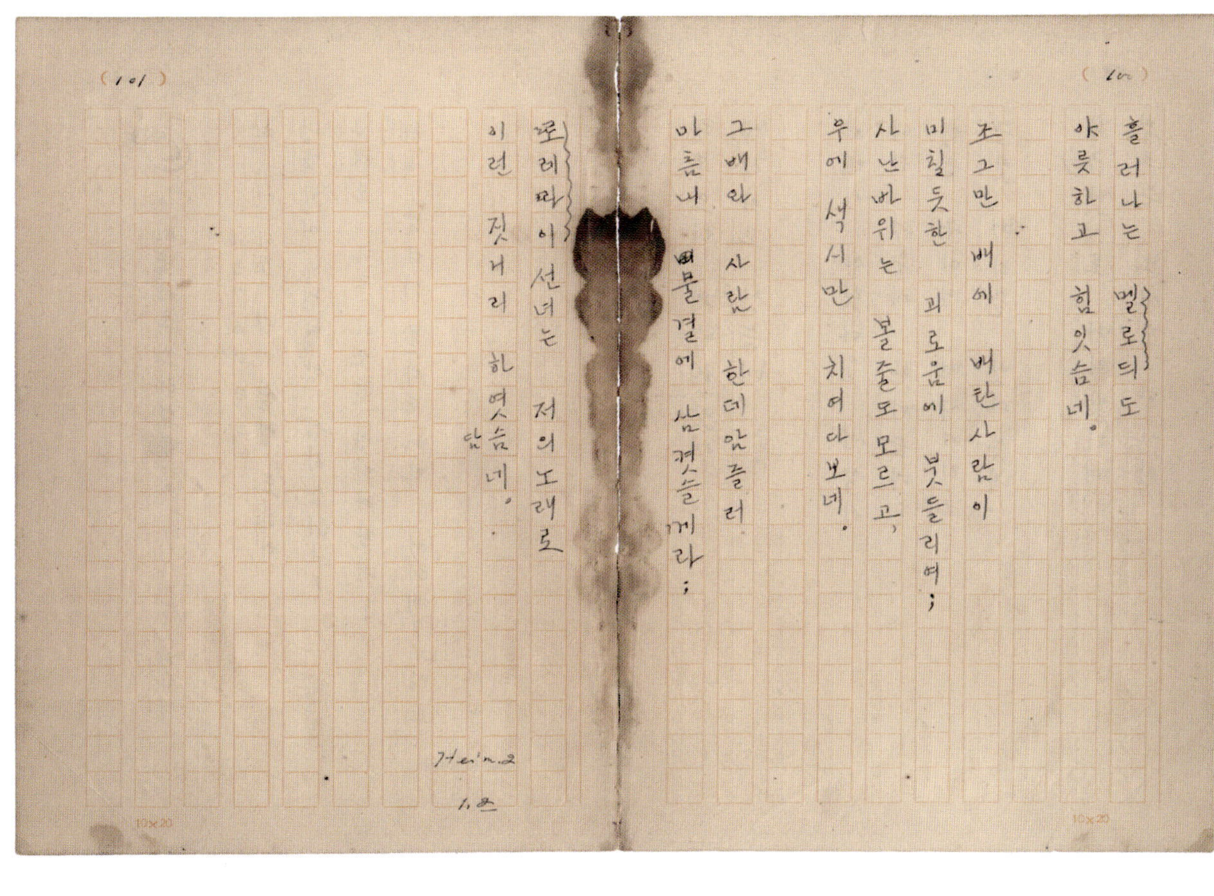

흘러나는 멜로듸도
야릇하고 힘잇슴네.

조그만 배에 배탄사람이
미칠듯한 괴로움에 붓들리여 ::
사난바위─는 볼줄도 모르고,
우에 색시만 치여다 보네.

그배와 사람 한데 암즐러 2
마츰내 물결에 삼켯슬께라;
로레라이선녀는 저의 노래로
이런 짓거리 하엿슴네.

담

Heine。2。
1。2

----

1 사난바위 :: 사나운 바위.
2 한데암즐러 :: 으뜸이 되는 한 곳에 덧붙여서 하나로 되게 하여, 〈암즐러〉의 표준형은 〈암질러〉.

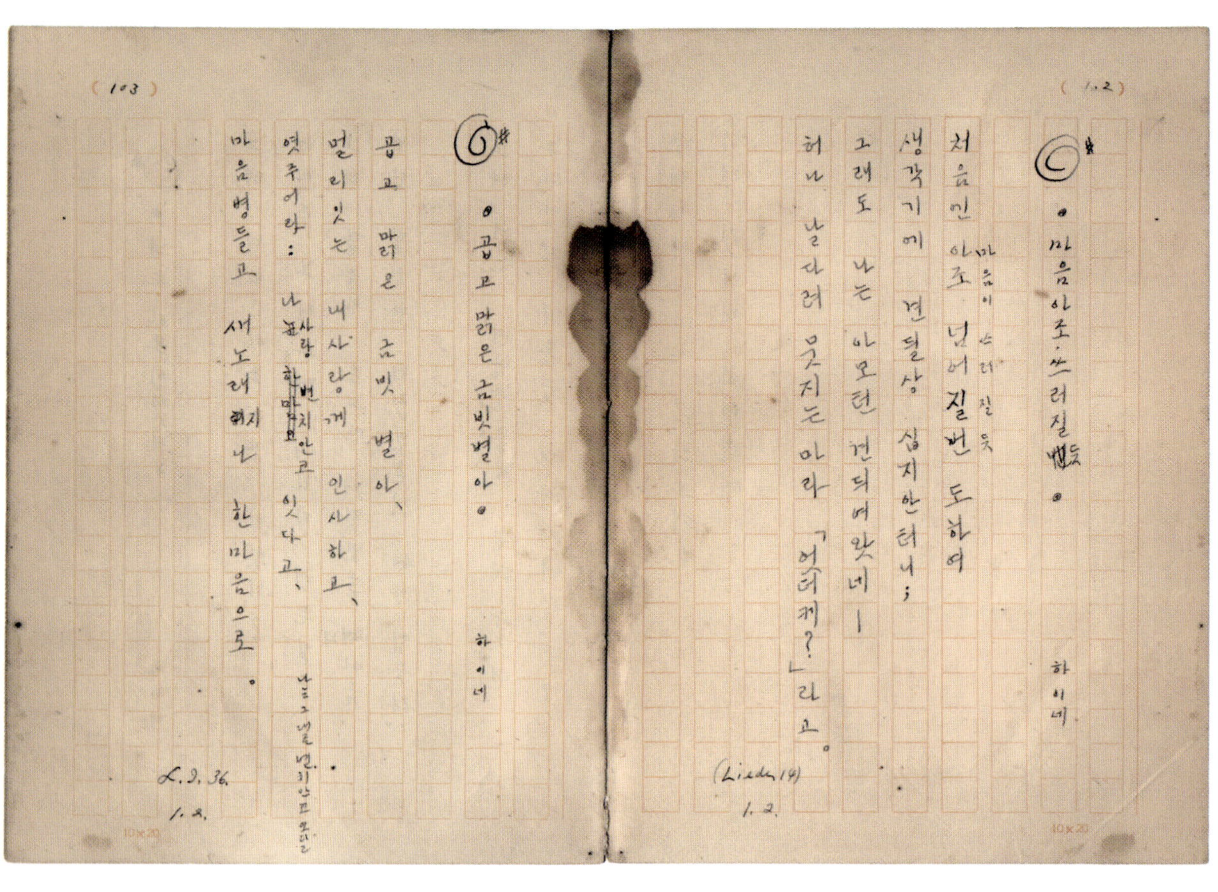

마음 아조 쓰러질듯

하이네

마음이 쓰러질 듯

처음엔 아조 넘어질번도 하여
생각기에 견딜상¹ 십지안터니:
그래도 나는 아모턴 견듸여 왓네—
허나 날다려² 뭇지는 마라 「엇더케?」라고.

(Lieder 14)
1
2

곱고 맑은 금빗별아

하이네

곱고 맑은 금빗 별아、
멀리잇는 내사랑께 인사하고、
엿주어라: 나사랑 변치안코 잇다고、 나는 그
대로 변치안코 잇다고³
마음병들고 새노래지나 한마음으로.

L. i.
2
36

---

1 견딜상∷견딜성.
2 날다려∷나에게.
3 이 행의 아래쪽에 쓰여있음.

늬는 아조 이젓늬

하이네

그래 늬는 아조그만 이젓늬?
늬맘을 그리오래 내차지 했든일을、
그리 달금한 조그만 거짓만흔 늬마음、
보담 달금한 거짓만흔것 세상 업슬라。 된것은

그래 늬는 내맘을 그러케 한데누르던
그사랑과 괴롬을 다이저버렷늬?
내사모른다‥ 사랑이 괴롬보다 크던가?
다만아는건‥ 둘이다 한결가치 컷니라!

(ㄴ。i。22)
1。
2

한번은 내게 빗나든 그림이

하이네

아득이 어둔 나의 삶 가운대
한번은 고은 그림이 빗낫더니라.
이제 그 고은 그림이 사라저버리니,
나는 온전이 어둠에 싸인다.

어둔 가운데 잇는 애들은
저의 무서움을 쪼차보려고
소리처 노래를 부르느니라.

마음이 그만 엇절줄 몰라,
어둠가운대 노래하느니:
노래에 질거운[1] 마듸는[2] 업스나,
나는 미칠듯한아이, 이제
나를 무서움에서 노하주느니라.

(Heine. 1. 2)

1 질거운 : 즐거운.
2 마듸는 :: 마디는。『전집』에는 〈마디야〉로 되었음.

세상은 이리아름다워[1]

하이네

세상은 이리아름답고 하늘은 이리푸르러,
이리도 바람은 한들한들 다수하고,
그러고 꽃들은 꽃피는들로 오라 눈짓하며,
아츰[2]이슬이매저 번적번적 빗이나고
사람들은 질거움에 취한다, 어듸를보나 ─
허지만 나는 무덤속으로 나려가련다,
그리하야 죽은 나의 사랑을 껴안고 누으련다.

(L. i. 33)
1. 2

1 『전집』에서 제목이 〈아름다운 세상〉으로 바꿈.
2 아츰: 아침.

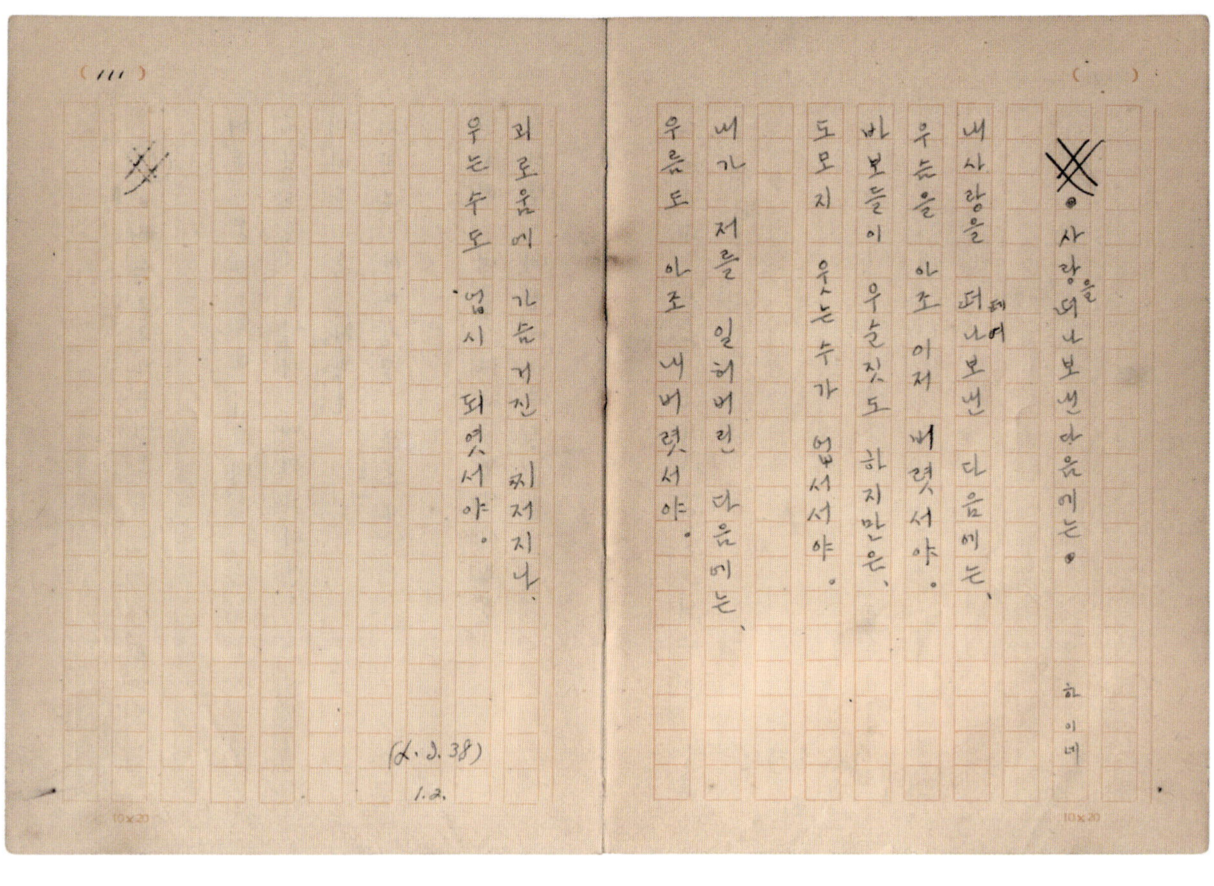

사랑을 떠나 보낸다음에는[1]

하이네

내사랑을 떠나 보낸[2] 다음에는,
우슴을 아조 이저 버렷서야.
바보들이 우순짓도[3] 하지만은,
도모지 웃는수가 업서서야.

내가 저를 일허버린 다음에는,
우름도 아조 내버렷서야.
괴로움에 가슴거진 찌저지나,
우는수도 업시 되엿서야.

(ㄴ。i。38)
1。2

1 『전집』에서 제목이 〈사랑을 보낸 다음에는〉으로 되었음.

2 〈떼여 보낸〉보다 〈떠나 보낸〉이 더 자연스러운 말이다.

3 우순짓도 : 우스운 짓도

해는 오고 가는데

하이네

해는 오다 가다 하는데,
사람들은 무덤에 나려가지만…
내마음 속에 잇는
사랑은 사라질줄 모르나.

단한번 너를 다시 보아지고ㅡ…
그러면 네앞에 무릎꿇고,
죽어가며 네게 말하리라, 단한마듸:
「부인이여 나는 당신을 사랑함니다!」

(Heine。25。)
1。2

1 보아지고 : 보게 되었으면。 소망을 말하고 있다。

꽃 피고 새 노래할 제 [1]

각근한 인사를 하엿겟다

하이네

보리수 꽃이 피고, 꾀꼬리 노래하고,
해는 유정이 질건빗으로 웃든때에,
너는 나를 입마추고 네팔은 나를 껴안어,
구비치는 가슴에 꼭 대엿겟다. [2]

입사귀 떠러지고, 가마귀 소리하고,
해는 실증난 얼골로 인사하든때에
우리는 서로 싸늘하게 말하길 : 「잘게십시오!」
허고 너는 가장 각근스런[3] 인사를 각근이 하엿
니라.

(ㄴ. i. 26)

1
2

1 『전집』의 제목은 〈각근한 인사를 하였겠다〉
2 이 행에서 〈나를〉이 지워짐.
3 각근스런 : 〈각근〉은 정성을 다하여, 부지런히의 뜻.

네하얀 나리꽃손가락을

하이네

너의 하얀 나리꽃 손가락을
다시한번 입마출수[1] 잇다면!
내가슴에 그를 꼭대이고
가만한 우름에 자자질수잇다면!

젓스면!

너의 맑은 시르미꽃[2] 두눈은
밤낮업시 눈앞에 어른거려
나를 괴롭히길∶「이 곱고 푸른 수수꺽기가[3]
무슨 뜻인고?」

(Heine。 31)

1 입마출수 ∶∶ 입맞출 수。
2 시르미꽃 ∶∶ 제비꽃。
3 수수꺽기가 ∶∶ 수수께끼가。

젊은가슴이 찌저질때에

하이네

젊은이 가슴이 찌저나 질때에
우에서 별들이 우슴웃는다.
저먼 푸른데서 내려다보고,
저의는 우스며 말한다.
「가엽슨 사람들은 제마다
마음다하야 사랑한다고 ‥
허지만 서로 서럼을 주어
죽도록 괴로워 하고야 마나니.
「저아래 가엽슨 사람을
죽도록 괴롭히는 사랑은
우리는 늣겨보지 안느니 ‥
그럼으로 우리는 죽음이 업느니라!」

(Liedn 17)
1。
2

족으만 눈의 파란 시르미꼿[1]

하이네

족으만눈의 파란 시르미꼿,
족으만뺨의 붉은 장미화,
족으만손의 하얀 나리꼿
이들은 아즉도 그침업시 피어나나,
그곱든 심장만은 시드러버렷고나.

(L。i。38)
1。2

그집에 드러와보니

하이네

그날에 제가 변치안키를
약속하든[1] 그집에[2] 드러와보니,
언약   가

저의 눈물이 떠러지든 그곳에
배암들이 기여다니고 잇서라.
더

(제가 내게 변치안킬 맹세하든
옛날의 회당안에 드러와보니
그때 저의눈물 떠러지든곳
배암들이나와 길엇서라)

(Heine 19)
1。2

---

1 시르미꼿 : 제비꼿. 오랑캐꼿.

1 『전집』에는 〈맹세하든〉
2 『전집』에는 〈회당안에〉

바다는 멀리 번적인다

하이네

넘어가는 저녁빗에
바다는 멀리 번적인다.
외따른 어부의 집겨테
단둘이 말업시 우리는 안젓다.

안개 나리고, 밀물 드러오고,
갈매기 이리저리 나르고..
사랑가득한 너의눈에서
눈물이 흘러나렷다.

네손등에 떠러지는 눈물을보고
나는 무릅꿀코 업듸여[1]
너의 하얀손에서
그눈물을 깜작[2] 마셧다.

그때브터 나의몸이 바트고
그리움에 마음이 죽으려한다 ─
                    을듯

1 업듸여 : 엎드려
2 깜작 : 순간적으로.

저불상한 게집이
눈물로 내게 독약을 먹엇고나.

첫다[1]
인게다[1]

(Heine)
1. 2. 14

첫사랑하는 이는

하이네

처음으로 사랑을 하는사람은
행복이 업슬망정 하날이다.[1]

허지만 두번재 행복업시
사랑하는 사람은 바보이다.

나는 이러한바보 나는다시
사랑한다 저편의 사랑업시‥
임자, 맛[2]

1 글자를 명확히 알 수 없음.
2 글자가 정확한지 알 수 없음.

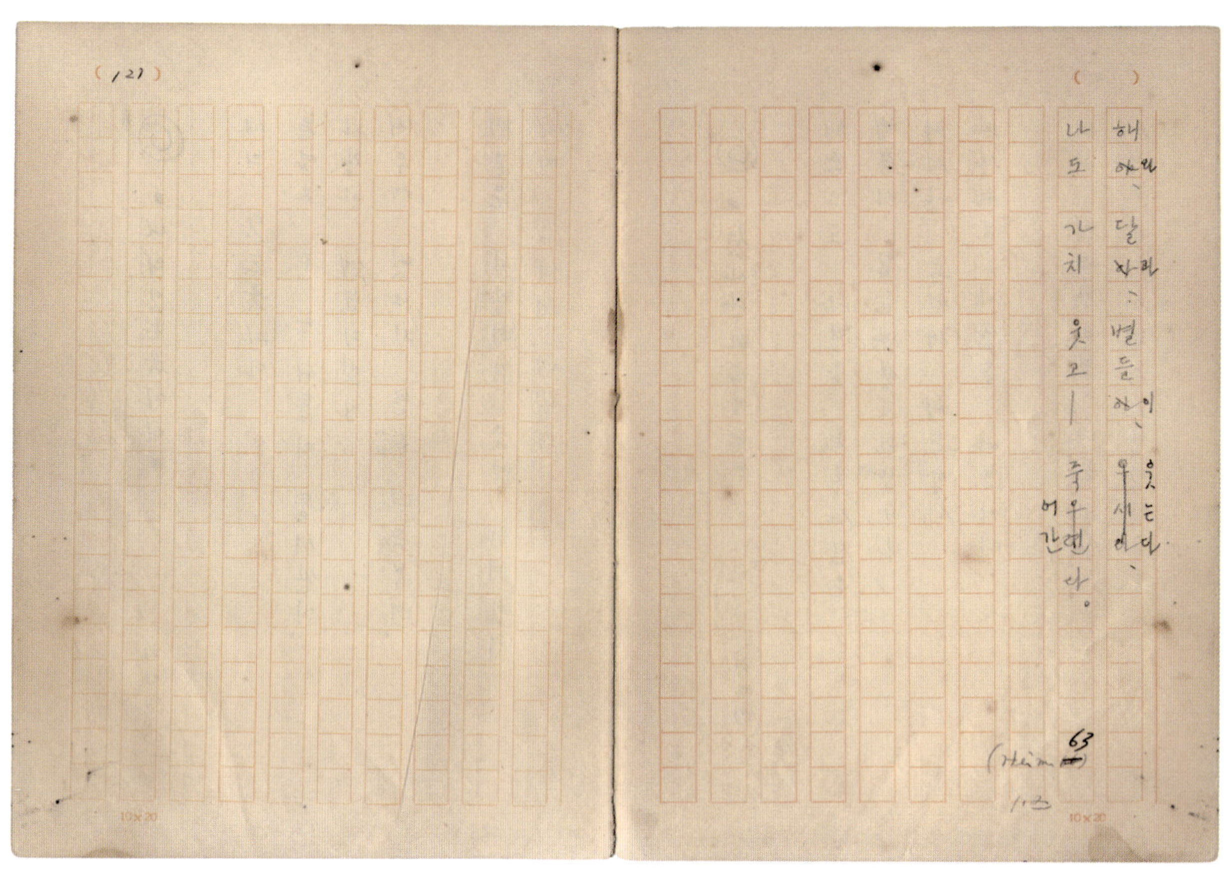

해와、 달과、 별들이、 웃는다、
나 도 가치 웃고— 죽어간다。

(Heine 63)
1。
2

나의 잇는곳마다

하이네

나의 잇는곳마다
틈업고 츤츤한[1] 어둠이 둘러싼다.
사랑아, 네눈의 빗이
내우에 빗나지 안은 다음부터.

저고은 사랑별의 금빗 화려함이
내게 업서저 버렷다.
어둠의 쏘가[2] 내발앞에 입버리엇다—
나를 삼키라, 끗업는 어둠아!

(ㄴ. i. 6)
1. 2

1 츤츤한 :: 침침한.
2 쏘가 :: 소(沼)가.

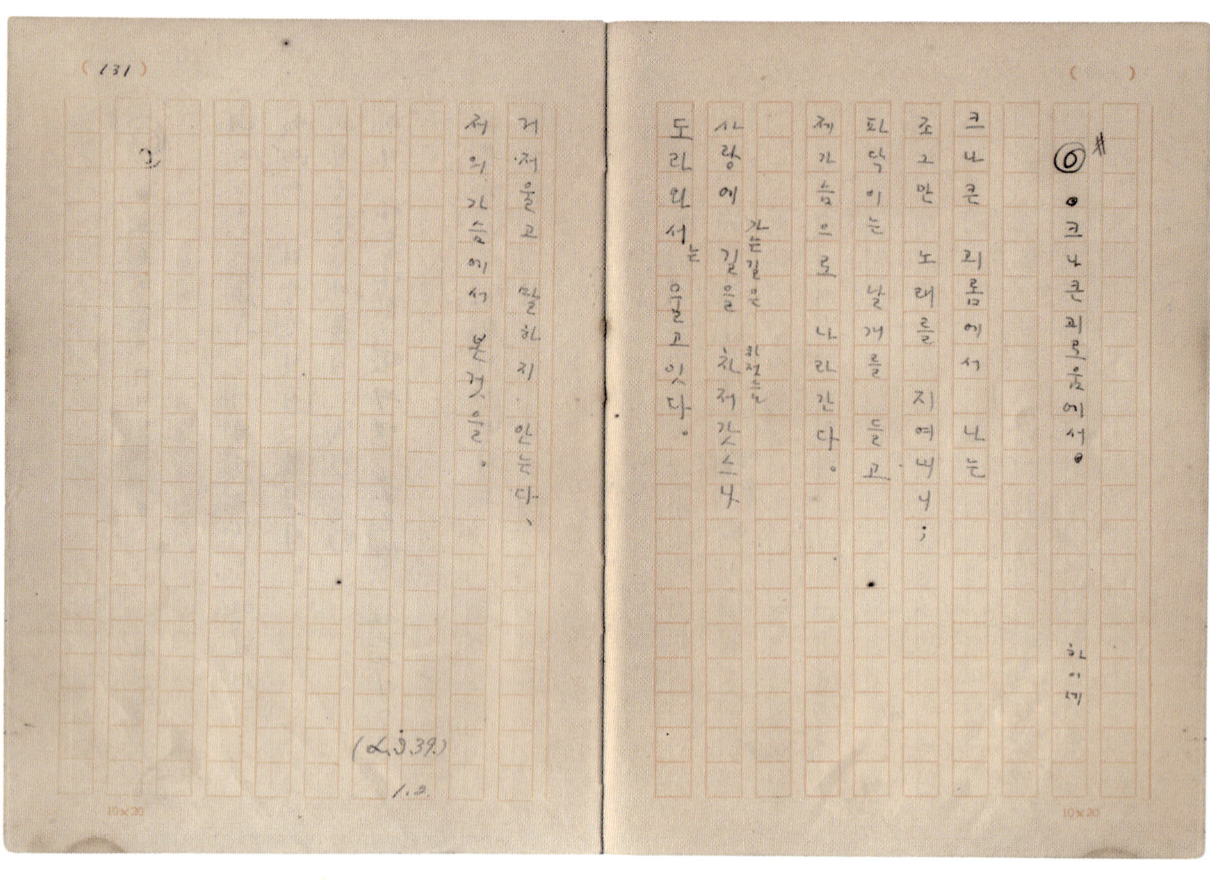

크나큰 괴로움에서

하이네

크나큰 괴롬[1]에서 나는
조그만 노래를 지여내니⁝
파닥이는 날개를 들고
제가슴으로 나라간다.

사랑에 길을 차저갓스나
가는길은 차젓스나
도라와서는 울고잇다.
거저울고[2] 말하지 안는다,
저의 가슴에서 본것을.

1 괴롬 : 괴로움.
2 거저울고 : 그저 울고.

고운 그 사람 어듸잇느냐

하이네

너의 고은사랑이 어듸잇는가? 말하게,
한때에 괴상한힘의 불길이
네마음을 야릇이 꿰엿슬때
그리 아름다운 노래에 부르던 사람이?

그불길은 사라저 버리고,
내마음은 흐리고 식엇네.
그리고 여기 조그만 책이
내사랑의 남은재를 담은 항아리라네.

(Heine 88)
1。2

---

1 어듸잇느냐 : 어디에 있느냐.

나이팅겔의 詩

쫀·키 — 트 스

내 가슴 쑤셔알프고[1]　조름가튼[2]　마비가 나의
감관을 괴롭히여라
조금전에 헴록의 독약을 타 마셧거나,
아편의 마약을 잔바닥까지 기우리고,
저승으로 가라안저 가기나 하는듯이,
이도 너의 행운을 새워서는 아니여라
도로혀[3] 너의 행복에 나도너무 행복되여—

1　쑤셔알프고 : 쑤셔 아프고.
2　조름가튼 : 졸음 같은.
3　도로혀 : 도리어.

너는 가벼운 나래가진 나무의 요정
Beech 푸른 나무아래 소리 조이 울리는곳
헤일수 업는 그늘아래
어려움업시 왼목으로 녀름을 노래하고 잇
느니.

오— 한잔의 포도술 이나마!
깁히패인 굴속에 오래동안 식혀두어서　채여
여러곳들과 전원의 푸른것들
춤과 사랑의 노래와 해에껄은 질거움 의

내 음나눈.
오 다순남방의 미주 가득채운 큰잔을!
확근 붉은 진정한 신선의 술
구슬진 방울이 가장자리에 복금거리고
자주빗 얼핏한 시울,
나는 그를 마시고 보이지안케 이세상을
　　더나
어두운 숨속으로 너를 따라 사라지리.

멀리 사라저 사그라저 이조이즈리

너는 가벼운 나래가진[1] 나무의 요정
Beech[2] 푸른나무아래 소리 조이[3] 울리는곳
헤일수 업는 그늘아래
어려움업시 왼목으로[4] 녀름을 노래하고 잇느
니.

오— 한잔의 포도술이나마!
깁히패인 굴속에 오래동안 식혀두어서
　　　　채여
춤과 사랑의 노래와 해에껄은[5] 질거움의 내음
나는.

오— 다순남방의[6] 미주 가득채운 큰잔을!
확근 붉은 진정한 신선의 술
구슬진 방울이 가장(자리)에 복금거리고[7]
　　　깝작
어두운 숩속으로 너를 따라 사라지리.
나는 그를 마시고 보이지안케 이세상을 떠나
자주빗 얼핏한 시울[8]

멀리 사라저 사그라저 아조이즈리[9]

1　나래가진 : 날개 가진.
2　Beech : Beechen green. 너도밤나무
3　조이 : 좋게.
4　왼목으로 : 온 목으로.
5　해에껄은 : 해에 그을린. sun burnt.
6　다순남방의 : 따뜻한 남방의.
7　복금거리고 : 뻐끔거리고.
8　자주빗 얼핏한 시울 : 푸르스름하게 보이는 입술. purple-stained mouth. 자줏빛으로 얼룩진 입술. 여기서는 슬잔 가장자리에 밝은 포도주가 묻어 있는 것을 비유.
9　아조잇으리 : 아주 잇으리. 〈아조〉는 전남방언임.

시들림[1]

입사귀새에 너는 아라보지도 못한것을
이세상의 고달픔 괴로움과 구찬음
녀기[2]사람들 서로 알른소리[3]를 안저듯고
늙은이들 멧가락안되는 슬흔[4] 힌머리[5]를 흔들
고
여기 젊은이들 새파래지고 귀신가치 마르다
죽어가고
여기서 생각는것이란 슬흠과
눈 흐릿한 절망에 싸이는것
아름다움도 그의 빗나는 눈을 오래 지니지 못
하야
새로운 사랑도 내일을 지나서는 그 눈을 기리
지못하느니.

멀리 멀리 나는 네게로 날러가리라,
표범이 끄으는 바카스[6]의 수레는 아니타코
보이지안는 시의 날개에 실리여?
비록 무딘머리 길일코[7] 발저를지라도[8].

벌서 네게왔고나! 밤은 보드럽고
아마 달의 녀왕은 그 옥좌에 나안저

1 『전집』에는 〈시들림〉으로 되었음.
2 녀기 : 여기.
3 알른소리 : 앓는소리.
4 슬흔 : 슬픈.
5 힌머리 : 흰머리.
6 바카스 : 로마 신화의 술·축제의 신. 희랍신화에서는 디오니소스.
7 무딘머리 길일코 : 무딘머리 길 잃고
8 『전집』에서 〈허맬지라도〉

별의 선녀들로 모도 둘러싸이여?
허나 여기는 다만 어두어
나무그늘과 휘도른 익기덥한[1] 길 사이로
미풍에불려 하날로서 나려온빗이 아렴풋하기만.

나는 뵈지도안느니 내발아래 무슨곳이[2] 잇는지
가지에는 무슨 부드러운 향기가 걸렷는지
허지만[3] 향기품은 어둠속에 나는,
철마즌달이[4] 、풀과 떨기와 일나무와
하얀 산사자와 牧歌가튼 질네꼿과
입사귀에 싸인 사라지기 쉬운 시르미꼿
오월 가운대의 맛아기[5]
이슬방울가득한 피여나올 사향장미
여름해으름에 날버레 잉잉거리는곳에
나려준 가즌향기를 짐작하느니.[6]

어두어가며 나는 듯노니
평안한 죽엄을 내거진 사랑하야[7]
　　　그리워

1　익기덥한 :: 이끼덮인.
2　무슨곳이 :: 무슨 꽃이.
3　허지만 :: 하지만.
4　철마즌달이 :: 철을 맞이한 달이.
5　맛아기 :: 맏아기.
6　이 행에 〈나는〉이 지워짐.
7　이 행이 『전집』에서는 〈평안한 죽음을 내 그리워〉.

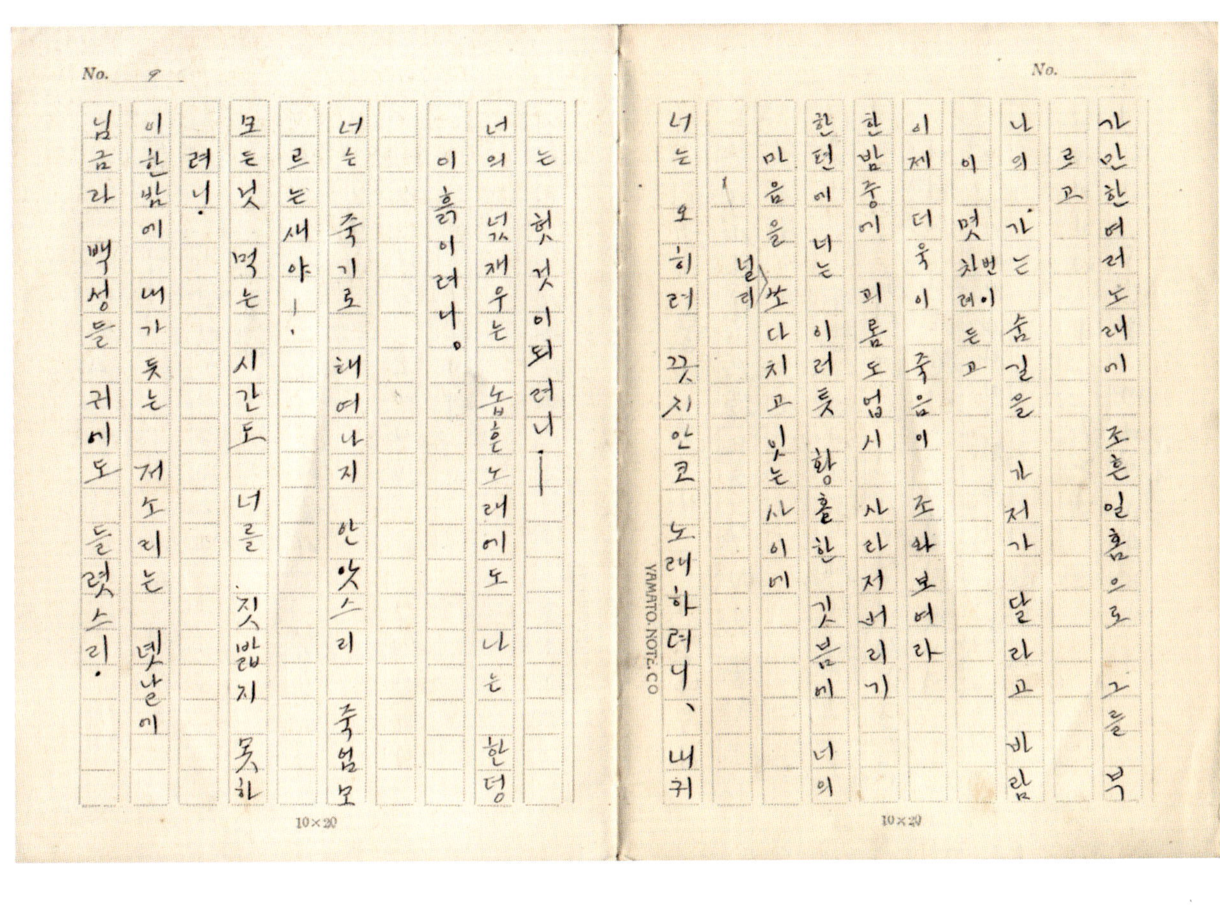

가만한 여러 노래에 조흔'일홈으로[1] 그를 부르랴든고

번이

나의 가는 숨길을 가저가 달리고 바람이 몃차
례든

이제 더욱이 죽음이 조와 보여라
한밤중에 괴롬도업시 사라저버리기
한편에 너는 이러틋 황홀한 깃븜에 너의 마음
을 널리 쏘다치고[2] 잇는사이에

너는 오히려 곳지안코[3] 노래하려니, 내귀는
헛것이 되려니ㅡ
너의 넋재우는 놉흔[4] 노래에도 나는 한덩이 흙
이려니.

너는 죽기로 태어나지 안앗스리[5] 죽엄모르는
새야!
모든 것 먹는 시간도 너를 짓밟지 못하려니?
이한밤에 내가듯는 저소리는 녯날에 님금과
백성들 귀에도 들럿스리

---

1 조흔일홈으로 : 좋은 이름으로.
2 쏘다치고 : 쏟아지고.
3 곳지안코 : 끝지 않고.
4 놉흔 : 높은.
5 안앗스리 : 않았으리.

No. 11   No.

아마도 그 바로 그 소리가 고향이 그리워
눈물에 저저 타국 땃이랑에 서잇든
루—드의 가슴에도 울렷스리
가튼 이노래가 멋 번이나
마슬의집에 가치여 물버큼이는 험한 바다로
열린창에
기대선 이를 질거이햇든고 이세상아닌
아득한 나라에서.
아득한! 이한마듸 말슴이 종소리가치

나를 울려 나의 외로움으로 돌려가거니
아듸유! 공상은 사람속이는 요정이라고
이름 놉더라만
그도 그러치 못한것이
아듸유! 아뒤유! 그슬픈 노래가락은 사라저
갓가운 목장을 지나 고요한 흐름을 건너
산비탈로 올라 이제는 저건너 골짝이 그늘에
깁히 파무치엿느니.
이리사 무엇을 헛보든거냐? 깨여보는 꿈
이든거냐?
그 음악 사라저버리니— 나는 깨인거냐,

YAMATO NOTE CO.   10×20

아마도 그 바로 그 소리가 고향이 그리워
눈물에 저저 타국 밧이랑에 서잇든
루—드[1]의 가슴에도 울렷스리
가튼 이노래가 멋 번이나
마슬의집에 가치여 물버큼이는[2] 험한 바다로
열린창에
기대선 이를 질거이햇든고 이세상아닌 아득한
나라에서?

〈아득한〉! 이한마듸 말슴이 종소리가치
나를 울려 나의 외로움으로 돌려가거니
아듸유[3]! 공상은 사람속이는 요정[4]이라고
이름 놉더라만 그도 그러치 못한것이
아듸유! 아뒤유! 그슬픈 노래가락은 사라저
갓가운 목장을 지나 고요한 흐름을 건너
산비탈로 올라 이제는 저건너 골짝이 그늘에
깁히 파무치엿느니?
이리사 무엇을 헛보든거냐? 깨여보는 꿈이든
거냐?
그 음악 사라저버리니— 나는 깨인거냐.

1 루드 : 구약성서 창세기에 나오는 룻(Ruth)。 모압(Moab)
   의 여인으로 보아스와 결혼하여 다윗왕의 선조가 됨。
2 물버큼이는 : 〈루쯔〉라고 되어 있음。
3 아듸유 : 물거품 이는。 〈버큼〉은 전남방언임。
   아듸유 : 아듀(adaeu)。 안녕。
4 요정 : 妖精。 슢에 사는 난장이들。

소으는거나?

2.10

YAMATO. NOTE. CO

10×20   10×20

조이는거나?

2
10

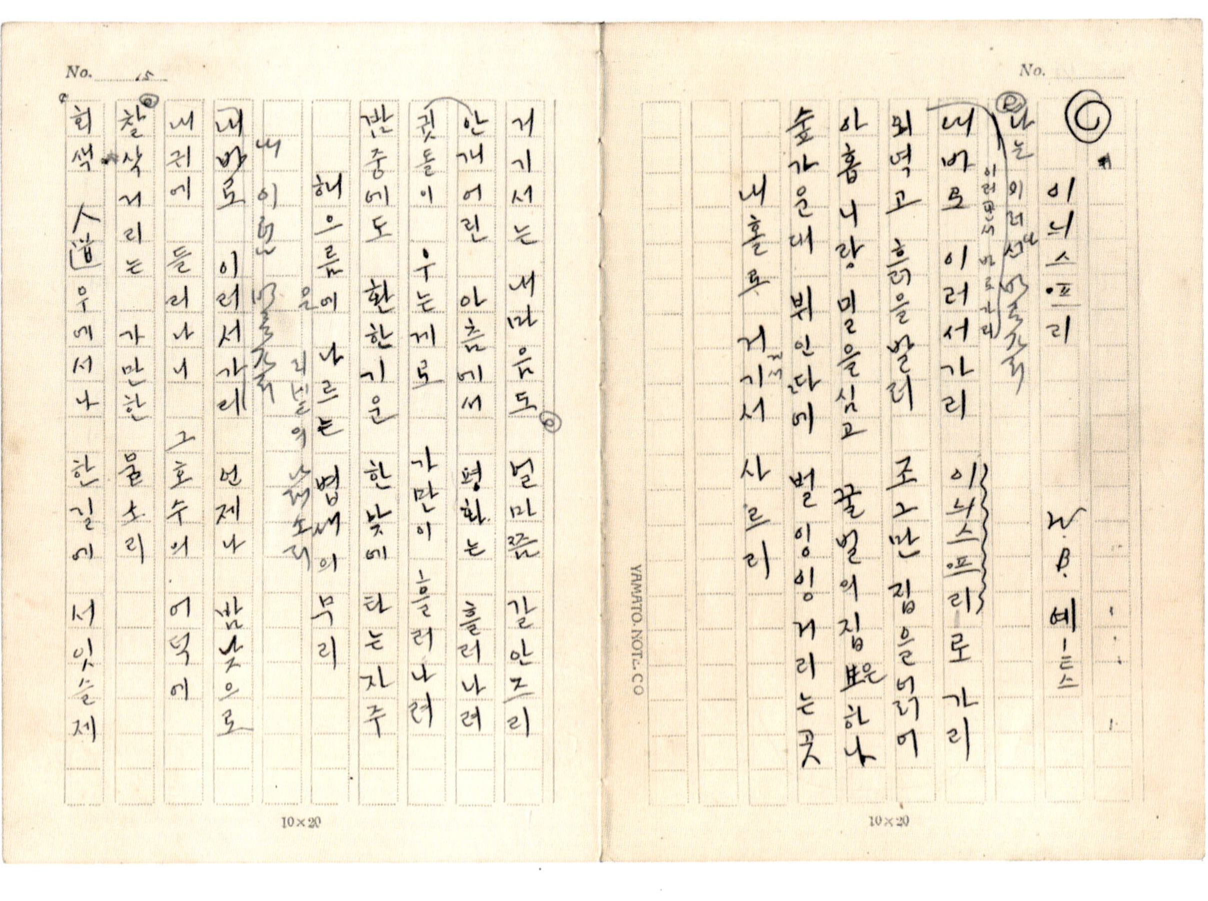

이늬스프리 원고에는[1]
W° B° 예—트스

나는 이러나선 바로가리
　이러(나)서　바로가리
내바로 이러서가리 이늬스프리로
외역고[2]　흙을발러 조그만 집을 얽어
아홉니랑[3] 밀을심고 꿀벌의 집은
숲가운대 뷔인따에[4] 벌잉잉거리는곳
내홀로 거기서 사리라
　게서
거기서는 내마음도 얼마쯤 갈안즈리[5]
안개어린 아츰[6]에서 평화는 흘러나려
귓돌이[7] 우는게로 가만이 흘러나려
밤중에도 환한기운 한낮에 타는자주
해으름에 나르는 녑새[8]의 무리
　은 리벨의 나래소리
내이러나 바로가리
내바로 이러서가리 언제나 밤낮으로
내귀에 들리나니 그호수의 어덕[9]에
찰삭거리는 가만한 물소리
회색 人道[10]우에서나 한길에 서잇슬제

1　〈이늬스쁘리〉로 되어 있음.
2　외역고∶외를엮고. 〈외〉는 흙을 바르기 위하여 가로세로 엮은 벽 속의 나뭇가지, 수숫대, 대가지 등을 가리킨다.
3　아홉니랑∶아홉 이랑.
4　뷔인따에∶빈 땅에.
5　갈안즈리∶가라앉으리∶안정이 되리.
6　아츰∶아침.
7　귓돌이∶귀뚜라미.
8　녑새∶『전집』에서는 〈홍작(紅雀)〉
9　어덕∶언덕.
10　人道∶『전집』에는 〈鋪道〉
11　깁흔∶깊은.

하날의 옷감

예―트스

내가 금과 은의 밝은 빛을 너어짜은[1]
하날의 수노흔[2] 옷감을 가젓스면[3],
밤과 밝음과 어스밝음의
푸르고 흐리고 검은 옷감이 내게 잇스면,
너의 발아래 까라 드리련[4]
만은, 가난한 내라, 내꿈이 잇슬뿐이여
너의 발아래 이꿈을 까라 드리노니
내 마음의 깁흔=곳에 들리여오나니.

2.
15

1 너어짜은 ∷ 넣어 짠.
2 노흔 ∷ 놓은.
3 가젓스면 ∷ 가졌으면.
4 드리련 ∷ 드리련만.

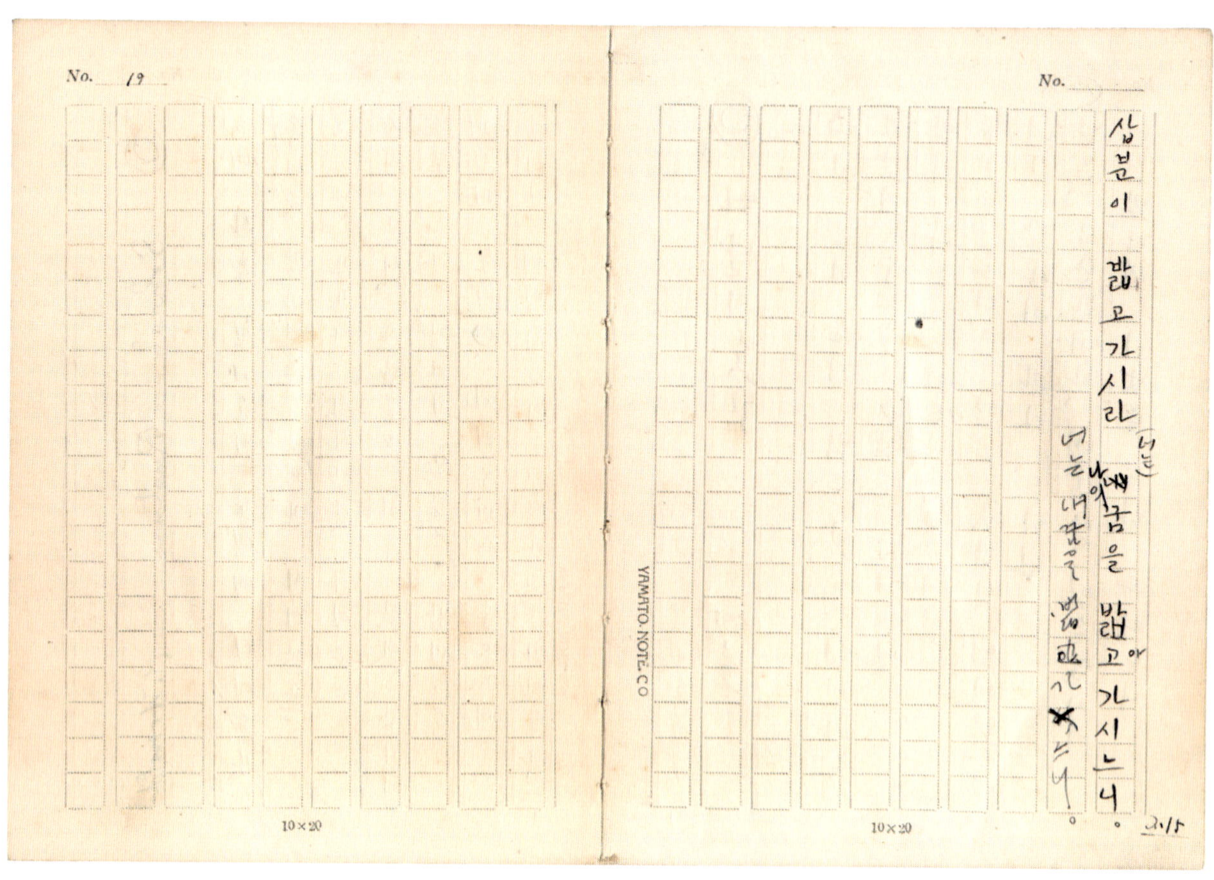

삽분이. 밟고가시라 (너는) 나의꿈을 밟고가시
느니.

아

너는 내꿈을 밟아가느니.

Sohraf and Rustum
M. Arnold

아츰 힌기운이 동녘에 티여오고,
옥서스 강에서는 안개가 이러오고,
소리 꼬처, 사람들은 아즉 잠에 잠기어 ...
쏘람 혼자 잠자지 안앗소 · 밤새도록
깨인채 누어, 자리우에서 구으르며 ::
그러나 새벽이운이 천막안에 기여들자,

그는 이러나, 옷을입고, 칼을차고,
馬上만도를 두르고, 자기 천막을 나가,
차고 저즌 안개 가운대로 나아갓소 ·
어둑한 야영을 지나, 페란-위사의 천막으로.
타타의 검은 천막사이로 지나갓소 ·
파미-르 고원에서 뜨거운 볏이
눈을 녹이면 녀름불 찌는 옥서스강의
번번이 나진 모래밭에 벌집가치 널려잇는
타타의 검은 천막사이로 지나갓소,
이 나진 모래밭을 지나, 강가에서 조금

드러나 잇는 어덕에 이르러 - 거기는
녀름에 이 강을 건너는 배가 처음 따에 닷는
곳.
네넷적 사람이 그 우에 흙으로 성을 싸핫더니
:
이제는 허무러지고, 타타사람이
나무쪽 둥근집웅의 천으로 덥흔
페란-위사의 천막을 세웟는데.
쏘람은 거기 와서, 안으로 드러서,
천막안에 둑게 싸힌 카펠우에 섯소,
허고보니 그 늙은이는 요맥이와 모전의
자리에서 자고잇고, 갓가지 무기가 노여잇소.
발자최 가만이 거럿스나, 페란위사는 그를 듯
고.
늙은이의 잠으로 살푸시 잠드러서 ..
한 팔을 집고 깜작 이러나, 말하길 -
<누구요? 아즉 밝지도 안나, 말하길 -
말하오! 무슨 기별이오 밤에일이 생겻소?>
허나 쏘람은 그자리 갓가이 나아와, 말하길 -
<나를 알지요, 페란위나, 나요.
해는 아즉 오르지안코, 정병은 자오
엇
그러나 나는 자지안소, 밤새도록
왼밤동안
누어서 잠못들고 굴르다가 그대게로 왓소.

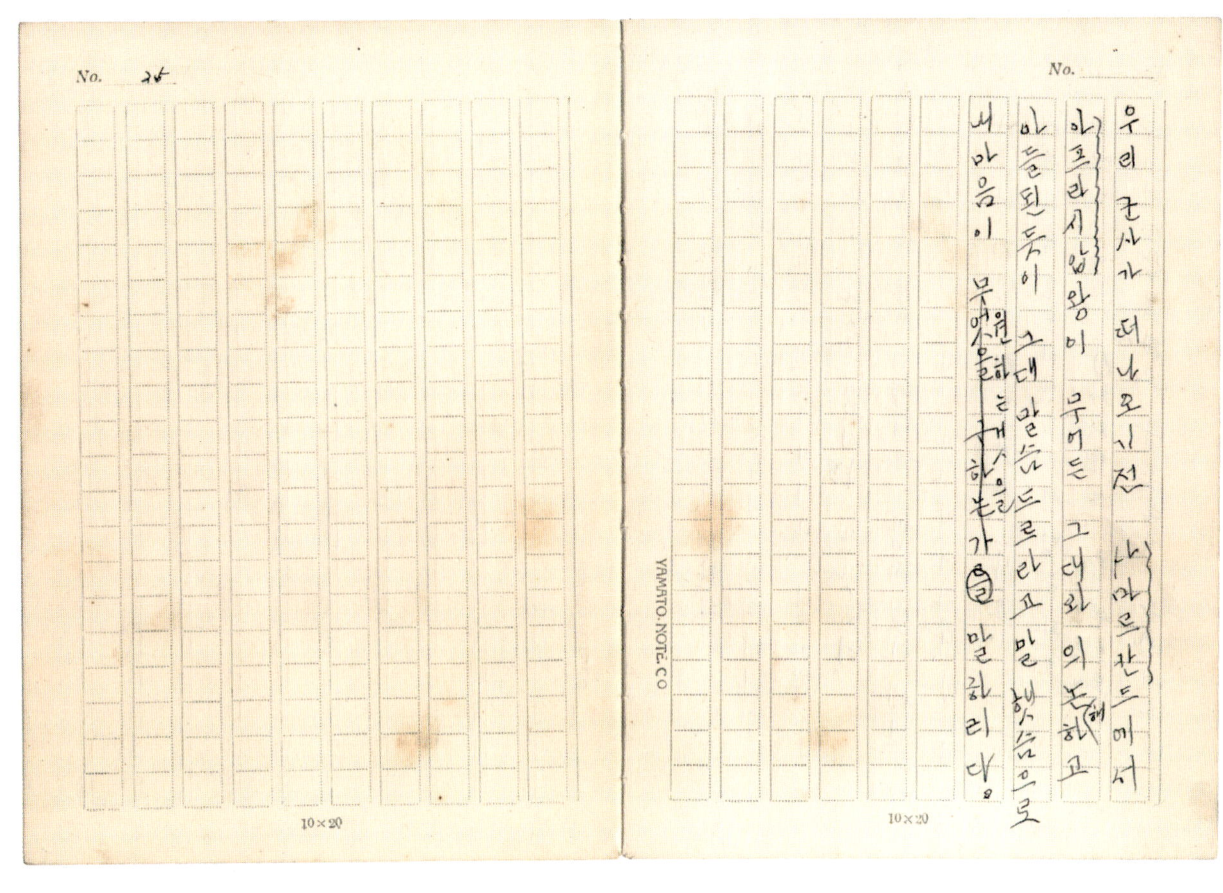

우리 군사가 떠나오기 전 사마르칸트에서
아프라시압왕이 무어든 그대와 의논해하고
아들된 듯이 그대 말슴 드리라고 말햇슴으로
내 마음이 원하는 덕을 말하이다.

오 나 라

오나라 햇슥한 달이 꼿닢가치[1]
진주빗 저므는[2] 봄하늘에 걸렷는데 ‥
오라 나를 안으려는 팔을 버리고,
오라 입마추려하는 입술을 가지고.

오나라 삶이란 힘업는 나비하나
나르다 세월의 거미줄에 걸림이어니 ‥
이러틋이[3] 열녈한 우리 둘도 오래잔하,
저기 풀속에 누은 찬돌과 가치되리.

1 꼿닢가치 ‥ 꽃잎같이.
2 저므는 ‥ 저무는.
3 이러틋이 ‥ 이렇듯이.

어둘녁의 中央公園

입새버슨 나무우에 집들은 놉피 소사
꿈속에 궁성가치 그림자 히미한데[1]、
하나하나식 켜저나오는 등불들은
으른거리는 실로 초어둠을 바느질한다.

입사귀나 터지는 움의 자최[2] 업고
고요는 모든 우에[3] 널리 펴잇다—
그윽하기 사랑을 기다리는 녀인가치
세상은 이제 봄을 기다리고 잇다.

1 히미한데 : 희미한데.
2 자최 : 자취.
3 모든 우에 : 모든 위에.

나는 본 체 안으리라(I shallnot care)

티—스데일

내가 죽은다음 내우에— 빗난 四月
비에 젖은 머리털 풀어 헤칠제
그대는 아픈 마음 나를 찾어 몸구퍼도
나는 아조[2] 본 체 안으리라

1 내우에 : 내 위에.
2 아조 : 아주. 전남방언임.

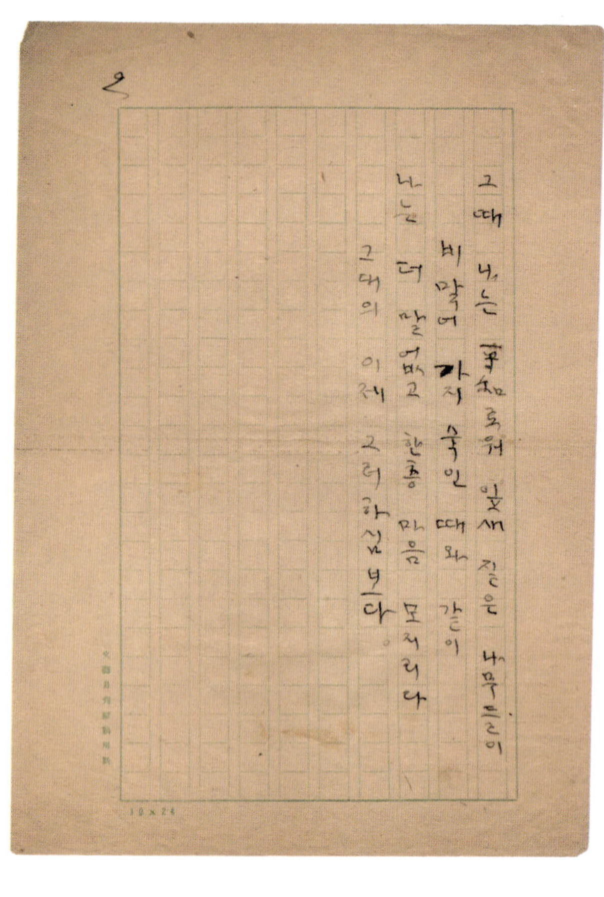

그때 나는 平和로워 잎새 질은 나무들이
비맞어 가지 숙인 때와 같이
나는 더 말없고 한층 마음 모지리라[3]
그대의 이제 그러하심보다.

3 모지리라 :: 모질어지리라. 기본형은 〈모질다〉.

그럼으로(산문체 번역)

오— 그대는 일즉이 내 뜻을 굽히고 내 자랑 꺽
그러—하지 아니했으므로,
또 나를 무섭게 하려고 야만인의[2]
하는 짓 하려한 일 없었으므로,
또는 승리자의 자랑스런 태도로 모르는 사이
나의 맘을 차지한 줄 녀기지[3] 안했으므로,
나를 갖어라, 나는 그대를 더욱 사랑한다— 전에
내가 사랑하든 것보다.

그뿐이라 육체의 순결이란 그것만으로는 귀한 것
도 좋은 것도 아니였나니—
그와 함께 내가 아즉[4] 깨 끗한대로 있는 정신을
그대게[5] 드리지 아니했다면.

부리는 주인없든 바람같은 나의 꿈과 나의 마음[6]
그러고 『주인』이라 그대를 부리마—그대 그렇게
하기 원하지아니했으므로.

---

1 꺽그려 : 꺾으려.
2 이 행에서 〈반쯤〉과 〈글속에〉가 지워짐.
3 녀기지 : 여기지.
4 아즉 : 아직.
5 그대게 : 그대에게.
6 이 행에서 〈바람같이〉가 지워짐.

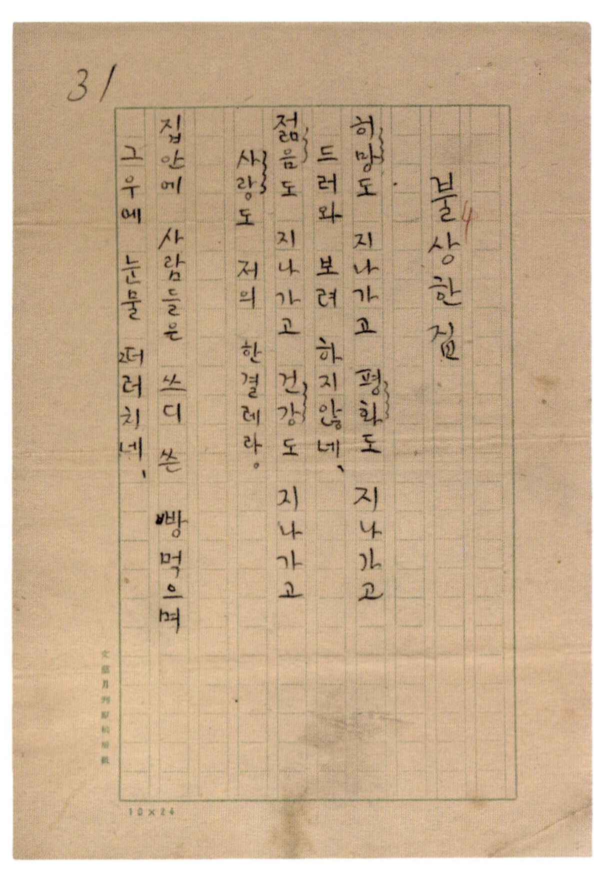

불 상 한 집

히망¹도 지나가고 평화도 지나가고
드러와 보려 하지않네,
젊음도 지나가고 건강도 지나가고
사랑도 저의 한결레라².

집안에 사람들은 쓰디 쓴 빵먹으며
그우에 눈물 떠러치네,
더러는 늙엇스며 더러는 미첫스며
더러는 병에 누어잇네.

그러며 하는말이 『살아 본 적 없는 저들
그마자 지나 가버리네,
잿빛 주검이 이 흉한 집을 보고
죽기도 쉽게 할 수 없느니라.』

1 히망 :: 희망.
2 한결레라 :: 같은 짝이어라. 『전집』에는 〈한겨레라〉로
되어 있음.

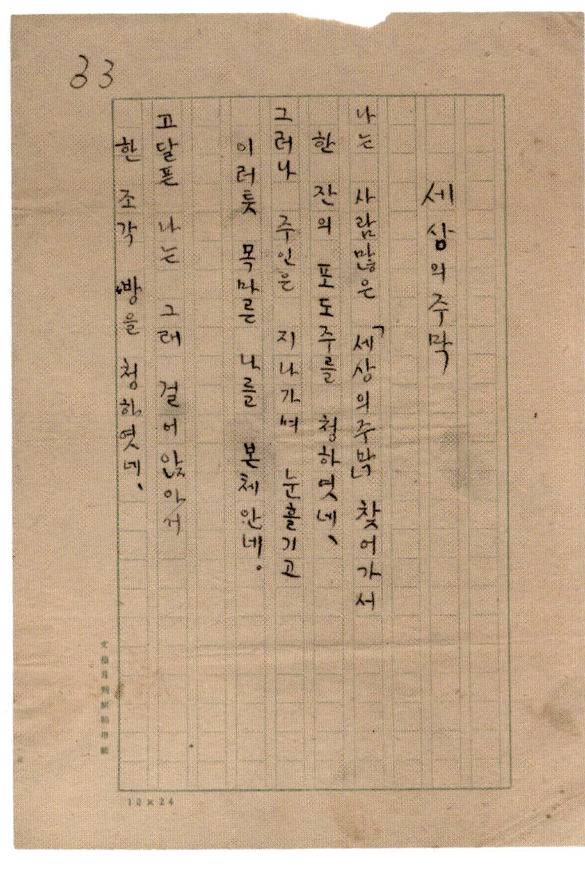

세상의 주막

나는 사람많은 「세상의주막」찾어가서
한 잔의 포도주를 청하엿네,
그러나 주인은 지나가며 눈흘기고
이러틋 목마른 나를 본체안네.

고달픈 나는 그래 걸어앉어서[1]
한 조각 빵을 청하엿네,
그러나 주인 지나가며 눈흘기고
한마디 말도 아니하네

한편으로 박갈애 밤에서는 끊임없이
기다리는 사람들이 들어오네
모든 밝음과 시끄러움에 깜작놀라
숨막히는 소리치며.

나는 말하기를 『내게 잘자리를 빌리시오,
이제 밤은 차츰 깊어오니,』

1 걸어앉어서 : 걸터앉어서.

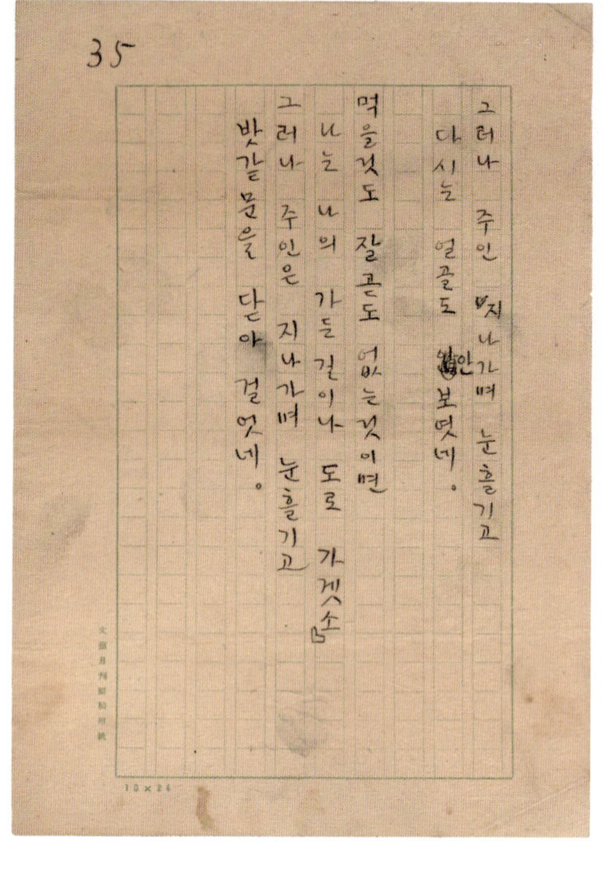

그러나 주인 지나가며 눈흘기고
다시는 얼골도 안보엿네.

『먹을것도 잘곳도 없는것이면
나는 나의 가든길이나 도로 가겟소』
그러나 주인은 지나가며 눈흘기고
밧갈문을2 닫아 걸엇네.

사랑을 물으려

나는 사랑을 물으려
나무아래 찾어 왓네,
높은숲 어둔 그늘에
아모도1 볼 수 없는 곳.

머리마테2 꽃 하나 아니 놓고,
발아래 빗돌도 아니 세우리,

2 밧갈문을 : 밖앝문을

1 아모도 : 아무도.
2 머리마테 : 머리맡에. 〈머리맡〉은 누웠을 때의 머리 쪽.

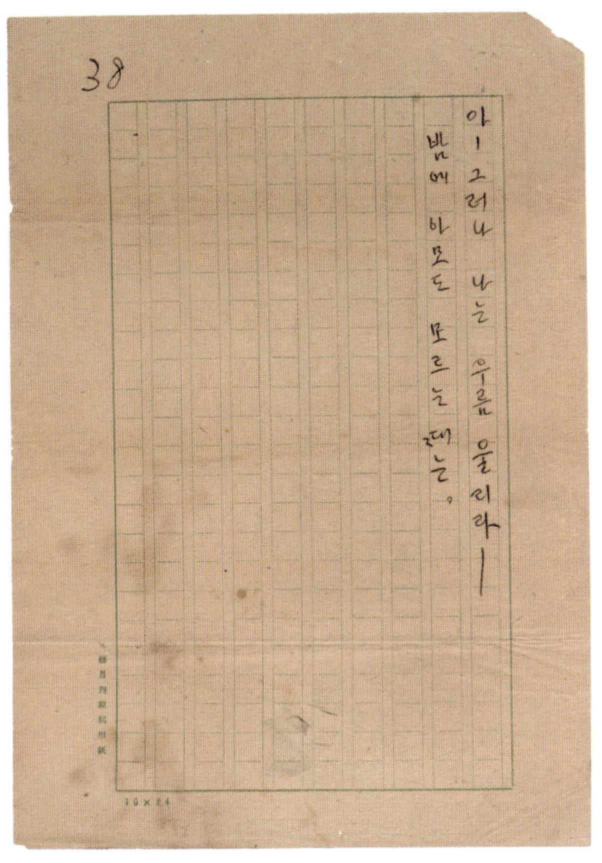

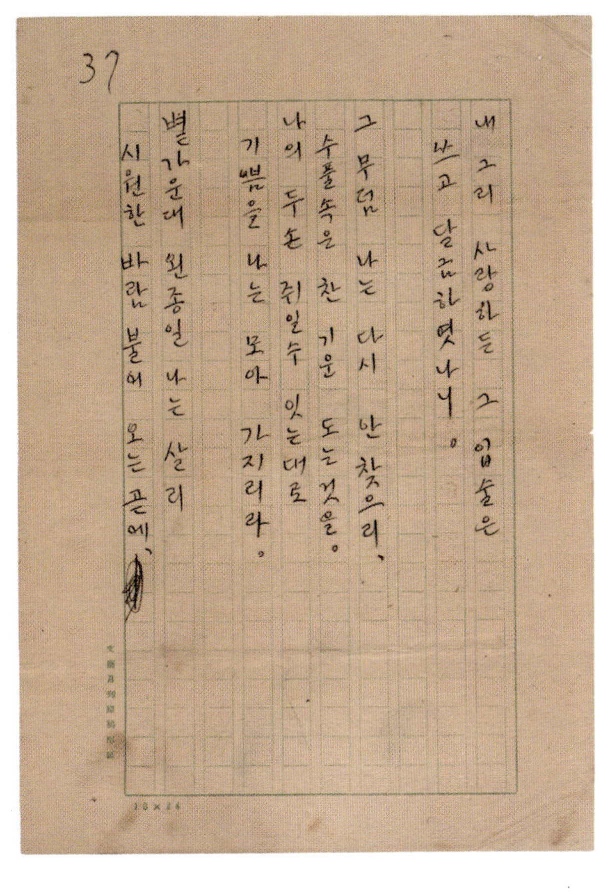

내 그리 사랑하든 그 입술은
쓰고 달금하엿나니.
그 무덤 나는 다시 안 찾으리,
수풀속은 찬 기운 도는것을.
나의 두손 쥐일수 잇는대로
기쁨을 나는 모아 가지리라.
별가운대3 왼종일 나는 살리
시원한 바람 불어 오는곳에,
아— 그러나 나는 우름 울리라—
밤에 아모도 모르는 때는.

3 별가운대 :: 별 가운데.

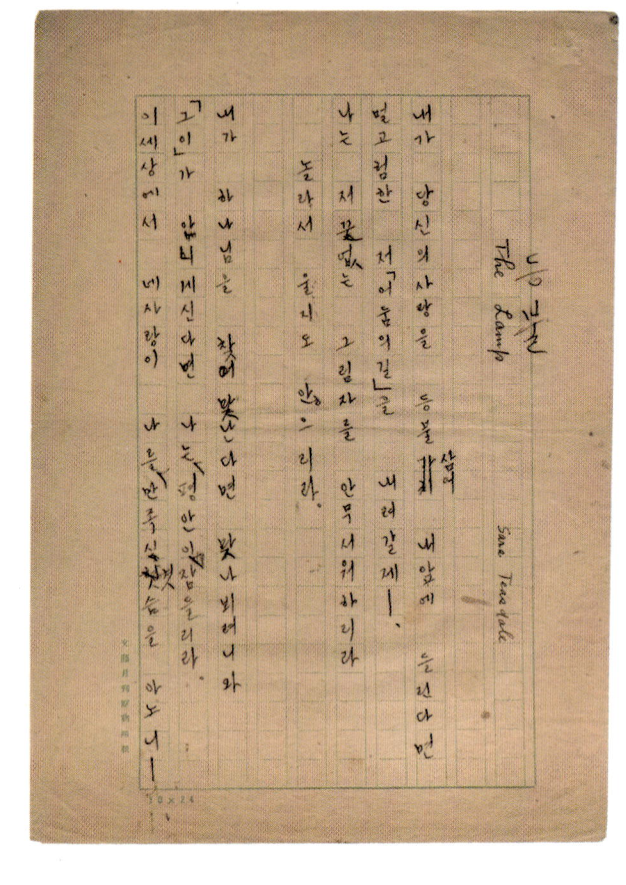

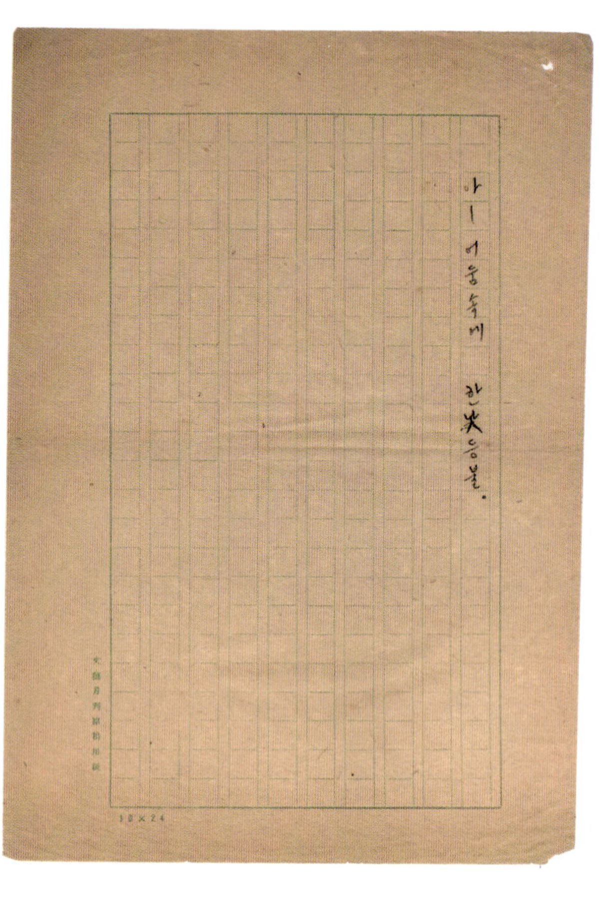

등 불 The Lamp
Sara Teasdale

내가 당신의 사랑을 등불삼어 내 앞에 들린다
면

멀고 험한 저 「어둠의 길」을 내려갈제—
나는 저 끝없는 그림자를 안무서워하리라
놀라서 울지도 않으리라.

내가 하나님을 찾어 맞난다면 맞나뵈려니와
「그이」가 아니게신다면 나는 평안이 잠들리
라.
이세상에서 네 사랑이 나를 만족시컷슴―을 아
노니―

아―어둠속에 한낫등불[2].

1 시컷슴을 :: 시켰음을.
2 한낫등불 :: 한낱 등불.

박용철 유필원고 자료집

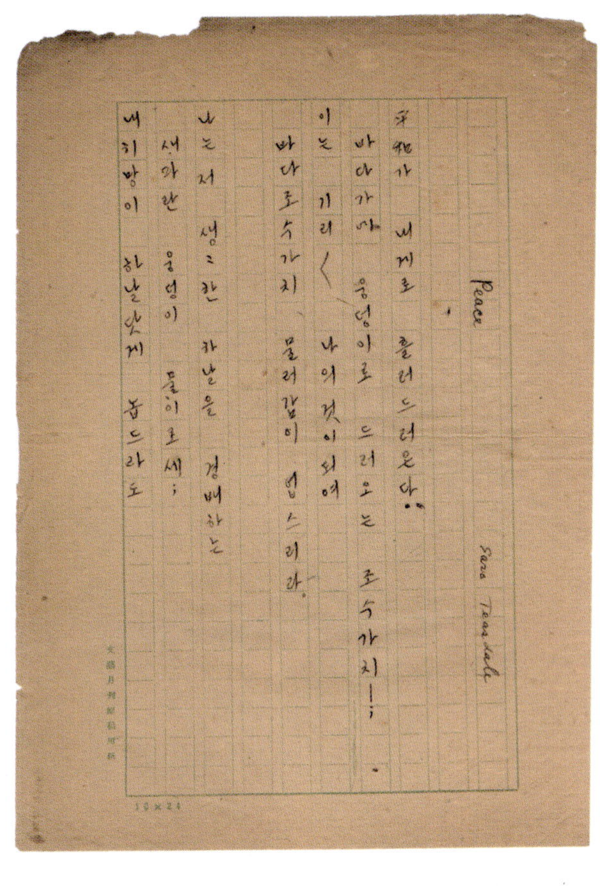

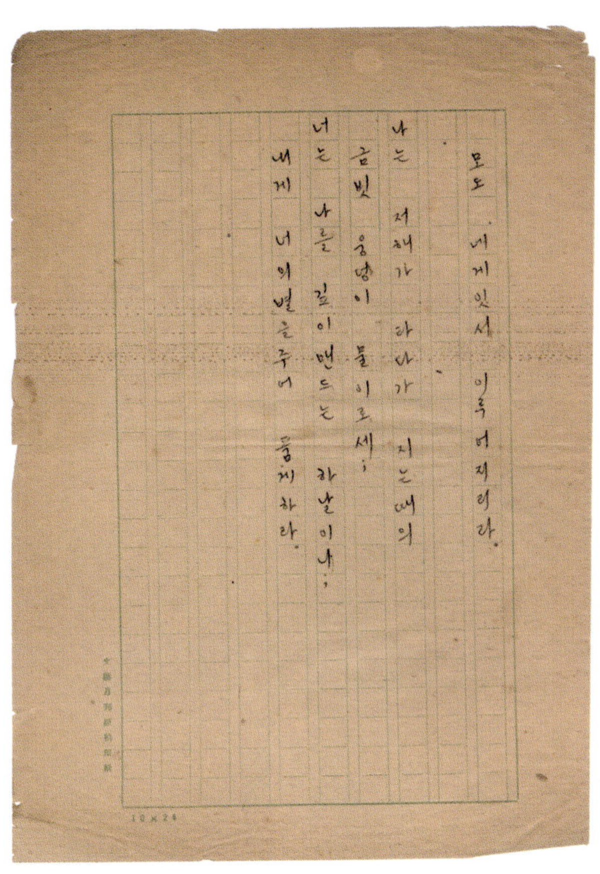

Peace[1]

Sara Teasdale

平和가 내게로 흘러드러온다‥
바다가에 웅덩이로 드러오는 조수가치―‥
이는 기리기리 나의 것이되여
바다조수가치 물러감이 업스리라.

나는 저 생생한 하늘을[2] 경배하는
새파란 웅덩이 물이로세‥
내히망이 하날닷게 놉드리라도[3]
모도 네게잇서 이루어지리라.

나는 저해가 타다가 지는 때의
금빗[4] 웅덩이 물이로세‥
너는 나를 깊이 맨드는 하날이니‥
내게 너의 별을 주어 품게하라.

1 Peace : 『전집』에는 〈평화〉로 되어 있음.
2 하날을 : 하늘을.
3 하늘에 닿게 높더라도.
4 금빗 : 금빛.

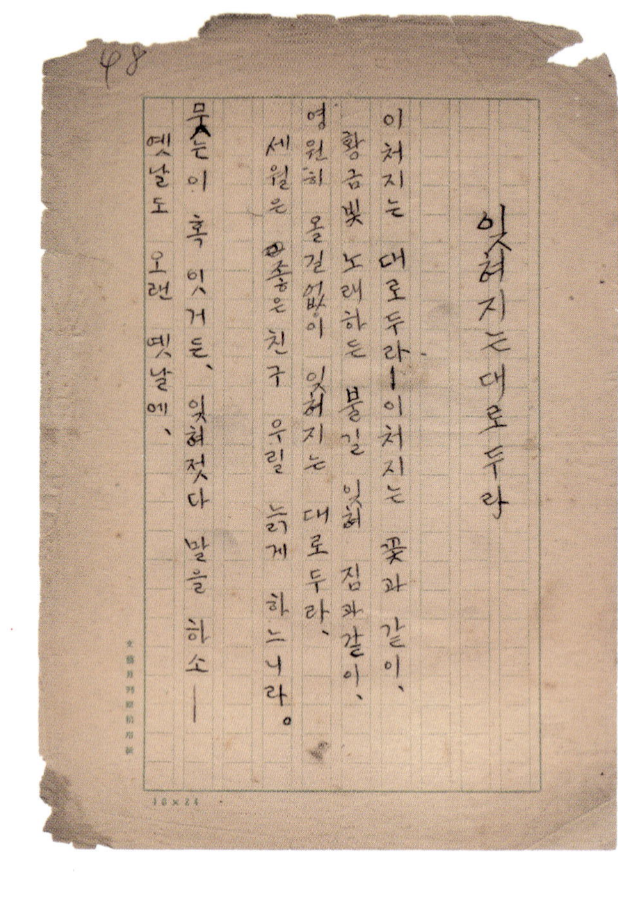

잊혀지는 대로두라

이처지는 대로두라—이처지는 꽃과 같이,
황금빛 노래하든 불길 잊어 짐과 같이,
영원히 올길없이 잊혀지는 대로두라,
세월은 좋은친구 우릴 늙게 하느니라.
뭇는이― 혹 있거든, 잊혀젓다 말을 하소―
엣날도 오랜 엣날에,

꽃과같이, 불ㅅ길같이, 오래전 잊은 눈속에
사라저버린 발자최2 소리같이.

1 뭇는이 : 묻는 이.
2 발자최 : 발자취.

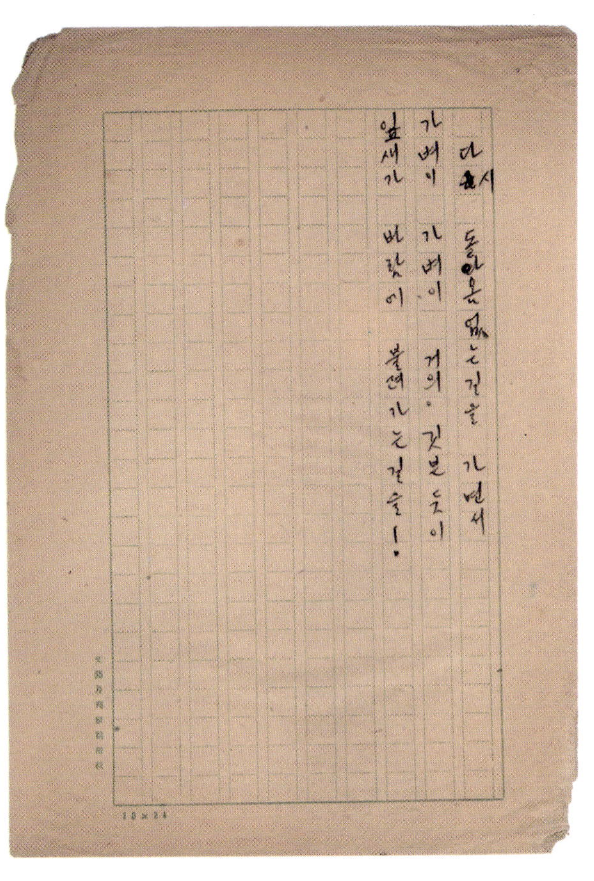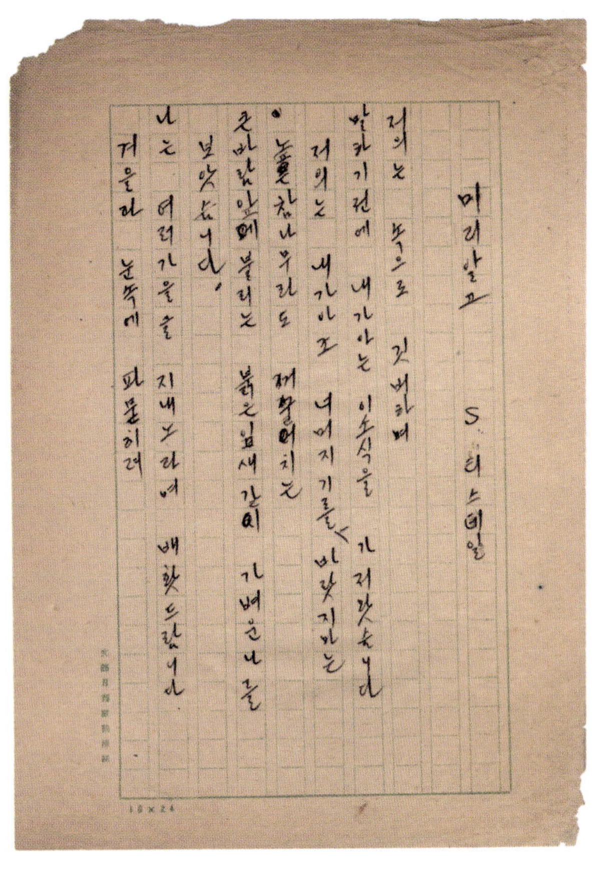

미리 알고

S。 티스데일

저의는 속으로 깃버하며[1]
말하기전에 내가아는 이소식을 가저왓습니다
저의는 내가아조 너머지기를[2] 바랏지마는
높은은 참나무라도 꺼꿀어치는
큰바람앞에 불리는 붉은입새같이 가벼운 나를
보앗습니다.
나는 여러가을을 지내노라며 배홧드랍니다[3]
겨을과 눈속에 파믇히려
다시 돌아옴없는 길을 가면서
가벼이 가벼이 거의 깃브듯이
잎새가 바람에 불려가는 길을!

1 깃버하며‥기뻐하며.
2 너머지기를‥넘어지기를.
3 배홧드랍니다‥배웠드랍니다.

평론

조선문학(朝鮮文學)의 과소평가(過少評價)
「일본문학강좌(日本文學講座)」속잇 「조선어(朝鮮語)와 조선문학(朝鮮文學)에 대(對)하야

박용철

춘원(春園)의 조선문학초창기(朝鮮文學草創期)[1] 이래(以來)의 업적(業績)은 조선문단(朝鮮文壇)의 대선배(大先輩)로서 그 작품(作品)을 문학적(文學的)으로 평가(評價)하는데의 개인적차이(個人的差異)는 별문제(別問題)로 하고 우리 문학(文學)에 뜻 두는 후진일반(後進一般)의 존경(尊敬)의 대상(對象)인 것은 부정(否定)할 수 없는 일이다. 또 조선문학(朝鮮文學)을 외부(外部)에 소개(紹介)하는데 자연(自然) 그 임(任)에 당(當)하게 된 것도 필연(必然)의 일사세(一事勢)다. 그럼으로 이 일문(一文)이 그의 공적적(功績的)에 대(對)한 경의(敬意)를 잃은 공격적 언사(攻擊的言辭)와는 가장 머언 것임을 밝히 말해 둔다.

춘원(春園)이 개조지(改造誌) 재작년(再昨年) 六月호(號)에 「조선(朝鮮)의 문학(文學)」이란 일문(一文)을 발표(發表)했을 적에 다소(多少)의 논[2]란(論難)이 있었다. 취사(取捨)에 편의(偏倚)[3]가 있다는 것과 그 사기(辭氣)가 모든 것을 너무

1 이 글은 1934년 2월호 『新東亞』에 실린 바 있다. 그때에 이 부분은 朝鮮新文學草創期로 되어있다.

경홀(輕忽)[4]하게 취급(取扱)한 듯하다 해서 제 집안 이야기를 남의 앞에 공개(公開)할 때에는 집안의 체면(體面)을 돌보는 참작(參酌)이 있어야 할 것이라는 것이였으나 이것은 절대적(絶對的)인 시비(是非)는 아닐 것이다. 조선문학(朝鮮文學)을 적당(適當)한 기회(機會)에 외부(外部)에 소개(紹介)하는 것은 「그 기회(機會)를 어떻게 더 잘 이용(利用)할 수 있었는가」하는 세밀(細密)한 논란(論難)보다도 총괄적 효과(總括的効果)로 보아 결(決)코 민족(民族)의 지위(地位)를 비하(卑下)시키는 것이 아니라 향상(向上)식히는 것으로 가치(價値)를 인정(認定)해야 할 것이다. 또 필자(筆者) 개인(個人)으로는 그 일문(一文)에 대(對)해서 자기 것은 억지로 꾸미지 않는 염담(恬淡)[5]과 파죽(破竹)[6] 같은 사기(辭氣)를 오히려 사랑했던 것이다. 어느 때던지 논평(論評) 혹(或)은 번역(翻譯)에 의(依)해서 조선문학(朝鮮文學)을 일본내지문단(日本內地文壇)에 소개(紹介)하는 것은 그것이

2 이광수의 이 글은 그 후 『三千里』(1933. 3)에도 발표되었다. 그 머리가 〈금일의 조선문학은 아직 세계시장(世界市場)에 내어놓을 만한 정도에 도달하지 못하였다〉로 되어 있다. 이어 고전문학기의 작품은 「용비어천가」, 「월인천강지곡」과 시조를 들었고 이어 六堂, 주요한, 「김안서 등의 이름이 나온다. 이 글 마지막 장에는 다시 〈대체 조선민족은 적어도 금일의 상태로는 문학에 그다지 관심을 갖게 못될 것이라고 생각한다〉라고 말한 것은 이런 내용에 관계된 것이다.

3 치우치고 온전하지 못함.

4 가볍고 차분하지 못함.

5 마음이 편안하며 욕심이 없음. 마음이 깨끗하고 너그러움. 염박(恬泊)이라고도 쓴다.

6 대나무를 쪼개듯 기세가 성하여 막기 어려운 것.

정기간행물(定期刊行物)에 나타나던 또는 단행본(單行本)으로던 우리들이[7] 충심(衷心)으로 감사(感謝)의 뜻을 가질만한 일이다. 「다만 저 경성일보지상(京城日報紙上)에서 양인(兩人)의 조선인(朝鮮人)이 수월(數月) 동안 조선문학(朝鮮文學)을 가지고 대종없는[8] 장황(長隍)한 논전(論戰)을 해서 마치 조선(朝鮮)옷 입은 부부(夫婦)가 진고개[9] 가서 내외쌈[10]을 벌린 것 같은 무의미(無意味)하고 창피한 행동(行動)의 유(類)를 제(除)하고는」 필자(筆者)가 여기 이 단문(短文)을 초(草)하는 뜻은 금번(今般) 개조사(改組社)에서 간행(刊行)하기로 발표(發表)된 「일본문학 강좌(日本文學講座)」중(中)에 춘원(春園)의 집필(執筆) 예정(豫定)인 「조선어(朝鮮語)와 조선문학(朝鮮文學)의 일항목(一項目)이 있는데 대(對)해서 약간(若干)의 감상(感想)을 말하고저 하는 것이다. 이 강좌(講座) 전(全) 十七 권(卷)은 일본(日本)의 문학연구(文學研究)의 권위자(權威者)인 제학자(諸學者)가 각 항목(各項目)을 분담(分擔)해서 일본문학(日本文學)을 상고(上古)로부터 중고(中古), 근세(近世) 명치대정시대(明治大正時代)까지

7　『신동아』 발표분에는 〈우리 民族이〉로 바뀜.

8　대중이 없는.

9　〈진고개〉는 지금의 명동일대.

10　내외의 싸움.

11　검토하고 연구함.

12　일본 고유 시가양식의 하나. 5·7·5·7·7의 자수율을 가진다.

13　일본 고유 시가양식의 하나. 5·7·5의 자수율에 의거함.

14　서구적 충격을 받고 형성된 일본시가. 메이지유신(明治維新) 이후 나온 새 형태의 시.

朝鮮語와 朝鮮文學

李光洙

×

종(縱)으로 사적(史的)으로 토구(討究)[11]하고 또 그것을 와까(和歌)[12] 희곡(戲曲) 소설 등(小說等) 하이꾸(俳句)[13] 신시(新詩)[14]로 횡(橫)으로 유별적(類別的)으로 연구(硏究)하는 조직(組織)을 가진 것이다. 그 제(第)십오(十五) 권(卷) 특수연구편(特殊研究篇)에는 「지나문학(支那文學)과 일본문학(日本文學)」, 「서양문학(西洋文學)과 일본문학(日本文學)」, 「무사도(武士道)[15]와 일본문학(日本文學)」, 「불교문학(佛敎文學)과 일본문학(日本文學)」 지나문학(支那文學), 서양문학(西洋文學), 불교(佛敎), 무사도(武士道) 등(等)이 일본문학(日本文學)에 끼친 영향(影響)을 연구(硏究)한 제논문(諸論文)이 있고 그 다음에 이러한 항목(項目)과 집필자(執筆者)가 있다.

× × ×

아이누어(語)와 아이누문학(文學)--가베다(金田一京助)[16]

× ×

아이누는 북해도(北海道)에 남어있는 미개(未開)한 종족(種族)으로 그 수(數)에 있어서 수천(數

류우규우어(琉球語)와 류큐문학(琉球文學)--이나미(伊波普猷)[17]

조선어(朝鮮語)와 조선문학(朝鮮文學)--이광수(李光洙)

15 일본의 전투전문집단인 무사(武士)의 정신자세. 주군(主君)에 대한 충성을 생명으로 하며 목숨을 아끼지 않고 의에 사는 것을 뜻한다.

16 金田一京助(긴다이잇교오스케) (1882-1971) 일본 동경제대 출신의 언어학자. 아이누의 서사민요 〈유카라 연구〉로 이름이 있다.

17 伊波普猷(이하후유) (1876-1947) 오키나와 나하 출신, 일본 동경제대 졸. 평생 류유문화, 민속연구.

千)을 넘지 못하고 차차로 소멸(消滅)되어 가는 종족(種族)이다. 남어있는 민요(民謠)가 약간(若干)의 수집가(蒐集家)로 말미암아 수집(蒐集)과 해설(解說)의 재료(材料)가 되어 있고 이 소멸(消滅)되어 가는 인류종족(人類種族)의 한 유형(類型)을 인위적(人爲的)으로 보존(保存)시키려는 것도 일부(一部)의 인종학자(人種學者)와 인도주의자(人道主義者) 사이에 논의(論議)되어 있다.

류우큐종족(琉球種族)이라는 것을 형성(形成)치 못하고 다만 그 비교적(比較的) 강(强)한 남양민족혈통(南民族血統)과 지리적 원격(地理的 遠隔)으로 말미암아 현수(懸殊)[18]한 방언(方言)을 형성(形成)하고 있고 물론(勿論) 그 지방적(地方的) 민요(民謠)를 가지고 있다.

그러나 이 두개의 방언(方言)이 그 독자(獨自)의 문학(文學)의 의식적 성립(意識的 成立)을 위(爲)한 노력(努力) 다시 말하면 근대적 문학창작(近代的 文學創作)이 있었다는 것은 듣지 못한 사실(事實)이다.

묻여버리려하는 원시문학(原始文學)의 일형태(一形態)를 몇 학자(學者)의 고심(苦心)으로 수집 보존(蒐集保存)하는 데 대(對)해서 그것을 일본 문학(日本文學)의 일방언적 유물(一方言的 遺物)로 취급(取扱)하는 것은 지극(至極) 당연(當然)한 일이오 또 이러한 강좌(講座)의 조직(組織)이 아니고는 그 자리를 얻기 어려울만한 소규모(小規模)의 존재(存在)에 대(對)해서 자리를 제공(提供)하는 것부터 관대(寬大)한 처사(處事)의 하나

18 아주 다름.

일 수 있다.

  ×　　×

　그러면 조선어(朝鮮語)와 조선문학(朝鮮文學) 또는 조선인(朝鮮人)은 아이누어(語)와 아이누문학(文學) 또는 아이누인(人)、류큐어(語)와 류큐문학(琉球文學) 또는 류큐인(琉球人)과 전연(全然) 동렬(同列)에 노힐 것인가 개조사(改造社)에서 일본문학(日本文學)이라는 범주(範疇)를 재래 통용(在來 通用)되는 일본어문학(日本語文學)의 범주(範疇)로 해석(解釋)하지 않고 정치적 범주(政治的 範疇)로 해석(解釋)해서 국가판도내(國家版圖內)의 문화현상(文化現象)을 일률(一律)로 취급(取扱)하는 것도 결(決)코 불가능한 일은 아닐 것이다.

  ×　　×

　그러나 일본문학 강좌중(日本文學講座中)에 조선문학(朝鮮文學)이란 항목(項目)은 불필요(不必要)한 용의(用意)다. 문학(文學)은 한 개의 문화현상(文化現象)이다. 「조선어(朝鮮語)와 조선문학(朝鮮文學)」이 일본문학 강좌(日本文學講座) 가운데 점령(占領)하는 지위(地位)의 중요성(重要性)과 그 참여여부(參與與否)는 「조선어(朝鮮語)와 조선문학(朝鮮文學)」과 일본문학(日本文學)과의 상호영향(相互影響)의 강도(強度)에 의거(依據)할 것이오 일률적(一律的) 정치형태(政治形態)에서 유래(由來)한 것이 아니다.

　일본문단(日本文壇)[19]에서 흔히 조선문단(朝鮮

19　원고 작성 후 보완、정정된 것에는 일본내지문단(日本内地文壇)으로 되어있음.
20　보완、정정 분 일본내지인(日本内地人)
21　보완、정정 분 본국어(本國語) 문예(文藝)

文壇)이라고 하면 조선내(朝鮮內)에 거주(居住)하는 일본인(日本人)[20]의 손으로 된 일본문예(日本文藝)[21]를 말하는 수가 많다. 이것도 극(極)히 정당(正堂)한 용어례(用語例)의 하나임에 틀림없으나 이번 개조사(改造社)에서 조선문학(朝鮮文學)이라는 것은 그와는 상관(相關)없이 조선인(朝鮮人)의 문학활동(文學活動)인 조선어문학(朝鮮語文學)을 지칭(指稱)함은 물론(勿論)이다.

또 어떤 이는 조선문학(朝鮮文學)을 손쉽게 영국(英國)의 애란문학(愛蘭文學)에 비교(比較)하기도 한다. 저 일본문단(日本文壇)의 대가(大家) 기쿠찌씨(菊池寬氏)[22]가 그의 편집(編輯)하는 문예춘추지(文藝春秋誌)[23]의 기사(記事)에 조선인(朝鮮人)이 모욕적(侮辱的)이라고 항의(抗議)한 데 대(對)해서 「자기는 평소(平素)부터 조선(朝鮮)에 대한 특별(特別)한 호의(好意)를 가지고 있고 또 영국(英國)의 애란문학(愛蘭文學)과 같이 조선문학(朝鮮文學)이 일본문학(日本文學)에 큰 기여(寄與)가 있기를 바라는 사람인데 그러한 항의(抗議)를 받게 된 것은 대단 불쾌(不快)한 일이라」고 논(論)한 일도 있지마는 애란문학(愛蘭文學)과 조선문학(朝鮮文學)과를 동일시(同一視)하는 것은 비상(非常)한 착오(錯誤)다.

22 기쿠찌히로시(菊池寬) (1888-1946) 동경고사、일고(東京高師、一高)、경도제대 영문과 수학 일고 때의 친구인 아쿠다가와(芥川龍之介)、구메(久米正雄)와 『新思潮』 간행。순수문학을 한 다음 대중소설로 전향。소설 희곡 300여 편 발표。폭넓은 작품세계를 개척、한때 일본 문단의 중심이 되었다。태평양전쟁때 군부에 협력、종전 직후 전범으로 기소됨。

23 日本의 대표적 종합문예지。1923년 창간、菊池寬이 사비로 시작。

우리가 흔히 애란문학(愛蘭文學)이라고 부르는 것은 애란어(愛蘭語) 문학(文學)은 아니다. 애란(愛蘭)의 고유어(固有語)가 애란 토착인(愛蘭土着人) 사이에서 겨우 잔명(殘命)을 보존(保存)하고 있는 동안에 다수(多數)의 재능(才能) 있는 애란 출생(愛蘭出生)의 인사(人士)가 영문단(英文壇)에 가서 영어(英語)의 창작(創作)으로 얻는 성과(成果)를 말하는 것이다. 그나마 十九세기말(世紀末)에 이르러 예-츠[24] 그레고리 부인(夫人)[25] 등(等)이 중심(中心)으로 애란(愛蘭)의 수도(首都) 떠블린에 국민극장(國民劇場)을 세우고 애란문예부흥(愛蘭文藝復興)이라는 집단적 의식(集團的 意識)아래 활동(活動)하면서부터 애란문학(愛蘭文學)이라는 명확(明確)한 명칭(名稱)부터 규정(規定)된 것이다. 같은 애란 출생(愛蘭出生)이라도 버-너-드·쇼의 문학(文學)을 애란문학(愛蘭文學)으로 취급(取扱)하지 않는다. 이와 같이 영어(英語)로 된 애란문학(愛蘭文學)이 영문학(英文學)의 일부분(一部分)인 것과 조선문학(朝鮮文學)과는 조금도 상동점(相同點)이 없는 것이다.

× ×

× ×

그러면 조선문학(朝鮮文學)은 지금 일본문학(日本文學)과 어떠한 상호영향(相互影響)을 가지고 있는가. 불행(不幸)히도 우리는 받는 것만 많고 주는 것은 없는 지위(地位)에 있다. 조선

24 W。B。Yeats (1885-1939) 아일랜드 출신의 시인、극작가。 더블린 출생。 1923년 노벨 문학상 수상。

25 I。A。Gregory (1852-1932)。 아일랜드의 여류 극작가。 예이츠、마틴과 함께 국립극장 애비극장 창

문학(朝鮮文學)은 일본문학(日本文學)의 너무나 직접적(直接的)인 영향(影響) 아래서 또는 서투른 직역(直譯)으로서 성립(成立)되고 있는 감(感)이 있으므로 우리가 조선문학강좌(朝鮮文學講座)를 계획(計劃)한다면 「일본문학(日本文學)」은 그 가운데 필수(必須)의 항목(項目)이 되겠지마는 「조선문학(朝鮮文學)」이 일본문단(日本文壇)에 진출(振出)하는 이의 다수(多數)가 일본문단(日本文壇)에 중요(重要)한 지위(地位)를 잡게 되거나 또는 조선문학(朝鮮文學)이 크게 융성(隆盛)해서 그 일문번역(日文翻譯)이 일본문단(日本文壇)에 어떠한 영향(影響)을 끼치기까지 기다려야 할 것이다.

×　　×

그러나 어떠한 이유(理由)로던지 그 항목(項目)이 기어(期於)코 필요(必要)하다면 조선문학(朝鮮文學)이라는 것은 스사로 말하기도 부끄러운 일이지마는 사천년(四千年)의 역사(歷史)가 있고 또 현재(現在)에 있어 독자(獨自)의 문화(文化)를 가지기 위(爲)하야 미약(微弱)하나마 노력(努力)하는 중(中)에 있는 일민족(一民族)의 문학(文學)이라는 것을 정당(正當)히 고려(考慮)하여야 할 것이다. 아모리 미약(微弱)한 종류(種類)에 대(對)해서라도 경시(輕視)의 감정(感情)을 갖는 것은 우리로서 절대(絶對)로 배척(排斥)할 일이지마는 사멸(死滅)되어 가는 아이누 민요(民謠) 류우큐 민요(琉球 民謠)와 조선문학(朝鮮文學)이 동렬(同列)에 놓이는 것을 생각할 때에 솔직(率直)히 말해서 유쾌(愉快)한 일이 아님이

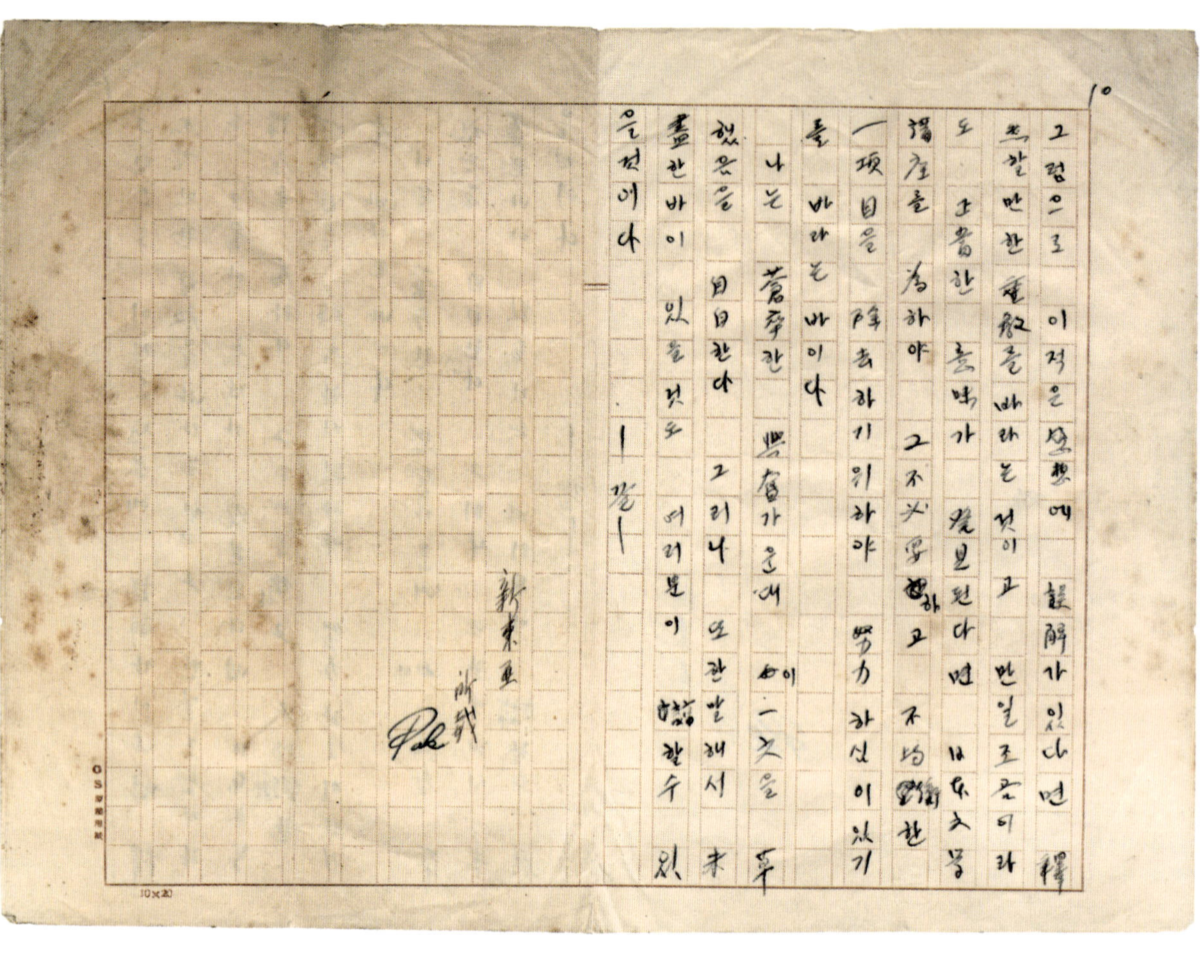

물론(勿論)이다.

이것을 개조사(改造社)의 계획(計劃)의 입장
(立場)으로 보면 「조선문학(朝鮮文學)」이란 일본
문학(日本文學)에 있어 불필요(不必要)한 항목
(項目)이오 또 그것은 아이누문학(文學) 류큐문
학(琉球文學)과 동렬(同列)로 대우(待遇)한다는
것은 문학적 양형(文學的量衡)[26]의 경중(輕重)을
그릇친 처사(處事)일 것이오 춘원(春園)으로서
그것을 집필(執筆)하는 것은 또한 본의(本意)아
닌 일일 것이다.

그러나 춘원(春園)이 이 항목(項目)을 집필(執
筆)하기로 약속(約束)한 것은 「일본문학강좌(日
本文學講座)」 전체(全體)의 「배합관계(配合關
係)」를 깊이 고려(考慮)함이 없이 다만 「청(請)
하는 대로 허락(許諾)한 것」에 지나지 아니할지
도 모른다. 그럼으로 이 적은 감상(感想)에 오
해(誤解)가 있다면 석연(釋然)할만한 수교(垂敎)[27]
를 바라는 것이고 만일 조금이라도 정당(正當)
한 의미(意味)가 발견(發見)된다면 일본문학강좌
(日本文學講座)를 위(爲)하야 노력(努力)하심이
있기를 바라는 바이다. 나는 창졸(倉卒)한 흥분
(興奮)가운데 이 일문(一文)을 초(草)했음을 자백
(自白)한다. 그러나 또한 말해서 미진(未盡)한
바이 있을 것도 여러분이 논(論)할 수 있을 것
이다.

26 문학적 저울질

27 가르침을 내리는 일. 아랫사람에게 가르치는 일.

서간

박용철 시인이 박하준옹에게 보낸 서신

부주전상백시(父主前上白是)[1]

금일(今日) 하서(下書)받자와 기체후만강(氣體候萬康) 하압시고 가내(家內)가 일안(一安)하옴 살피오니 하정(下情)에 복위(伏慰)[2] 다시 없나이다. 자(子) 여리(旅履)[3]가 무양(無恙)[4]하옵고 남철(南喆)[5]과 셋이 자미(滋味)있게 지내옵니다. 만철(晩喆)[6]이 금일(今日)로 학과시험(學科試驗) 종료(終了)하였사온데 급락(及落)[7]은 결정적(決定的)으로 예상(豫想)할 수 없사옵고 어쩌면 될 듯도 하오나 발표(發表)까지 기다려야 알겠나이다. 명일(明日)부터 삼일간(三日間) 근방(近傍)[8]을 구경하옵고 이십사일(二十四日) 체격검사(體格檢查)를 필(畢)한 후(後) 이십오일(二十五日) 출발(出發)하와 이십육일(二十六日) 오후(午后) 삼시(三時) 경성착(京城着) 예정(豫定)이로소이다. 도조(賭租)[9]가 이자(利子)는 될 터임으로 손해(損害)는 업사오나 이번에도 도조대금(賭租代金)은 안가지고 왔사온지요.

---

1 아버님 전 사룀, 上白是 - 상사리로 읽음. 이두식 표현.
2 아랫사람의 마음이 됨.
3 나그네의 길, 여행길, 履 - 신발 리.
4 탈이 없음, 병 없이 건강함.
5 박용철 시인의 아우.
6 박용철 시인의 아우로 셋째. 이때에 박만철은 경기중학교 4학년으로 경도의 제3고등학교 응시 합격했다. 그는 후에 동경제대 영문과를 졸업했고 일본에 거주하다가 작고.
7 급제와 낙방, 곧 합격이냐 탈락이냐의 뜻.
8 가까이.
9 소작인이 바치는 농지대, 곡식으로 함.

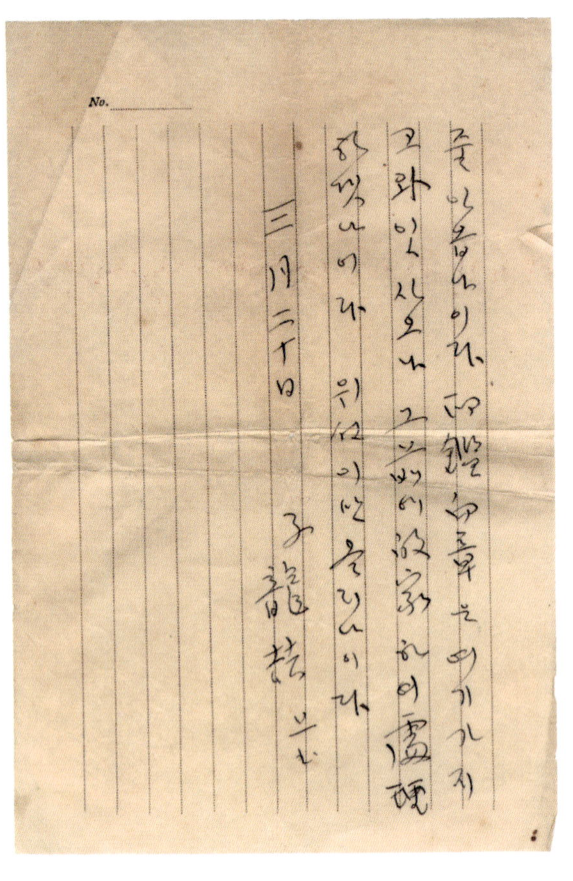

누차(屢次)[10] 독촉(督促)한 끝인데 하시(下示)[11]에
는 그 점(點)이 없었음으로 궁금하옵나이다. 이전
기일(移轉期日)을 영등포(永登浦)와 동시(同時)로
하였드면 조핫슬가 하나이다. 영등포분(永登浦
分) 적선동(積善洞)이옵고 장흥분(長興分) 사직
동(社稷洞)으로 주소가 되어 있나이다. 장흥토
지매수자(長興土地買受者)[12]에게 四月二十六日
대금지불(代金支拂)하도록 편지(便紙)를 해서 답
장(答狀)이 오도록 했으면 조흘 줄 아옵나이다.
인감(印鑑) 인장(印章)은 여기 가지고 와 있사오
나 그전(前)에 귀가(歸家)하여 처리(處理)하겠나
이다. 위선 이만 올리나이다.

三月 二十日 자(子) 용철(龍喆)올림.

10 여러 차례, 몇 번이나의 뜻.
11 윗사람의 말이나 글.
12 장흥의 토지를 살 사람.

박용철 시인이 임정희 여사에게 보낸 서신

오늘 엽서 바더서 양위분(兩位分)[1] 기체후(氣體候) 강녕(康寧) 하시고 집안 별연고 업슴 살펴서 마음이 저윽히 깃브오. 우리 서이[2]는 잘 잇스나 일기가 꽤 쌀쌀해서 밤이면 좀 추운 게 걱정이오. 만철(晩喆)이 오늘 사흘재 시험(試驗) 치루엇는데 초일(初日)[3] 일어(日語)는 의외 성공(成功)이엇고 차일(次日)[4] 영어(英語)에 제일 자신(自信) 잇든 영문해석(英文解釋)을 잡처서 어피개피[5] 육문제(六問題)를 햇다오. 오늘 수학(數學)은 여덜 문제(問題)에서 각과(各科) 이백점식(二百點式) 육백점(六百點) 만점(滿點)에서 예상 점수(豫想點數)가 삼백팔십(三百八十) 지(至)[6] 사백(四百)、 명일(明日) 화학(化學)에서 백점만점(百點滿點) 칠팔십점(七八十點) 할 셈 잡으면 사백오십점(四百五十點) 이상(以上)은 할 듯한데 칠백점(七百點)에서 사백이삼십점(四百二三十點) 내지(乃至) 사백오륙십점(四百五六十點)이라는 게 급락(及落)[7]의 경계선이라 지금(只今)도 서울 떠날 때와 마찬가지로 예상 오할(五割) 오할(五割) 혼돈상태(混沌狀態)요.

1 양위분(兩位分)：두 어른 분. 여기서는 부모님을 가리킴.
2 서이：셋이의 사투리, 시인 본인과 두 아우인 남철(南喆), 만철(晩喆)을 가리킴.
3 초일：첫날
4 차일：다음날
5 어피개피：미상. 어떻든, 또는 이럭저럭의 뜻으로 파악된다.
6 지(至)：내지(乃至)의 뜻

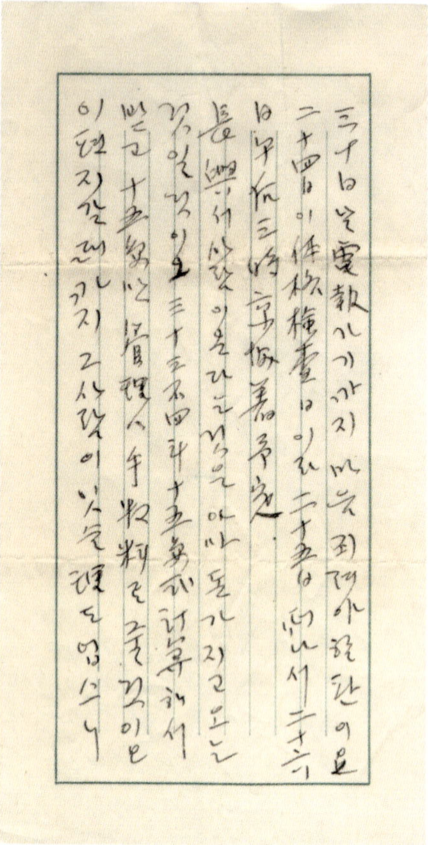

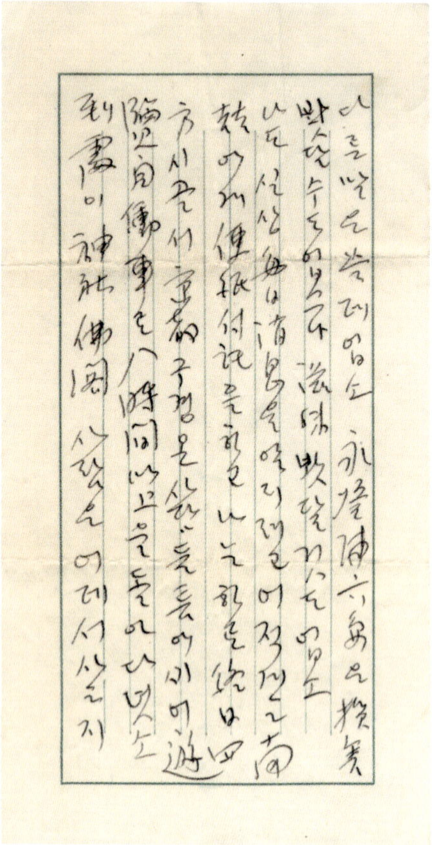

삼십일(三十日)날 전보(電報) 가기까지 마음 죄려야 할 판이오. 이십사일(二十四日)이 체격검사일(格檢査日)이라 이십오일(二十五日)이 떠나서 이십육일(二十六日) 오후(午后) 세시(三時) 경성착 예정(京城着豫定).

장흥(長興)서 사람이 온다는 것은 아마 돈 가지고 오는 것일 것이오. 삼십 삼 석(三十三石) 사두(四斗)[8] 십오원식 계산(計算)해서 받고 십오원만 관리인(管理人) 수수료(手數料)로 줄 것이오. 이 편지 갈 때까지 그 사람이 잇슬 리(理)도 업스니 다른 말은 쓸데 업소. 영등포 육(六)원은 손해(損害) 봣달 수도[9] 업스나 자미(滋味) 봣달 것도 업소.

나도 실상 매일(每日) 소식(消息)을 알리려고 어적게는 남철(南喆)에게 편지 부탁을 하고 나는 하로 종일 사방(四方) 시골서 경도(京都)[10] 구경 온 사람들 틈에 끼어 유람자동차(遊覽自動車)로 8시간(八時間) 이상을 돌아다녓소. 도처(到處) 이 신사불각(神社佛閣) 사람은 어데서 사는지

7　급락(及落) : 급제냐 낙제냐, 합격이냐 떨어지느냐의 뜻
8　석(石), 두(斗) : 재래식 계량의 단위. 석＝섬, 두＝말
9　봣달 수도 : 보았다고 할 수도
10　경도(京都) : 일본 근대 이전의 제도(帝都)이었던 도시.

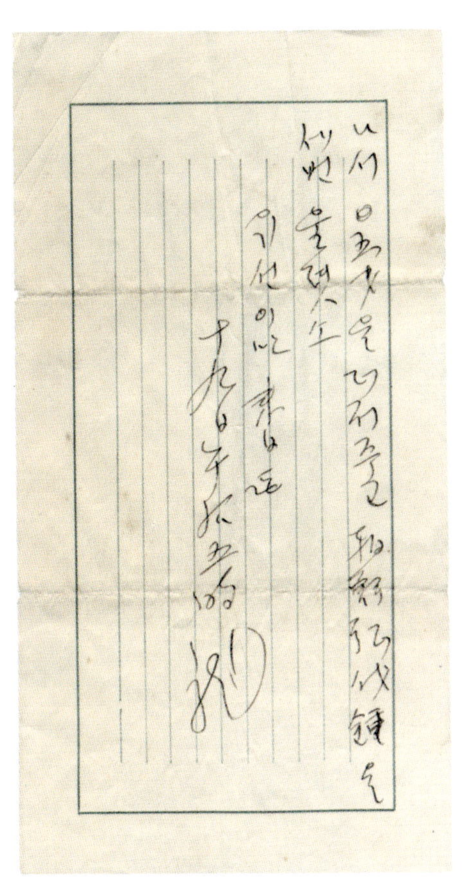
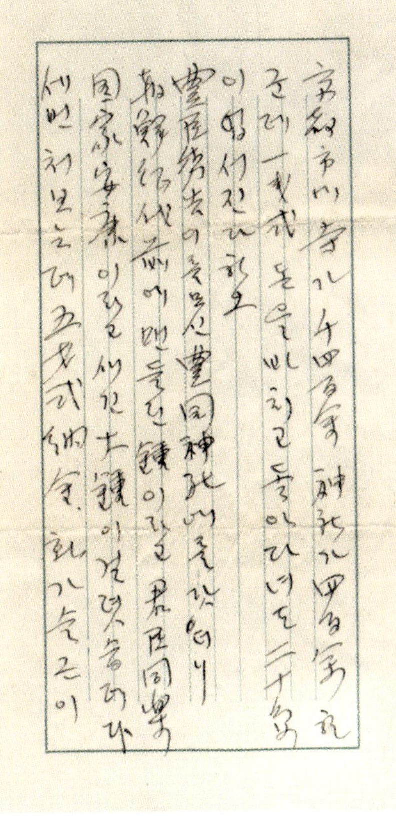

경도시(京都市)에 사(寺)가 천사백여(千四百餘)、
신사(神社)가 사백여(四百餘) 한군데 일전식(一
錢式) 돈을 바치고 돌아다녀도 이십(二十)원이
업서진다 하오.

풍신수길(豊臣秀吉)=이를 모신 풍국신사(豊國神
社)에를 갓더니 조선정벌(朝鮮征伐) 전에 맨들
린 종(鐘)이라고 새긴 대종(大鐘)이 걸렷습데다.
세 번 처보는데 오전식(五錢式) 납금(納金)。 화
가 슬근이 나서 오전(五錢)을 더저 주고[13] 조선
정벌(朝鮮征伐) 종(鐘)을 세 번 울녯소。

위선 이만 내일(來日) 또。

십구일(十九日) 오후(五后) 五時 용(龍)

11 풍신수길(豊臣秀吉) :: 토요도미 히데요시(1536-15
98)、일본 전국시대 말의 무장。오다 노부나가(織田
信長)의 부장으로 몸을 일으켜 오다의 급사(急死)와 함
께 전국 통일, 이어 조선 침략 전쟁을 일으킨 원흉。
풍국신사는 그를 받드는 신사로 일본 서민들 간에는
아직도 그가 미천한 농민으로 몸을 일으켜 대장군이
된 일을 우러러 섬기는 흐름이 있다.

12 조선정벌(朝鮮征伐) :: 임진란과 정유재란을 일제가 이렇
게 부른다.

13 더저 주고 :: 던져 주고

박용철 시인이 임정희 여사에게 보낸 서신

貞姬 보오

밤새 집안에 별연고 없기 소원이오 우리는 그
날 무사이 왔지요 종달[1]이가 먹겠다는 그것이 어찌 많은지 타자마자 빵 한
봉 만주 한 봉 사이다 하나 우유에 변또까지
노비(路費)를 굉장히 많이 썼소이다 와서도 밥
을 잘 먹소.

아버지 병환은 거진 나으셔서 손가락 끄터리만
큼만 차올르면 완치(完治)되겠으니 그만이나
목에 멍울이 굉장히 커져서 걱정지경이오 전
(前)에 잡숫든 환약(丸藥)을 탕약(湯藥)해서 본격
적(本格的)으로 잡숫는 중(中)인데 이제 좀 크는
것이 중지(中止)된 듯하다 하시오 서모[2]도 기침
이 오래 보태다가 중(中) 미차(未差)[3] 한 편이고
열울댁[4]이는 젖몸살 등등(等等)에 좀 보내다
하오 수곡할머니 송정리 제사에 가셨다가 어제
저녁에야 오셨는데 밤에 열울댁으로 가셨소 무
장어머님[5] 별로 대단히 아프지는 아니하시고
그 외에는 다들 잘 있는가 보오. 종원[6]이 산술
과 국문이 잘 못한다고 어제부터 내게로 공부
온다오 종대[7] 여전하고 용진이 한창 이뻐게 구

---

1 박종달(1932-　　), 박용철 시인의 장남
2 서모 : 박용철 시인은 朴夏駿옹과 高光여사 사
　이 출생. 그 후 부친이 제2부인을 맞이함.
3 미차 : 차도가 적음, 병이 낫지 않은 것.
4 미상
5 미상
6 박용철 시인의 종질.

는데 따님이 아직은 예쁘지 못한 편으로 공논이오. 여기는 농사는 전에 없이 잘 되었는데 베여드릴 때 비가 많아서 곡수 받는 벼가 흠투성이 된 놈 해서 말성이 많다고 하오.

위선 이만 쓰니 짐작하시오 난로는 어찌 했소

어머니[8] 간유(肝油)도 계속 복용(繼續服用)시켜 드렸으면 애기들 약도 잊지 말고

나는 여기서 며칠 먹고 자고 하면 살이 좀 찔 상 싶소 제일 뜻뜻해서 몸이 활발하오. 치워서 옹구리고 들어갈 생각은 아직 나지 않소

써야할 날 하로 늦어서

소화 십이년 십일월 이십팔일(昭和十二年十一月二十八日) 용생(龍生)

---

7 박용철 시인의 종질.

8 박용철 시인의 생모. 이때 박하준옹과 별거상태가 되어 서울 시인의 집에 머문 것이다.

박용철 시인이 박봉자에게

봉애야

나는 집으로 왓다. 너의가 그러게 성공을 빌고 잇는 사업이라는 것도 신년으로 미루고 년내[1]에 기여[2] 한 호를 내보려고 했으나 어듸 마음대로 되느냐 그러나 새해브터[3]는 잘 되여갈 것이다. 잘 될 줄만은 내 잘 안다. 조흔[4] 시가 모이기만 하면 고만이니까. 그러나 그것을 그리 큰 사업이라고 가슴 두근거리며 기다리지는 안는다[5]. 광주를 와 보니까 생각든바 보다 조용하다. 그러고 대종업시[6] 다습다. 봄비가튼 비가 좍좍 내리고 잇다. 서울서는 치위를 좀 알고 나려 왓섯는데 철원가치[7] 눈은 오지 안앗지만 내가 서울서 떠나는 날이 九月인데 그 전브터 격문사건으로 싯그럽든 경성은 그날 경신, 휘문, 보성, 중앙, 남대문상업, 협성, 중동, 양정, 녀고 등 아홉 학교가 시위행령을 하려다가[8] 천여 명의 검속자를 내이고 전 시가가 계엄(戒

1 년내 : 연내(年內) 이하 문맥으로 보아 『시문학』을 창간하는 일에 대한 것으로 생각된다.
2 기여 : 기어이
3 새해브터 : 새해부터
4 조흔 : 좋은
5 안는다 : 않는다
6 대종업시 : 대중없이
7 철원(鐵原)과 같이
8 격문사건 : 檄文事件 이하는 문맥으로 보아서 1929년의 광주학생사건이 서울의 학생시위를 이끌어낸 상황을 가리키는 듯하다. 이때 서울에서 시위를 기도한 학교는 경성제대를 비롯하여 제2고보, 제고보, 경신, 휘문, 중동, 보성, 중앙, 협성상업, 양정, 배재 등 남자학교와 수명, 근화 등 여학교였다.

嚴)상태에 잇서든 것을 보고 나려왓다. 모든 신경이 좀 쑤시는 것 갓더라. 十日에는 그 박긔[9] 중등남녀학교가 이러나리라고 하더니 그 뒤에 소식을 드르니까 각 학교에서 휴학을 식히고[10] 방학을 식혀서[11] 학생들이 모도 집으로 나려온다더라. 종우(鍾佑)[12]도 오늘 도라오고 형철[13]이는 발서부터 와 잇고 요새 숫서리 새악시들은 모도 처분을 하는가 보다. 상촌에 운남[14]이는 신행길 떠나고 수남[15]이는 내일 떠나고 죽 니댁이는 혼인이 섣달이라고. 우리집에는 연고 업고 물론 그런 조흔 일도 업고 약내 아버지께서는 말깟마다 학교 가지 말라고 야단을 하실 뿐. 너는 약 먹는다니 정성스럽게 좀 먹어라. 네 집 속에 깜안 환약이 남어 잇다 나오든구나. 뿔도 여기 잇다.[16]

오고 안이 올선 네 아라서 하여라. 나는 삼학기에는 서울 가서 잇슬라니 독서는 정신에 질검을 주는 동안만 하고 피로에 괴롭게 되도록[17] 하지 아니할 일. 소화에 고장되게는 하지 안이할 일. 詩는 느릿느릿 고요한 정서(情緖)가 이러나도록 읽을 일. 정희에게도 이걸로 때이자.[18]

三。 一五
오바서

지난번 돈 넌 편지 바덧단 말 다음 소식에 잇지말고 하여라。 너 보내노코도 센찬은 생각에 만하서라。

---

9 그박긔 ∶ 그 밖에
10 식히고 ∶ 시키고
11 식혀서 ∶ 시켜서
12 박용철 시인의 사촌동생
13 박용철 시인의 사촌.
14 미상
15 미상
16 뿔도 여기 잇다.
17 질검을 ∶ 즐거움을
18 이걸로 때이자 ∶ 이것으로 때우자.

박용철 시인이 박봉자에게 보낸 서신

봉애 보아라

오늘 네 편지는 바닷다. 무엇보다 너 편히 잇는 줄 아니 깃브다. 다만 너무 지난 일을 생각하고 늣겨워하는 것은 다시 생각해 볼만할 일이다. 지난 일을 생각하지 아니하리라 한다고 그대로 이저지는 것은 아니지만은 너무 지난 것만을 생각하는 것은 다시 압흐로 바랄 것 업는 늙은이들이나 할 일이지 젊은이들은 역시 현재를 질겨워하며[1] 미래에 바람을 두고 사라가는 것이 올흘 것이오 또한 제절로 그러케 될 일이 아니냐. 그런데 만일 그러치 안타면 그것은 또한 우리 조선사람에게 떠러진 불상한 운명의 하나가 아니냐 집에서 들은 모도 너를 기다린다 네가 오는 날이면 제법들 경성류학생[2]이라고 구경들 올 것이다 그것도 우수운 일이 아니냐 네가 그러케 갓대서[3] 사내어른들은 대개 시비들을 하는 모양이드라 그러나 부인네들은 늙은이까지라도 잘햇다고는 아니할지언정 그리 대단한 시비는 안트라 사람이라는 것은 제가 실지로 마음의 고생을 하여보지 아니하면 남의 마음도 모르는 것이드라 집안일은 아즉도 쾌히 작정되지 안이햇다 그러나 내가 밧작 위기면 이사는 될 것 갓다 아모러튼지 올 여름은

1 질겨워하며 : 즐거워하며
2 경성류학생(京城留學生) : 이때는 시골에서 서울로 공부를 가면 이렇게 불렀다.
3 갓대서 : 갔다고 하여

집에서는 보내지 안을 생각이다 동내 물이 낫
버서 내몸에 이로울 것이 업는 까닭이다 그러
나 이사를 하니 그것이 우선 미루어 나가는 수
작이지 무슨 해결이랄 것이 잇는냐 다른 사람
으로 보면 해결이랄넌지도 모르나 적어도 내게
는 해결이랄 수는 업다 엇더턴지 이사는 하기
로 작정될 것 갓다

말할 것까지도 업지만은 힘써 공부해서 시험치
르고 네말대로 十一日에 떠나게 해라 지금가
태서는[4] 내가 그 안에 갈 생각이다만은 꼭은
모르겟다. 만일 못 가게 되면 돈은 넉넉이 부
쳐주마 그러나 부담이 업서서 괴롭겟다 일전
에 온 네 편지 보고도 아버지께서는 아모 말슴
도 아니 하시더라 그러나 오고 아니 온다고 별
일이 잇슬 것은 아니다 이만 둔다

룡철 서

4 지금가태서는 :: 지금 같아서는

박용철 시인이 박봉자에게 보낸 서신

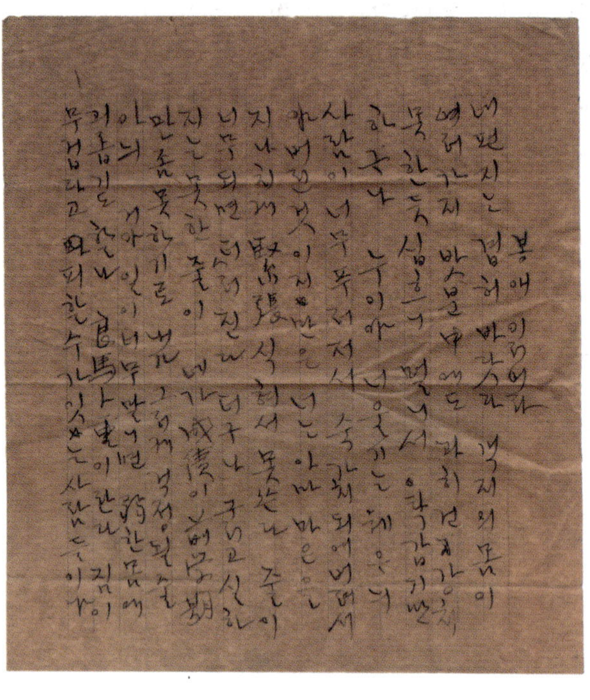

봉애 읽어라

네 편지는 거퍼 받았다 객지의 몸이 여러 가지 바쁜 中에도 과히 건강치 못 한 듯싶으니 멀리 서 탁잡기만[1] 하구나. 누이야 너 울기는 웨우늬. 사람이 너무 푸러져서 죽같이 되여버려서야 버린 것이지만은 너는 아마 마음을 지나치게 긴장(緊張)식혀서 못쓴다. 줄이 너무 되면 떠러진다. 더구나 굵고 실하지는못한 줄이. 네가 성적(成績)이 전학기(前學期)만 좀 못하기로 내가 그렇게 걱정될 줄 아늬. 거야[2] 일이 너무 말리면 약(弱)한 몸에 괴롭기도 할라. 양마 복중(良馬卜重)[3]이란다. 짐이 무겁다고 피할 수가 있는 사람들이냐. 네가 무엇무엇을 마텃다고 그것이 영광(榮光)될 거야 있겠늬. 그렇지만 나는 학교(學校) 다닐 적에 회(會)의 임명(任命)이라고 띄여 본 일은 없다. 그래 너와 나와 대조(對照)해 생각고는 가만이 웃는다. 나의 마음의 자랑인 누이야 어리고 약(弱)한 마음을 너무 괴롭히지 말어라. 우리가 아무리 바둥거려도 지구(地球)는 이십사시간(二十四時間)의 자전(自轉)을 하고 삼백육십오일(三百六十五日)의 공전(公轉)을 한다. 꽃은 누구를 위하야 피는 것이 아니며 새는 누구를 기뿌게[4] 하려고 우는 것도 아니다 그 대신 물론 누구를 울리려는 것은 아

---

1 탁접기만 : 안타깝기만
2 거야 : 그거야, 하기야
3 양마복중(良馬卜重) : '좋은 말이 묵직하다'의 뜻
4 기뿌게 : 기쁘게

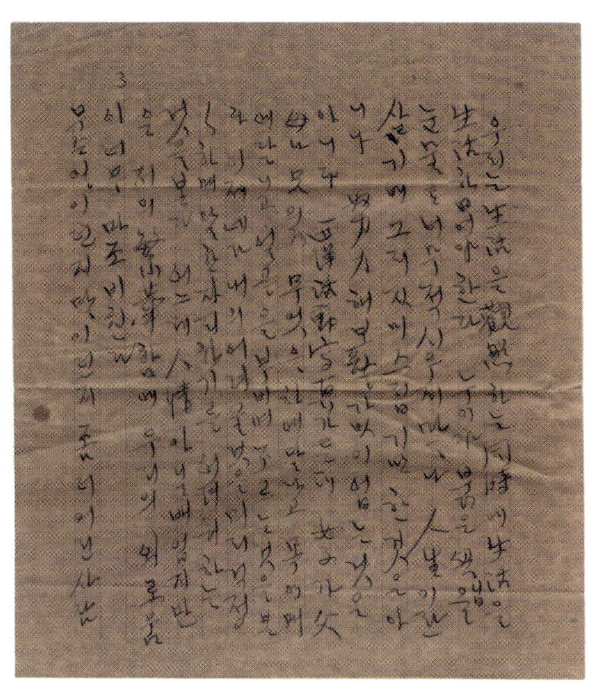

니다. 우리는 한 가지 한 가지 일을 차근차근
히 하여 나가는데 결과(結果)를 예견(豫見)하고
수단(手段)을 강구(講究)하여 나가야한다. 우리
는 생활(生活)을 관조(觀照)하는 동시(同時)에 생
활(生活)을 생활(生活)하여야한다. 누이야 붉은
꽃닢을 눈물로 너무 적시우지 말라. 인생(人生)
이란 살기에 그리 자미스럽기만 한 것은 아니
나 노력(努力)해 보잘 것 없는 것은 아니다.
서양활동사진(西洋活動寫眞)같은 데 여자(女子)
가 부모(父母)나 형(兄)에게 무엇을 하여달라고
목에 매여달리고 얼굴을 부비며 조르는 것을
본다. 이제 네가 내의[5] 어려울 것을 미리 걱정
걱정하며 말 한자리 하기를 어려워하는 것을
본다. 어느게 인정(人情) 아닐배 없지만은 저
의 번화(繁華)함에 우리의 외로움이 너무 마조[6]
비친다.

5 내의 : 나의
6 마조 : 마주

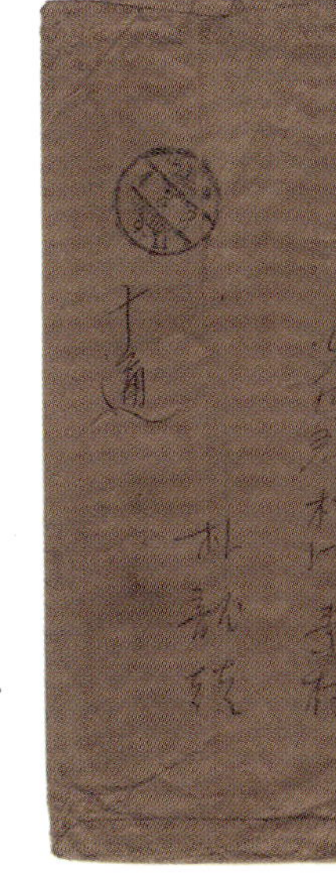

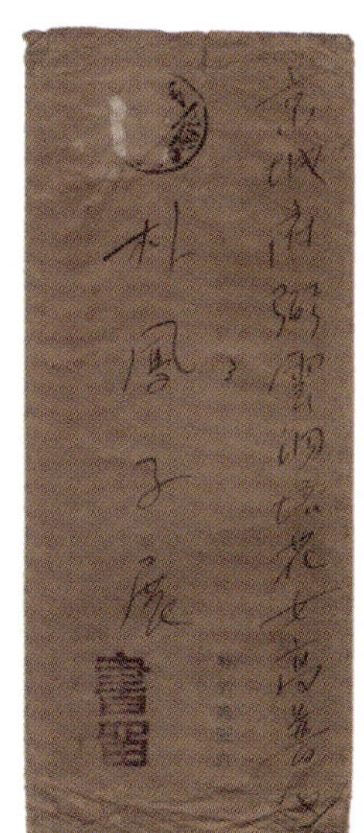

박용철 시인이 박봉자에게 보낸 서신

봉애야 오래만에 너에게 편지(便紙)를 쓴다. 너나 혹은 어머니께서 내 편지를 기다릴 줄은 알면서도 붓이 떨어지지 안이하야서 편지를 못쓴다. 괴로운 이들을 위로하야 줄 말이 없는 까닭이다. 그래도 밋을만한 곳 바랄만한 곳은 나 하나인데 내가 아모[1] 도리 없고 보랏고만[2] 잇스니 붓그러워 낯을 들 곳이 없다. 겨울방학에는 나려가마. 서울서 하는 것 없스니 언젠들 못 가라만은 집에서 이꼴저꼴 보고 잇는 것보다 이러케 혼자만이라도 떨어져 나와 잇스면 무슨 일이던지 말이던지 좀더 어린사람같이 얼스럽게 그래야 나는 무슨 말이던지 좀더 수얼하겠다 서울다 집은 쉽게 작만하지 못하겠다 그러니 우선 한두 달 기숙사(寄宿舍)에 더 있게 하여라 그렇지 않고라도 다른 도리(道理)가 잇으면 나는 너를 믿으니 알아서 하여. 또 문제(問題)를 제출(提出)할만하면 일개포부(一個抱負)가 있어야할텐데 별로히 이야기할 것이 없다. 그리고 날짜도 지나갔고나. 위선 이만하고 학년 초(學年初)에 비용(費用)이나 알려 라. 얼마간 부족(不足)하겠지. 이만 둔다.

이월 이십팔일(二月 二十八日) 용아(龍兒)

---

1 아모 : 아무
2 보랏고만 : 바라보고만

몰인정한 이 오라비는 다 잇어버리고 또 그대로 지낸단다. 제발이 몸 성히 잇서서 때를 기다려라. 설마 때가 오지 안켓늬. 네가 만일 애를 태워서 병이 난다던지 하면 그러지 아니해도 낮을 들 곳 업는 내가 더욱 혼자 붓그러워 살겟늬. 태연하게 때만 기달녀라[3]. 어머니께도 따로 상서 하지 않는다. 엇더케 말슴하여야 조흘넌지[4] 할말이 업서서 그런다. 다 늙으신 어머니의 지내시는 광경이 눈 압헤 보이는 것 갓다. 이만 둔다. 한달 좀 더 잇스면 만나 보겟다.

十一月 十九日 옵바서

3　기달녀라 : 기다려라
4　조흘넌지 : 좋을지

박용철 시인이 박봉자에게 보낸 서신

어제 쓰고 오늘 또 다시 쓴다 봉애야 오늘 염주동(念珠洞) 묘사에를 갓다오니 네 편지와 사진이 와 잇드라. 아바님 친전(親展)[1]이라고 하엿지만은 내가 그냥 뜨더보았다. 지난 편지도 내가 아즉 보시지도 못하섯다. 아바님께서는 냥 집어너코 또 이 편지를 중간에서 채고 보니 좀 미안한 생각도 잇다만은 다시 한번 생각해 보자.

아버지 마음이 오늘이라도 도라서신다면 그 뒤가 깃버하지 안이하겟느냐만은 과연 네가 쓴 이 글을 보시고 마음이 환해지실넌지 매우 의문이다. 아니 의문이라는 것보다도 더 확실한 일이다. 네가 숙종대왕 이약이를 햇스니 말이다가 도로혀 독한 형벌에 죽지 안이하였느냐. 대범[3] 그러한 것이다. 님군이 엇더한 낫븐 일을 할냐고 할 때에 한 장 상소로 그것을 막아 돌닌 이는 내가 문견이 적어서 모르는지는 모르지만은 아마 역사에 별로 업슬 것이다. 다만

1 친전(親展)‥수신자가 직접 보라는 뜻. 단, 평교간이나 손아래 사람에게 쓸 수 있는 것으로 여기서 딸인 박봉자가 그 아버님에게 올리는 글을 피봉에 쓴 것은 적절하지 못하다.

2 숙종대왕이 장희빈을 총애한 나머지 민중전(인현왕후)을 폐출한 일. 이때 박태보(朴泰輔)는 간관으로 그 부당함을 임금에게 아뢰다가 노여움을 사서 귀양으로 내쳐지게 되었다. 그 도중에 죽은 일을 가리킴.

3 대범‥大凡, 대개

그때의 참을 수 업는 의긔[4]를 한 편 글에 나타낼 뿐이요 몸은 괴로움을 밧는 것이다. 나종에 도로 일이 올케 도라가는 때가 아조 업지는 아니하나 천도(天道)가 있어서 반다시 올흔 것이 이긔느냐 하면 그것은 꼭 그러타고는 하지 못하는 것이다. 올흔 일이 승리(勝利)를 하는 예(例)를 들라면 그것도 적지 아니하려니와 악(惡)이 승리(勝利)하는 예(例)가 이 세상에서는 더 만흘 것이다. 가튼 이왕(李王) 집 일로 말하드라도 세조대왕(世祖大王)은 일곱 살 먹은 자긔 족하를 쪼차내고 님군이 되여 오히려 부족하야 마츰내 그 족하를 죽이고 성삼문(成三問), 박팽년(朴彭年) 가튼 명신(名臣)을 다 죽이지 안이하엿니.[5] 그러고도 그 자손(子孫)이 삼백년(三百年)이나 님군 노릇을 하지 안이하엿늬. 몇 대(代) 후(後)에 그를 올녀서 단종(端宗)이라는 일흠을 준들 그것이 무엇이랴, 올흔 것이 항상 이긔게 하는 하나님이 어듸가 게신지? 이와 가튼 이 세상에 가득 찬 악(惡)의 승리(勝利)를 집히 뚜러 본 사람이 만히 이 세상 영화를 버리고 종교(宗敎)로 드러가 저승에 가 잇는 극락(極樂)이니 낙원(樂園)이니를 생각하는 것이다. 그러나 그것이 다만 불안(不安)한 자긔(自己) 마음을 가러안치기 위(爲)한 속임에 지나지 못한 것은 너무나 밝은 사실이다. 그러나 마음 약(弱)한 사람이 목슴의 줄로 알고 꼭 붓들고 잇

---

4 의긔 : 義氣

5 조선왕조 6대 임금 단종을 세조가 내친 일을 가리킨다. 이때 사육신인 성삼문, 박팽년 등이 단종을 복위시키고자 하다가 일이 발각되어 죽었다.

는 것이 헛개비에 지나지 안는다고 그것나마 빼아서서 아조 절망(絶望)으로 드러가게 하는 것이야 또한 참아 하지못할 노릇이다. 그러나 내가 네게 이르노니 네가 우리집에 행복이 다시와 에덴이 되기를 노래한다면 그것이 너의 희망 가운대 사라서 너를 위로하는 값이 잇는 것이 사실이지만은 그것이 다만 희망에 그치는 데야 어이하랴!

너의들 가튼 피여나는 게집애들의 늣기기 쉬운 마음을 가지고 쉬흔살 먹은 사나희의 길가기 어려움[6]에 부댓기여 다시 드른 마음을 짐작하여서는 안된다. 민줏전 이약이와 나가 죽은 상고의 이약이가 네 눈에서 몇 번이나 눈물을 자아내엿다고 다른 사람에게도 가튼 효과가 잇스리라고 생각해서는 오해다. 그것도 혹 뜬거리[7]로 이약이를 드르면 문득 감동도 되는 것이지만은 저사람이 나를 권고할 목적으로 이런 이약이를 하느니라 하고 드르면 그러한 감동을 밧지 못하는 것이다.

물론 네가 그 글을 쓸 때에 그것으로 능히 아버지의 마음을 돌닐 수 잇스리라고 미덧다고는 생각지 안는다. 다만 복바치는 늣김을 하소연한 데 지나지 못한가 한다. 지성(至誠)이면 감천(感天)이라고 그런 어리석은 말을 밋지 말라. 지성(至誠)을 품고도 어름 자리에서 죽은 사람이 멋멋이며 눈물이 다 말느고 피가 이여바타[8] 죽은 사람이 멋인 줄 알랴? 지금 나의 가장 친한 벗이 원한을 품고 죽는다 하면 나는 그를 위하야 만 동우[9]의 눈물을 품고 죽는 것이도 그의 할나든 일을 내가 마터 한깐이라도[10] 하는 것이 그를 참으로 사랑하는 바인 줄을 안다. 사람이 각오(覺悟)를 세울라면 극단(極端)의 사변(事變)을 상상(想像)하고 하여야 될 것이다. 우리 어머니의 흰 머리털이 다시 꼿바람에 날니운다면 모르거니와 만일 그러치 못한다면 우리는 우리를 엇더케 맨드는 것이 가장 어머니를 사랑하는 것이 될까를 생각하여야 될 것이다. 물론(勿論) 어머니의 소원(所願)을 그대로 시행하는 것만이 아니다. 어머니의 우리를 사랑함은 지극하나 그의 지혜는 부족한 바이 잇나니 우리를 위하야 생각함도 또한 부족함이 업지 안타. 나도 다시 생각해 보겟다. 너도 다시 생각해서 편지해라. 네 머리와 몸을 튼튼하게 하는 것이 가장 큰 일의 하나이다 밤이 깁흐니 총총히 끗을 막는다.

十一月 二十五日 옵바서

---

6 쉬흔 살 먹은 사나희 : 박용철 시인과 박봉자의 아버지를 가리킨 듯하다. 그의 나이가 50에 이른 것을 이렇게 말한 듯 보인다. · 길가기 어려움 : 길이 나기 어려움, 길이 들기 어려움, 순화되기 어려움으로 이해됨.

7 뜬거리 : 건성으로 귀담아 듣지 않고 대충 넘긴다는 뜻.

8 이여바타 : 〈다하여 마르다〉의 뜻

9 만 동우 : 만 동이. 동우는 전라남도와 경상북도 지방의 사투리

10 한깐이라도 : 하는 깜냥대로, 할 수 있는 능력껏.

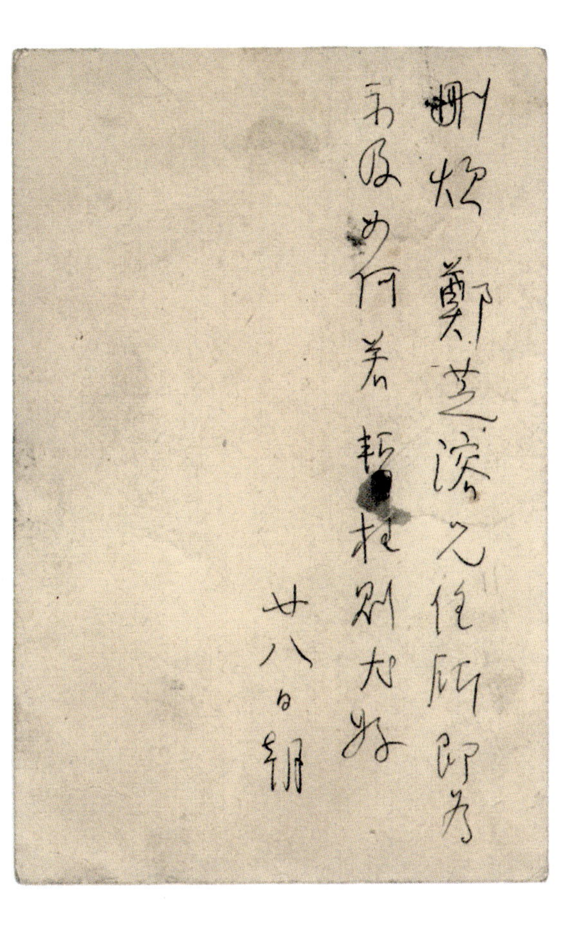

부내 사직정(府內 社稷町) 261
박용철 형(朴龍喆 兄)

내수정(內需町) 198
정인보(鄭寅普)

산번(刪煩) 정지용형주 소즉위시급여하약잠왕즉
우호(鄭芝溶兄住所即爲示及如何若暫枉則尤好)

군말 줄이며 정지용형 주소를 알려주오. 그리
고 형편이 되면 잠깐 들러주었으면 더욱 좋겠
네.

용철형(龍喆兄) 오늘이야 붓을 드네. 집에 오니
축하회(祝賀會)를 한다 인사를 떠들석했
네. 책(册)이 七, 八부부(部) 모자라서 내게 있는 것
까지 다 엽서 젓지. 안 가까운 사람 없는 고향이
라 좀 딱한 꼴 적었는 것. 아즉도 만나면 우물쭈물
하고 마는 수가 더러 있네 그 뒤 지용(芝溶)게 광
고문(廣告文)을 쓸테거든 본(本)초지(紙)[1]-에 써달라
는 편지(片紙) 한 장 쓴 일이 있었네. 그의 아들
은 다 나헛지. 서울서 적지 않게 자네를 괴롭혔
네. 그 때도 그리 역여진[2] 때 많앗섯지만은 지금
또 미안(未安)하였다고 다시 생각하여 보내. 지용
형(兄)께도 그러했지. 다만 이번 일로 생각나는
것이 책(册)이라면 의례히 축하회함(祝賀會合) 같
은 것이 관습성(慣習性) 같이 되어 버리는 것이라
면 외려 무의미(無意味)스런 일일 게고 조선(朝鮮)
서는 관습성(慣習性)이 아니고는 이번 내 기념회
함(紀念會合) 같은 것은 있을 수도 없었을 것을
생각하면 나는 쥐구멍을 찾고 싶으이.
나 이번 합천 해인사(陜川 海印寺)을(를) 다녀
왔네 섬진강(蟾津江)을 건느고[3] 진양남강(晋陽
南江)[4] 논개(論介)를 찾고 해인사(海印寺)까지
왕래(往來) 천사백리(千四百里)를 자동차(自動車)
여행(旅行)일세. 해인사(海印寺)는 여간 힘드는
곳이 아니야. 진주(晋州)서 이백이십리(二百二十
里)인듸(데) 길은 좋으나 큰 제(재)가 많어서 현

---

1 본초지(本草紙)
2 여겨진, 생각된, 기본형 - 여기다.
3 넘고, 건너
4 진주(晋州) 남강.

기증(眩氣症)을 일으키고 나이 많아지면 뭇 찾아볼 곳일세. 가야산(伽倻山)이 상(相)당히 웅대(雄大)한 결구(結構)⁵인듸(데)라가 수석(水石)은 무던이 묘(妙)하고 길었지마는 해인사(海印寺)의 유명(有名) 그것보다 법당(法堂) 한 채 잘된 게(게) 없어 실망(失望)했네. 수십 차 화란(數十次 火亂)⁶에 그리된 모양이야. 보물 등(寶物等)이 많은 것이야 우리게 무슨(무슨) 상관없는 노릇이고. 촉석루(矗石樓)⁷에서 솟는 해를 마지했는듸(데) 논개(論介)는 문(門) 앞에 묵례(默禮)하고 남강(南江)에 손을 씻었네. 한 장 글이 언제 될지. 섬진강(蟾津江)이 만월(滿月)을 실고 누었는 것은 우리가 말하는 강(江)의 개렴에서는 상상할 수 없는 꿈이라고 말할까. 기생(妓生)이 많아 논개(論介)가 났을 진주(晋州)의 아침. 남강(南江)의 이 언덕 저 모롱이에서 흐르는 기생(妓生)의 습창(習唱)⁸ 소리는 다른 곳에는 볼 수 없는 노릇이야. 합천(陜川)을 찾어 보고 합천(陜川)의 유래(由來)함을 짐작하였고 일반(一般) 경상도인(慶尙道人)의 인품(人品)이 좋음음도 알았네. 좋은 여행(旅行)이었네. 비가 아니 와 야단들이야. 지용(芝溶)을 더러 만늬(나)신가.⁹ 더러 자네 소식(消息)을 알려 주소. 시(詩)가 되거든 보내주고. 지용(芝溶)의 폭포(瀑布)도 명(明) 모(眸)도¹⁰ 다 혼이 없어 보이늬(네). 지은 것이란 지은 것이 그 사진 분명(分明)¹¹ 하거든! 이차(二次)¹² 때 그 사진 하나를 책(冊) 한 권(卷) 속에 보내 주오. 백석(白石)의 시집(詩集)¹³을 다시 읽어 보고 싶으이. 주소(住所)를 알리면 보내줄지. 광고문(廣告文)은 지용이 안 쓰기로 하면 자네가 쓰소. 강진(康津) 사람들은 내 시집(詩集)에 친절(親切)한 해설(解說)을 바라는 모양이네. 출간인(出刊人)인 자네가 쓴다 한들 책(冊) 팔려고 한다는 소리를 드를만치 자네 長谷川己之吉¹⁴은 아니니 용(容)서.

5 일정한 형태로 모양이 된 것. 또는 그런 물건.

6 수십차례 불이 남. 火亂, 화재의 변고.

7 논개사당 앞에.

8 창을 익히는 것. 노래를 배우는 일.

9 만늬신가: 만나는가.

10 『조광(朝光)』 1936년 7월호에 실린 정지용의 작품을 가리킨다.

11 밝은 눈동자. 참고로 정지용의 〈폭포〉 전반부를 보인다. 〈산골에서 자란 물도 / 돌베람빡 냉떨어지에서 / 접 / 아 / 가재가 긔는 골작 / 죄그만 하늘이 갑갑했다〉.

12 1936년 5월 10일 시문학사판 『영랑시집』 출판기념회가 명월관(明月館) 본점에서 있었다(오후 6시). 발기인 박용철, 정지용, 윤희순, 이헌구, 이승만, 박종화, 장기제, 한대훈, 이하윤, 김진섭, 김두헌 등. 이때 축하회 1차 다음에 2차를 간 듯하다.

13 백석 시집 『사슴』.

14 長谷川己之吉은 하세가와 이노키치. 미상. 일본인 이름인 듯함.

저기 희미한 줄 山으로 둘너싸힌 바다를 내려다 보며, 나는 이 어덕[1]—에혼자 삼경(三更)을 기다렷소이다. 나즉히 떠잇는 달빛은 오직 하얄 뿐, 이 밤에 달리 빛깔이라고는 차질수 업소이다. 천지는 이리도 고요햇든가, 내 숨소리도 들니지를 안나니. 모든 사람은 다 잠드럿겟소. 잠들 슴결이 가늘기야 하련만, 그마저 잠깐 멈추지나 안엇슬가. 꽃은 뽀시시 입을 버리려다 좀 쉬엿슬 듯, 풀입은 늘찐[2] 한치나 더 자라는 것을 좀 머뭇하고, 세상을 매만즈시는 이, 잠깐 그 손을 노으셧슬 이 고요한 밤의 어느 삽시, 하마 어듸서 큰 쉬임의 편안한 깃븜이 빛나지나 안을까요. 멀지 안케 내다보이는 호수(湖水) 갓흔 바다, 그 바다에 물결이 찰삭거리기나 하는가. 옛날 삼경(三更)을 세워[3] 찰삭거리는 바다 물결에, 우러이 혀밑에 치밀니어 가슴안고 아니 울지, 도 조흐려니 찰삭찰삭 하신다면야. 오! 바다. 이 밤 그는 물결이 일리업소[4]. 물결이 일잔어도 나는 바다를 내려다 보지요. 그러기에 이 달밤의 삼경(三更)을 기다리엇소. 출넝거리고 찰삭거릴 물결이 가득히나[5] 윤난 흰 은(銀)ㅅ장 다 되어버리다니. 행여 흔들니지 안

1 어덕 : 언덕. 영랑의 시에는 이렇게 표기되어 있다.

2 늘찐 : 남도 지방의 사투리. 늘씬하게

3 세워 : 새워. 따라서 이 구절은 「삼경을 새워 찰싹거리는 바다」의 뜻이다.

4 물결이 일리 업소 : 물결이 일어날 리가 없소

5 가득히나 : 가뜩이나. 그러지 않아도 매우

6 몯 : 못. 따라서 이 구절은 「네 귀에는 (흔들리지 않게) 금으로 못이라도 쳐서 다졌을까」의 뜻이다.

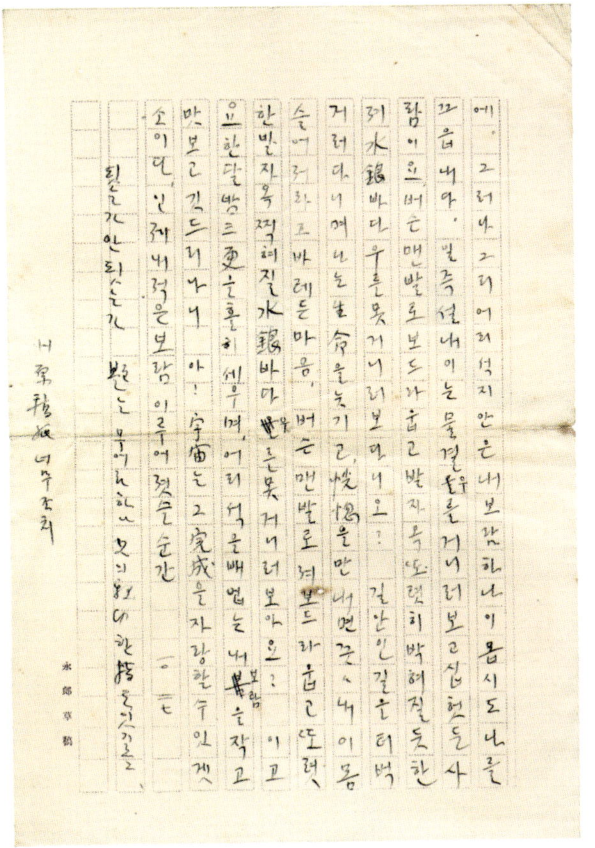

「마음 사는 곳」- 다음가치 곳처 보앗슴니다. 용어(用語)의 몃 군데와 전이연(前二聯)의 삼행(三行), 사행(四行)을 고첫는듸, 그 끗줄과 아울니 지 안어 섭섭하나 더 손 못 대고 잇슴니다.

『마음 사는 곳』

유리ㅅ빗 바람이 소올소올 부러오고
실조름가튼 아지랑이 서리여 잇는[2]
그밧게 향긔로운 바다가 넘실거리고
내마음 늘 사심한[3] 섬 들네 흰모래를
푸른 물결이 끈일새업시 씻고잇다

밝은 날빛에 바다가 은ㅅ결가치 반짝이고
머언 곳 하날이 나지[4] 내려와 속살대며
사랑 어우르는 갈매기때 어지러히 흐터나르고
춤추는 물결에 은비늘고기 꼬리처 금실거리여
물ㅅ새와 고기들이 서로 즐기는 곳

여기가 (말이) 위 두 줄을 되푸리가 되여
조흔 말을 생각다 못 햇슴니다. 영랑(永郎)은 말행
(末行)을 띄여버리라고 하나 이 줄을 띄여버리고는
또 못 견듸겟슴니다.
위선(爲先) 이대로 두엇다 후일(後日)의 조흔 생각
을 기다리렴니다.

1 이 「내 마음 사는 곳」은 『문학』 창간호에 게재되었다.
2 서리여 잇는 : 서리어 있는
3 사심한 .. 조마조마한, 조바심이 되는
4 나지 .. 나직이, 낮게

그곳에 푸른빗 깃봄이 꼿머금아 잇노니
그곳에 빗나는 보람이 멀니 얼신거리노니
슯흠이 거리에 뜨고 한숨소리 집마다 놈흘때
그리움에 애달은 나의 마음 보실거리여[5]
넉시는 깃버리고 시름마을를(을) 포르르 나라
넘어서
늘봄의 물결 사이에 깃봄을 노래하노니

江南재비 도라오는 길, 아득한 바다
그곳이 내마음 사라 잇는 곳
파초열매 무르노근 향긔가 가득 떠돌고
닭알처럼 희고 앱분 배가 날마다 돗달고
새노래와 고기뛰엄[6] 끈이지안는 바다물결
내마음은 물오리가치 잠방그리고[7] 잇다.

영랑(永郎)더러 이연(二聯) 말행(末行)을 고처달
나고 햇드니 웃고만 맙니다. 다른 되는 그디
로 둘지라도 이 줄만은

---

5 보실거리여 : 작게 움직이는 모양
6 고기 뛰엄 : 고기가 뛰어 노는 것.
7 잠방그리고 : 잠방거리고. 잇달아 물 속에 잠기었다 떴
  다 하는 모양.

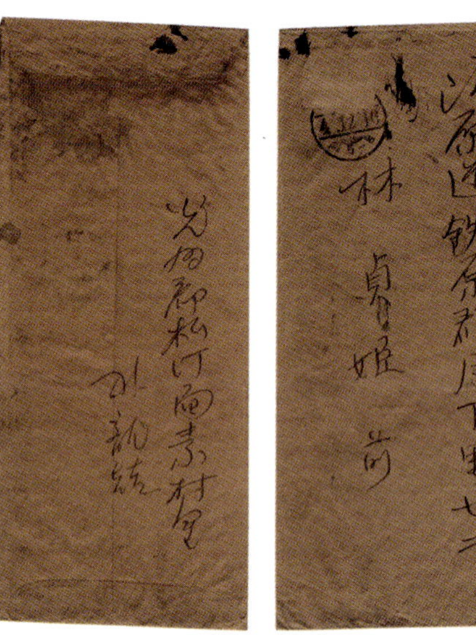
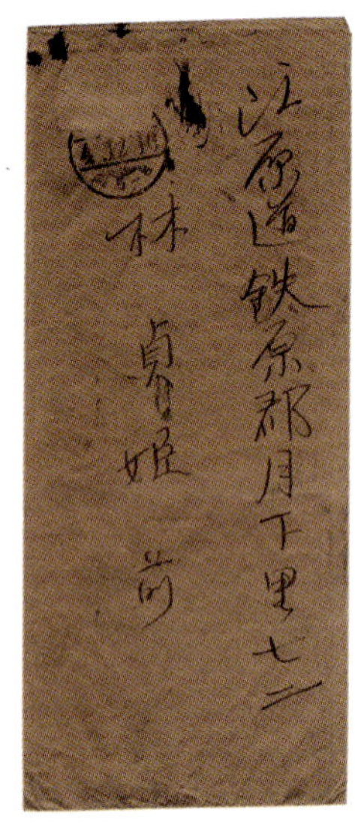

형(兄)의 손을 좀 빌녀주서야 하겟슴니다.
문예월간(文藝月刊) 어재 바덧슴니다. 무식(無
識)한 내로 엇더라 말은 못하나 엇전 닐인지
조선(朝鮮)의 문단(文壇)에 새로운 빗, 새로운
권위(權威)가 군림(君臨)한 것 가튼 생각이 듬
니다. 이러는 자(者) 나와 동감(同感)이라면 이
잡지(雜誌)에 대(對)한 장래(將來)의 촉망(囑望)
이 클 줄 암니다. 독자(讀者)를 좀 권고(勸誥)하
고 십흐나 썩은 강진(康津)이기 때문에 한두 사
람도 거위 절망(絶望) 자신(自信) 업슴니다. 더
러 권유(권유)는 하렴니다만. 그런듸 시문학(詩
文學)[8] 사호(四號)에 제(弟)의 것을 무엇을 실으
시렴니까? 죄 쓰러 이번까지나 내면 업겟지
만, 과히 안 바부시면 편지 한 장 하셔주서요.
구고중(舊稿中) 사행(四行) 몃 편(篇)과 「노래」라
고 한 민요(民謠) 이수(二首), 『맑-한 하날에 바
람이 흘너가면』[9] 등(等) 나로 해서는 버리기어
려운 그리운 것들인듸 이 등(等)을 엇지 처분
(處分)하면 조을까요? 다음에 또 올니렴니다.

　　　　　十月 三十日 김현구(金炫耈)

---

8 『시문학』은 3호로 종간되고 4호는 나오지 않았다. 이때의 김현구 시고는 『문학』 창간호에 실렸다.

9 김선태(편), 『김현구전집』(강진문화원, 2002)에는 이들 작품이 안 보인다. 이때 박용철에게 보낸 후 유실된 것으로 보인다.

형(兄)의 하서(下書) 고맙습니다. 늘 만강하시며 댁내균안(宅內均安)하십니까. 아우는 염려해 주시는 덕에 매우 잘 있읍니다. 두 번 거퍼 알려주신 친절(親切)[1]은 참말 깊이 느끼고 있읍니다. 특히 선언서(宣言書)의 문체(文體)와 피봉(皮封)의 필적(筆跡)은 곧 정지용씨(鄭芝溶氏) 호흡(呼吸)을 접(接)하는 것 가태서 그러치 안어도 편지를 날리려고 햇사오나 방금(方今) 시험인가 무엔가 때문에[2] 수난중(受難中)이외다. 그저 꼭 참고 무신(無信)을 계속합니다. 물론 청색지(青色紙)의 웅비(雄飛)[3]를 심축(心祝)합니다. 또 그 날개를 빌고 싶습니다. 한데 바라건대 이 태만(怠慢)한 생도(生徒)의 사정(事情)을 참작하셔서 다음 호(號)까지 유예를 주십시오. 그럼 안영히 게십시오.

1 두 번 거퍼 알려주신 친절 :: 미상. 다만 전후 문맥으로 미루어 1937년 박용철이 4차 문예지 발간 계획으로 『청색지(青色紙)』창간 취지서를 문단에 돌린 일과 관련이 있는 듯하다.

2 이때에 김기림은 동북대학 영문과에 적을 둔 학생이었다. 「시험」이라는 말은 그 사이의 사정을 알린 것이다. 여기서는 박용철이 『문학』에 이어 발간을 꾀한 『청색지』의 계획이 뜻대로 이루어지기를 빌고 바란다는 뜻이 담겨 있다.

3 웅비(雄飛) : 거창한 비상, 썩 멋진 날개짓. 여기서는 박

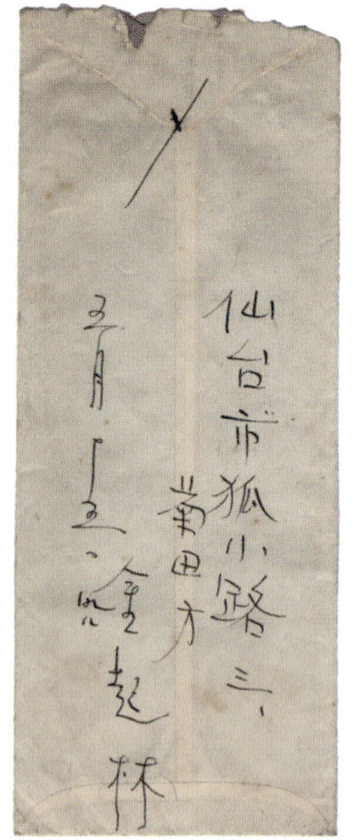
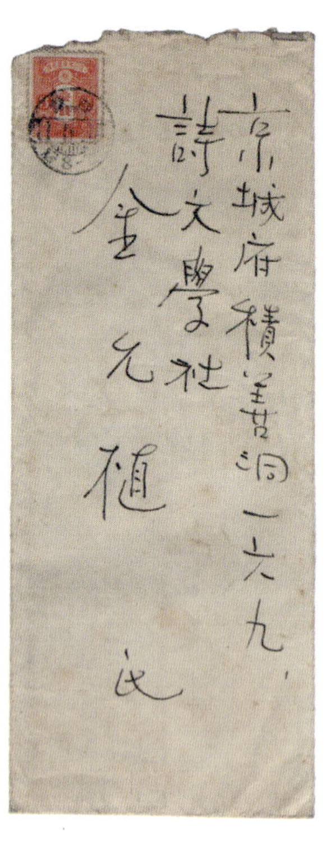

주신 시집(詩集) 반가히 맞어 모셨습니다. 거츠른 이역(異域)에 어찌면 이다지도 華麗한 선물입니까? 『三三』『四〇』 등의 고요한 서정(抒情)의 향기(香氣)도 좋았습니다마는 더군다나 『四六』의 일편시(一篇詩)가 만저보지 못한 현란(絢爛)한 운율(韻律)의 탑탑(塔)이라고 혼차 생각하였읍니다. 뵌 일도 없는 씨(氏)에게 이렇한 말씀을 올리는 것도 그저 시를 사랑하려는 사람의 한사람에게 관대(寬大)히 허락(許諾)하실 특권(特權)이라고 미루어 생각한 까닭입니다. 삼가 두어 자로 감격(感激)을 전합니다.

五月 十五日

김기림(金起林)

일전(日前) 보내주신 용철형(龍喆兄)의 전집(全集)은 잘 받었습니다. 감사(感謝)를 드리기 전 책을 손에 드니 가득 가슴 무량(無量)의 감(感)뿐입니다.

고인(故人)을 영원(永遠)의 길로 떠나보낸 것이 어느듯 일년여(一年餘) 사바세계(娑婆世界)[1]의 꿈이 정말 허(虛)ㅅ되옵니다.

그러나 고인(故人)은 갔으되 고인(故人)의 혼(魂)과 피와 말은 여기 있으니 이로써 우리는 영원(永遠)의 고인(故人)을 삼가 뫼시겠습니다.

아울러 그간 일년(一年)을 두고 유고(遺稿)를 애써 모으시고 공(功)드려서 이 책을 만드신 여사(女史)의 성력(誠力)과 몇 동모의 우정(友情)에 대(對)하야 감격(感激)하야 말지 않읍니다.

끝으로 귀체(貴體)를 내내 보중(保重)하심과 윤옥형제(允玉兄弟)[2] 빨리 자라서 훌륭한 인물(人物)이 되옵기 심축(心祝)합니다.

七月七日

오일도(吳一島)드림

임정희(林貞姬) 여사(女史)

---

1 인간세계、 속세계。 〈사바〉만으로도 쓰이며 불교의 용어

2 允은 아들。 윤옥형제(允玉兄弟)는 아드님 형제의 뜻。

장기제(張起悌)가 박용철 시인에게 보낸 서신

형(兄) 그날밤 우중(雨中)에 안녕(安寧)히 도라가셨읍니까. 저 무사(無事)히 본래(本來)의 자리로 돌아와 앉었읍니다. 형(兄)들에게서 미련(未練)을 끊고 끊고 돌아오니 구비(具備)[1]된 것은 한 일삭전(一朔前)[2]의 그것-죽음 같은 정적(靜寂) 고등(孤燈)[3] 간간(間間)히 들리는 개소리 참어도 감상적(感傷的)이 아닐 수 있겠읍니까.

수일간(數日間)은 이 정신(精神)을 수습(收拾)하기 위(爲)하야 고생(苦生)해야 하겠읍니다.

그날 밤 차중(車中)에서 할일 없어 우선(于先) 신문(新聞)의 이모(李某)의 운동사건(運動事件)[4]을 통독(通讀)하였읍니다. 경탄(驚嘆)은 하나 동감(同感)키는 어려웠던 심경(心境)이었읍니다. 비행동파(非行動派)가 행동파(行動派)를 보는 일언(一言)적 요약(要約)을 형(兄)은 짐작하시겠읍니까.

잠은 오지 아니하고 옆에 보이는 미녀(美女)(?)의 지극히 미(美)롭지 못한 수태(睡態)[5]가 몹시도 눈에 거슬리었읍니다. 날이 새기까지 고대(苦待)하든 중(中)에 기차(汽車)는 서행(徐行)하고 날이 새여서 또 한나절

1 구비(具備) ::
2 한 달 전、朔은 초하루.
3 외로운 등불. 고독한 심정을 뜻함.
4 1934년 1월에 체포된 이재유(李載裕)의 운동을 가리키는 듯하다. 이때 이재유(李載裕) 경성제대에 반제동맹을 조직 체포되었으나 탈출, 1936、 10 콤그룹을 만든다. 1944년 감옥에서 사망.
5 잠자는 모양.

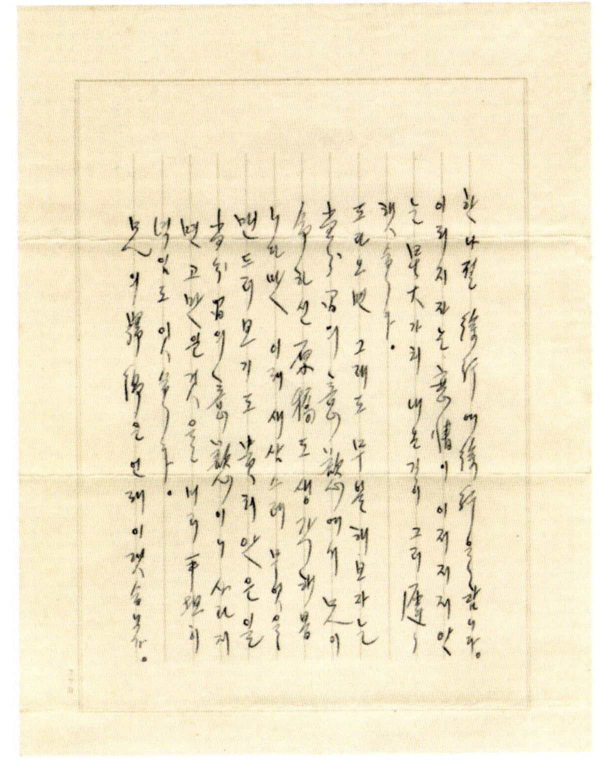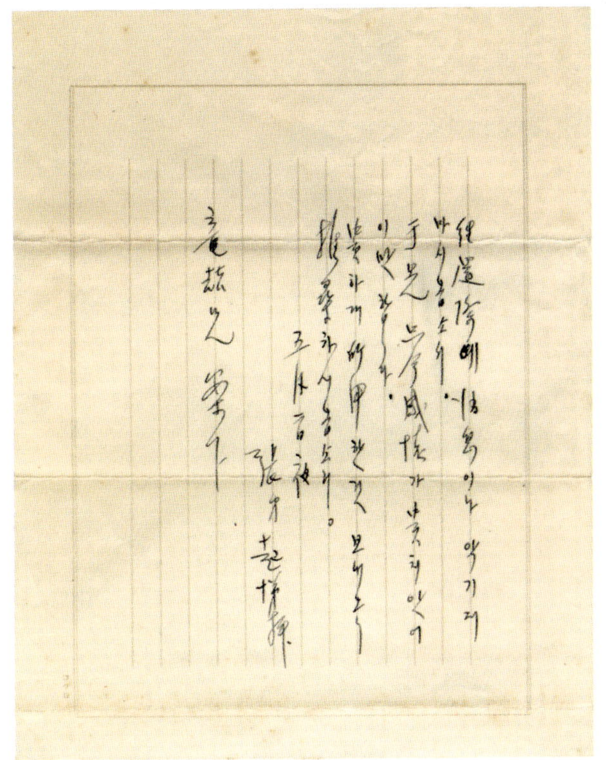

서행(徐行)에 서행(徐行)을 합니다. 잊어지리라
는 연정(戀情)이 잊어지지 않는 성화(星火) 같이
내온 길이 그리 지지(遲遲)[6] 했읍니다.
도라오면 그래도 무얼 해 보자는 당분간(當分間)
의 의욕(意慾)에서 형(兄)이 명(命)하신 원고(原
稿)도 생각해 봅니다만 이제 새삼스레 무엇을
맨드러 보기도 귀(貴)치 않은 일, 당분(當分
間)의 의욕(意慾)이니 사라지면 고만인 것을 미
리 평탄(平坦)[7]히 역임도 있읍니다. 형(兄)의 귀
향(歸鄕)은 언제이겠읍니까. 왕환제(往還際)[8]에
소식(消息)이나 아끼지 마시옵소서. 우선(于先)
지금(只今) 감회(感懷)가 귀(貴)치 않어 이만 합
니다. 귀(貴)하게 소용(所用)한 것 보내오니 추
심(推尋)하시옵소서.

五月二日夜(야)

장제 기제 배(張第 起悌 拜)

용철형 안하(龍喆兄 案下)

6 더딘 모양.
7 마음이 편안함.
8 오고 가는 사이.

장기제가 박용철 시인에게

박형(朴兄)

서함(書函) 반갑게 읽었소. 소화불량(消化不良)
이 없어진 것도 신통(神通)하려니와 최하품(最
下品)의 대접(對接)을 포옥(暴辱)한 김자(金者)의
통론(痛論)을 빙(憑)하야 쾌론(快論)을 시(試)하
신 형(兄)의 솜씨도[2] 역(亦) 통쾌(痛快)하오.
박만세(朴萬歲)!

기어(期於) 억(抑)를(을) 꺼지버 내고야 마랏구
려. 에이 못생긴. 웨 그리 뱃심이 없는 졸한
(猝寒)[3] 들이야. 단(但) 이는 내가 나에게 말하는
건지 모르겠소. 형(兄)이 그럴듯이 짐작하시
오 어더허믄[4] 좋소. 일거(一擧) 치국평천하지대책
(治國平天下之大策)은 없겠소. 이 자리에 돌아
오니 약간(若干) 자극(刺戟)되었든 욕심(慾心)도
금시(今時) 고만이구려. 레몬의 향기(香氣)가 다
빠지기 전(前)에 우울(憂鬱)하오
그러나 간신(干辛)히 조선극작가(朝鮮劇作家)들
에 모(模)한 테마 하나를 만들어 놓았으니, 형
(兄) 말슴대로 경투(競鬪)를 해봅시다.
아주 비통(悲痛)하고 사상적(思想的)이고 사실적
(寫實的)이고 써보기 전에 내가 좀 우섭소. 한
나절에 최하품(最下品)의 꿈이나 꾸어 둡시다.

---

1 기대어, 빌어서

2 이것은 박용철이 〈기교주의설의 허망〉 (동아일보 19
36.3)을 쓰면서 임화와 김기림(金起林)등의 생각을
비판한 것을 가리킨다.

3 못난 사내.

4 어떻게 하면.

정씨(鄭氏)의 시(詩)는 일야독료(一夜讀了)[5]. 솜씨가 새삼 묘(妙)하거(니)와 여보 형(兄)의 발(跋)이 수월치를 않었소. 딴은 노(勞)가 헛되지 않어 그 시(詩)를 이해하기에 그 발문(跋文)이 나를 계발(啓發)함이 많었소. 좀 치하(致賀)해 두오.

영랑시집(永郎詩集)은 웨 그리 더디오. 평(評)을 써보라는 말、 생각하니 그 시(詩)를 어찌 평(評)을 한단 말이오.[8] 곱게 읽고、 반하고 그러면 고만이지. 나는 그 시(詩)를 임화식(林和式)으로 사상적 분석(思想的 分析)、 기교적 분석(技巧的 分析) 못할 것이니 애야 자퇴(自退)하겠오. 신동아(新東亞)의 장언(壯言)을 사서 임화씨(林和氏)에게 고평(高評)을 걸(乞)하십시오.[9] 그 다음 이면 나도 쓸 것 같소. 우울(憂鬱)하오. 나 자신(自身)의 노릇 우울(憂鬱)하거니와 등등(等等)의 하는 일도 우울(憂鬱)하오. (이는 신동아(新東亞)를 구독(購讀)한 감(感))폭언(暴言)을 하고 싶은 것이、 그 폭언(暴言)을 내 일 내 자신(自身) 못되는 것이 그저 한(恨)이오. 여보 신남철(申南哲)[10]이 아닌 형(兄). 여보 내가 죽으면 좀 자극(刺戟)이 되겠오. 웨 죽느냐는 소감(所感)만

5 〈정씨의 시〉는 『정지용시집』을 가리킨다. 一夜讀了-하룻밤에 다 읽음.
6 하거니와
7 박용철 시인은 그의 사문학사에서 1935년 10월 『정지용시집』을 발간하고 거기에 발문을 썼다.
8 『영랑시집』의 발간을 앞두고 장기제에게 그 평을 부탁한 일을 가리킨다.
9 임화가 발표한 〈曇天下의 詩壇一年〉(『신동아』、1935、12)、〈기교파와 조선시〉(『중앙』、1936、2)등을 가리킴.
10 경상제대 철학과 출신의 申南哲

은 일대일사(一代一事)로, 임의(任意)로 쓸 자신(自身)이 있으니 너더분한 것이 실(實)로 너더분한 것이오. 아이 나도 그 너더분한 것이 하나이니 여보 무엇이 있오. 죽어버리는 수밖에. 고색창연(古色蒼然)한 영탄(詠嘆)이오마는 세모(歲暮)가 요적(寥寂)[12]하오. 연연(年年)히 세모(歲暮)는 이제 더 요적(寥寂)한 것이 되어가겠구려.

「싸-닌」[13]을 읽고 읽어 - 그러면 또 무엇하오. 맙시다 형(兄) 차라리 말을 맙시다 이상(異常)하게 내게 수도원입(修道院入)을 절감(切感)하는 여성(女性)이 간간(間間)히 나타나오. 나같은 자(者)를 받어줄 수도원(修道院)은 없겠오. 아모 신앙(信仰)이 없는 수도사(修道士)가 되려는 마음이 죽는 것 다음에 가는 것이오. 일소(一笑)하시오.

十二月 六日 혜서(惠書) 읽고 곧

장제 배(長第 拜)

11 너저분한의 평안도 방언

12 쓸쓸함

13 「싸-닌」은 러시아 작가 아르쯔이바세프의 1903년 소설. 〈싸닌〉은 러시아문학사에서 사회적 반향을 일으킨 작품으로 유명하다. 아르쯔이바세프의 이 소설은 윤리에서 해방된 개인적 도락과 병적인 성적 방종을 보여주는, 인간적 인습과 문화의 경멸을 담고 있다. 이른바 〈싸닌〉신드롬 이라고까지 불린 사회적 현상은, 당시 비평가들에게 러시아 멘세비키 혁명 실패 이후 인텔리겐차의 허무주의가 민중적 이상의 반대급부로 자리 잡으면서 나타난 귀결로 해석되었다.

박하준옹이 임정희 여사에게 보내는 편지

정희(貞姬)에게

일전 네(너)의 옥필(玉筆)을 받아 그 중에 달(達)、일(逸)[1] 형제놈 사진까지 자상(仔詳)히[2] 보았다. 금일(今日) 또 용철(龍喆) 서(書) 받아 보니 그간(其間) 무양(無恙)[3] 충실(充實)함은 다 알 것다. 나는 혈증(血症)이 여기 여기(餘氣)[4]가 전무(全無)하여 참 혈압(血壓)이 높은 관계(關係)인지 청량지제(淸凉之劑)[5]을(를) 십여첩(餘貼)[6] 먹은 관계(關係) 급(及) 동변(童便)[7]을 연복(連服)[8]한 관계(關係)인지 흉격(胸膈)[9]과 정신(情神)이 오히려 청상(淸爽)[10]한 모양이다. 염려(念慮)들 하지 마러라. 용철(龍喆)의(에)게 다 적어 그만 둔다.

사월 사일(四月 四日) 시부담서

1 박용철、임정희 여사 사이에 난 첫아들 종달(鍾達)、 둘째아들 종일(鍾逸)。
2 찬찬하고 자세함.
3 탈이 없음.
4 나머지 기운
5 약제로 맑고 시원하게 하는 효과가 있는 것.
6 첩(貼)은 봉지에 싼 약을 세는 단위
7 어린 것의 소변. 12세 이하의 사내아이의 소변을 약으로 쓴다.
8 연속 복용하는 것.
9 심장과 비장 사이의 흉부.
10 몸、마음이 상쾌함.

이헌구(李軒求)가 임정희 여사에게

배복(拜復)[1]

일전(日前) 보내주신 글월 반가웁게 받어 읽고
곳 이어 회신(回信)을 드린다는 것이 자연(自然)
시일(時日)이 지내고 말었읍니다. 모도가[2] 어려
운 때를 당(當)하와 얼마나 괴로움을 참고 나가
시나이까. 잠시(暫時) 만나 뵈온 이후(以后) 벌
서 십여개월(十余個月)이 지내고 말었습니다.
종일군(鍾逸君)[3] 부산(釜山) 와서 면학(勉學) 한다
는 말슴 처음 드렀사오나 아직 만나 뵐 기회
(機會)는 없었읍니다. 그러온데 자선고아원건
(慈善孤兒院件)으로 사회부 사회국장(社會部 社
會局長)께 연락(連絡)해 알아보았사온바 마침
도사회과장(道社會課張)이 와서 알아본 결과(結
果) 당분간(當分間) 읍영(邑營)[4]하기로 되었다
하오며 만일(萬一) 민영(民營)[5]인 경우(境遇)에는
우선적(于先的)으로 연락(連絡)을 취(取)한다고
합니다. 더욱 전남사회과장(全南社會課長) 박씨
(朴氏)는 귀댁(貴宅) 형편(形便)을 잘 알고 있어
서 특(特)히 유념(留念)한다고 합니다. 기회(機
會) 있으면 한번 차저서 실정(實情)을
알아 보심이 좋을까 하나이다.
그러웁고 별송(別送)하는 졸저(拙著)[6] 『문화(文

1 공경하면서 답을 한다의 뜻, 경복(敬復), 배복(拜復) 등으로도 쓰는 한문편지의 머리말.
2 모도가 : 모두가
3 박용철 시인의 차남.
4 읍에서 직영함을 뜻함.
5 민간인이 경영하는 것.
6 저자가 자신의 책을 말함, 서투른 책의 뜻.

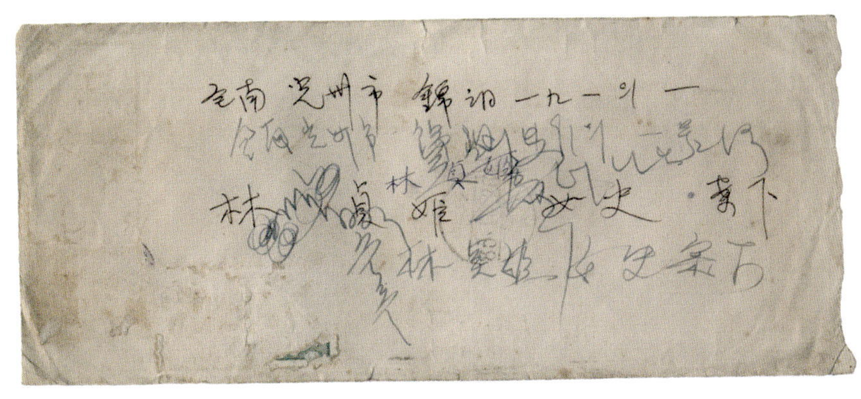

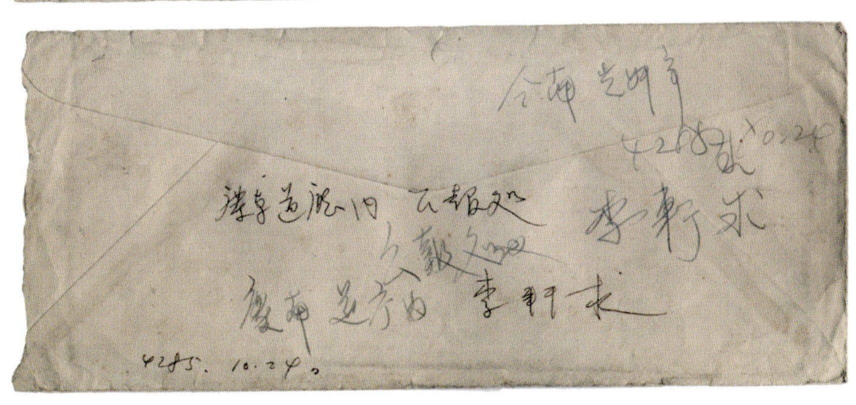

化와 자유(自由)[7]는 인쇄(印刷), 체재(滯在)는 물론(勿論) 도저(到底)히 출판(出版)될 것이 못되는 것을 멧(몇) 사람들이 그대로 출간(出刊)한 모양입니다. 탈자(脫字), 오자(誤字) 투성이오나 어찌어찌해서 고용철형(故龍喆兄)에 대(對)한 졸문(拙文)[8]도 있기에 보내드리오니 소납(笑納)[9]해 주시기 비옵나이다. 무주시매(茂朱媤妹) 박선생(朴先生)[10]도 안녕(安寧)하시온지. 조속(早速)히 통일평화(統一平和)되는 날을 마저 다시 뵈옵게 되기를 기대릴 뿐입니다. 총총 긴 말슴 주리옵 나이다.

四二四五年 十月 二十四日
이생(李生) 헌구답상(軒求答上)
임정희 여사(林貞姬 女史) 안하(案下)

7 이헌구의 평론집. 1959년 2월 청춘사(靑春社) 간행. 총 240면, 〈작가와 평론가〉 이하 30편의 비평, 수상이 실려 있는바 여기에 〈고박용철형 시집을 읽고〉, 〈용아조사(龍兒弔詞)〉 등이 있다.

8 글쓴이 자신의 글을 말함. 잘못 쓴 글의 뜻.

9 보내는 물건이 보잘것없으나 웃으며 받아달라는 겸사.

10 박용철 시인의 누이 박봉자(朴鳳子)여사, 평론가 김환태의 부인이 되어 전라북도 무주로 출가했기에 이렇게 말함.

이헌구가 임정희 여사에게

배복(拜復)[1]

보내 주신 글월 감사(感謝)히 받았습니다. 활란 선생(活蘭先生) 서거(逝去)[2]에 대(對)한 애도(哀悼)의 말슴 감명(感銘)했습니다. 그동안 너무나 격조(隔阻)했었는데 종달군(鍾達君)[3]이 부산(釜山) 간 것은 전(全)혀 모르고 지냈습니다. 항도(港都)[4]에서 조금은 편한 나날을 보내시리라 믿습니다. 생(生)은 작추(昨秋) 구미(歐美) 등지 지(地)를 八〇日간(間) 주마간산격(走馬看山格)[5]으로 다녀왔습니다. 원래(元來) 작년(昨年) 五月부터 건강(健康)이 시언치 않었는데 무리(無理)해 다녀온 지 오개월(五個月)이 되어 가는데 아직도 완전(完全)히 회복(恢復)되지 못하고 있으로 그런대로 소강상태(小康狀態)[6]를 유지(維持)하고 있는 형편(形便)입니다. 지난번 편지에서 말씀 한 박현숙양건(朴賢淑孃件) 곧 약대(藥大)에 아보았더니 장학금(獎學金) 받게 되었다는 보고(報告)를 받고 기뻤습니다. 이제 재학생(在學生) 등록(登錄)도 시작(始作)이 되는데 본인(本人)에게 장학통지서(獎學通知書)가 발송되었으리라고

1 한문투 서간 머리말, 공경과 함께 답을 쓴다의 뜻. 경복(敬復), 배복(拜復) 등으로도 씀.

2 김활란 이화대학 총장의 서거를 뜻함.

3 박용철 시인의 맏아들.

4 부산의 별칭, 항구 도시란 뜻.

5 말을 타고 달리며 강산구경을 함. 사물을 걸거주만 보고 지나침.

6 소강(小康)은 어지러운 일이 그치고 다소 잠잠해진 것, 병이나 환난이 다소 누그러진 것을 뜻함.

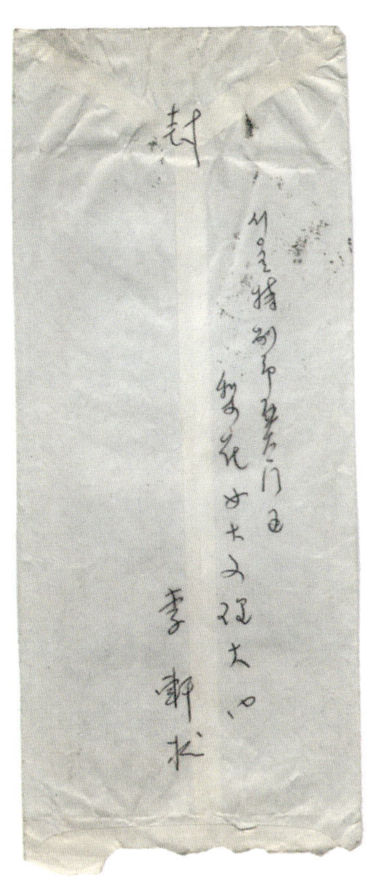

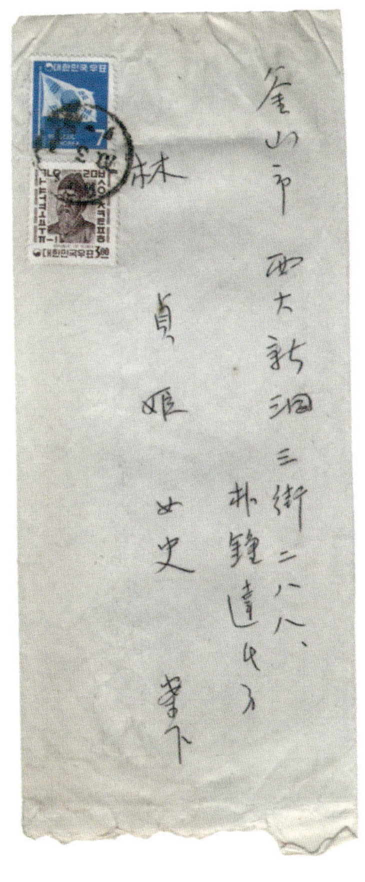

믿습니다. 二月末境(말경) 상경(上京)하신다기에
기대렷읍니다마는 오늘 신입생(新入生) 입학식
(入學式)이고 해서 차츰 바빠질 것 같아 속초
(速草)[7]위 수자(數字)로 회신(回信)합니다. 생(生)
은 금년(今年)이 정년(停年) 되는 가을부터는 한
운야학(閑雲野鶴)[8]을 벗해야 되겠읍니다. 종일
(鍾逸)、 종률군(鍾律君)[9] 등 가정(家庭)도 다 새
복(福)이 넘치기를 빕니다. 활란 선생(活蘭先生)
후임(後任)으로 서은숙 선생(徐恩淑先生)이 이사
장(理事長)으로 되시었읍니다. 그럼 내내 안
녕(安寧)하시고 서울 오시면 전화(電話)라도 주
시기 바랍니다.

一九七〇年 三月 二日
이헌구(李軒求) 배상(拜上)

임정희 여사 청감(林貞姬 女史)

---

7 속초(速草): 서둘러 흘림체의 극자로.
8 세상사에 얽매이지 않고 자연 속에 파묻혀 삼.
9 박용철 시인의 차남과 삼남.

형(兄)님께

일전(日前) 형(兄)님 글 읽고 회답(廻答)1 못 올렸읍니다. 그 후(其後) 제(弟)도 만히 생각(生覺)하고 아버지 의견(意見)도 밧자와 결국(結局) 공학부(工學部)를 취(取)하기로 대반 결정(大半 決定)하고 있읍니다. 인간(人間)의 심리(心理)란 묘(妙)해서 사람이 공과(工科)를 권(勸)하면 자신(自身)은 더욱더욱 의과(醫科)에 대한 애착심(愛着心)이 생기며 따라서 이에 의(依)하여 장래(將來)더 많은 행복(幸福)을 얻어드리리라 생각(生覺)하게 됩니다. 부지중(不知中) 마음 구석에 잠복(潜伏)한 본능적 반항심(本能的 反抗心)이라 할가. 제(弟)는 이로 인(因)하야 익익(益益)2 좌우(左右)를 결(決)치4 못하였읍니다. 그러나 넓은 견지(見地)에서 총람적(總覽的) 관찰(觀察)을 할 때 역시(亦是) 제(弟)에게도 공업부류(工業部類)가 유의(有義)하며 유망(有望)하다고 여겨집니다. 그럼 과연(果然) 우리에게 완전(完全)한 사회(社會)를 예상(豫想)할 수 있을가요. 이러한 말을 함은 무기력(無氣力)한 탓인 줄 압니다마는.

저는 나의(이)가 들어갈사록 저의들의 경우(境遇)에 분개(憤慨)를 느끼는 일방(一方), 일종(一種)의 비관적(悲觀的) 기력(氣力)을 가지게 되어 따라서 아모란5 사색(思索)도 업시 시세(時勢)에

---

1 廻答 : 回答의 오기
2 거의 결정함.
3 더욱 더
4 결정하지
5 아모란 : 아무런

맹목적(盲目的) 태도(態度)로 수종(隨從)하는⁶ 게
처세상(處世上), 유일(唯一)의 양책(良策)⁷이리라
생각(生覺)되기도 합니다. 저의 주위(周圍)를 돌
아볼 때 여사(如斯)⁸한 사고태도(思考態度)는 더
욱 더 하게 됩니다.

저의들에게 비관적 태도는
금물(禁物)인 줄은 십분(十分)알고 있습니다. 완
전(完全)한 사회(社會)의 실현(實現) 이는 우리의
욕망(慾望)하고 마지않는 바이나 이 실현(實現)
에 대(對)한 노력(努力), 우리에게 이 부과(賦課)된
여러 가지 과제(課題)의 수행(遂行), 민족문화
(民族文化)의 개발(開發), 향상(向上), 민족(民族)
의 전진(前進), 발전(發展)에는 공업부속(工業部
屬)의 직업(職業) 내지(乃至) 학문연구(學問研究)
가 직접(直接)으로 간접(間接)으로 좀더 그에 대
(對)한 방편(方便)을 주는 듯합니다. 이러한 사
고(思考)에 입각(立脚)하여 제(弟)는 공학부(工學
部)에 진학(進學)을 결(決)하며¹¹ 이에 대(對)한 노
력(努力)에 만족(滿足)을 느끼는 바입니다. 제
(弟)의 사고과정(思考過程)에 틀림(림)이 있으면
지적(指摘)하여 틈틈이 지도(指導)하여 주시기
바랍니다.

二月十一日　성철 서(聖喆 書)¹²

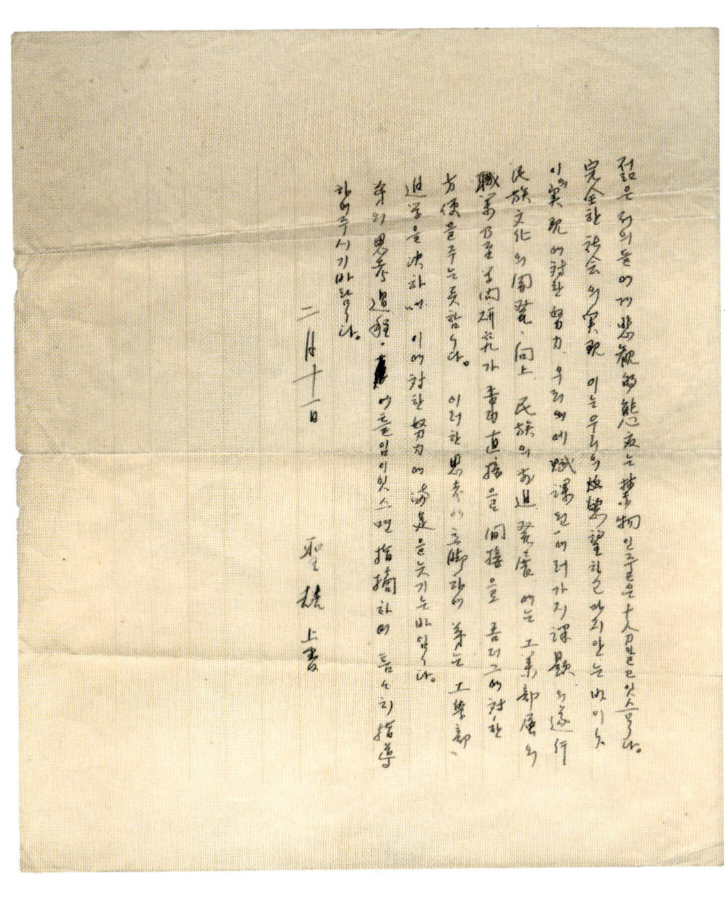

---

6 좇고 따르는
7 좋은 방책
8 이와 같은
9 결정하며
10 박용철 시인의 사촌아우
11 결정하며
12 박용철 시인의 사촌아우

박용철 시인이 박봉자에로

(1929년 8월 12일에서 9월 5일)

⟨용아가 소촌리에 기거하면서 서울-철원을 왕래하던 누이동생 봉자에게 교육을 목적으로 쓴 편지. 페이지 8로 시작하는 것으로 보아 앞장은 유실된 것으로 보인다.⟩

서울은 무사히 단여온 모양이로구나 서울인지 철원인지 모른다는 것도 게으른 마음에 핑계거리되여 九月달이 절반금이나 살작 스치고 지나가는 바람에 나무님 소리도 엇전지 버석거리는 九月 밤에야 이러케 너를 대햇스나 말이 어듸까지 나가다 어듸서 끄칠넌지 미리 모르겟다고 해둔다

William Wordsworth (w :d w : 라고 발음(發音)할 듯)는 1770-1850 卽 十九世紀 初의 매우 큰 詩人이란다 또 이 詩도 매우 일홈 잇는 詩란다

The Solitary Reaper 홀로 버히는 사람

1。보아라 들에서 호올로 일하는
저기 외로운 산골 시악시
저혼자 버히며 노래 부르며.
그만큼 서 잇다 가만이 가거라.

호을로 곡식을 버혀 묵그며
구슬픈 가락을 노래하나니
오- 드러라 저 깊은 골작이
그의 소리로 넘처 흐른다.

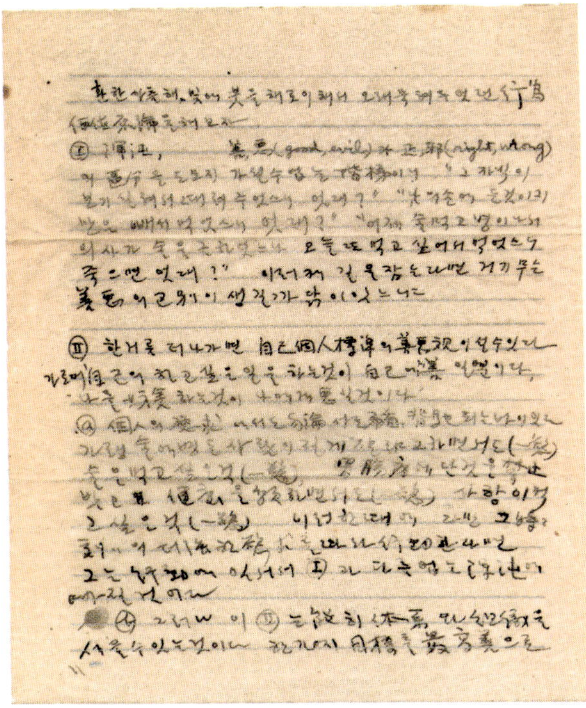

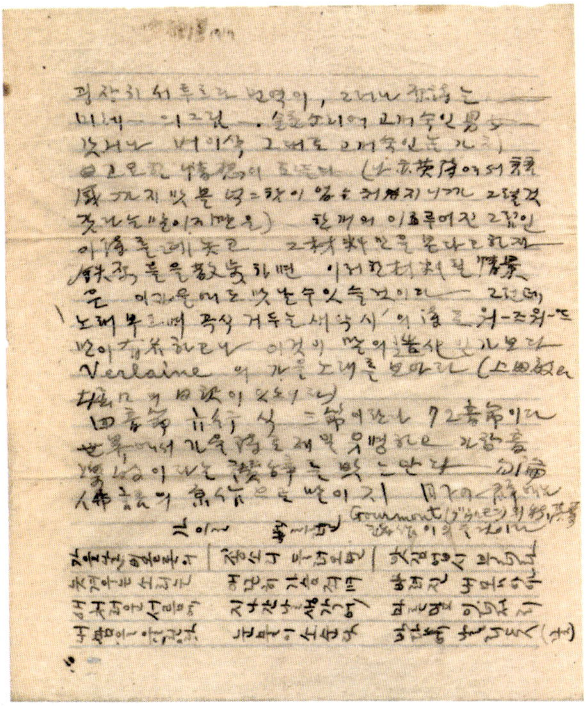

2。그 어느 나이팅게일*인들
아라비아 사막 가운데 나무그늘 섬
차저 쉬이는 고달픈 나그내에게
저리 다정한 마중노래를 블럿스리。
저러틋 애끈한 노래는
저 먼 헤보리듸-스 *섬에서
져 바다의 고요함을 깨치는
봄의 두견새 소린들 어이 따르리。

*새 일홈
*영국(英國) 북편 바다의 떠러잇는 섬 일홈

3。그의 노래는 무엇일거나
아마도 그의 설분 노래는
녯날의 불행한 노릇、멀리 지난 일、
녯적 전쟁을 부름이리라。
안이 그러면 더욱 손 가즉한 일
오늘날도 날마다 잇는 일인가
이제껏 잇스며 압흐로 잇슬 법한
자연스런 서럼이나、일홈이나、괴로움。

4。그 사연이야 무엇이던 끚도 업슬 듯
새악시는 노래를 니어 부른다
그 새악시 일하며 노래 부르고
낫(鎌)을 들고 숙으린 모양을 나는 보앗다。
나는 가만이 깜짝 안코 드럿다。
그래 그 산을 다 오른 담에도
내 가슴에 그 음악을 갈마지 넷다。
그 소리 다시 안 들리는 훨신 담까지 (꼿)

굉장히 서투르다 번역이。그러나 原詩는 미레-의 그림

鍾소리에 고개 숙인 男女 갓거나 벼이삭 그대로 고개 숙인 논가에 고요한 情感이 도온다.

(나 亦 英詩에서 語感까지 맛볼 넉넉함이 업는 처지니까 그럴 것 갓다는 말이지만은) 한 개의 이루어진 그림인 이 詩를 때 놋고 그 材料만을 본다고 하자. 鐵原들을 散步하면 이러한 材料될 情景은 이 가을에도 맛날 수 잇을 것이다. 그런데 '노래 부르며 곡식 거두는 새악시'의 詩는 워-즈워-드 만이 有名하고나 이것이 말의 造化인가 보다.

Verlaine의 가을 노래를 보아라. (上田敏와 堀口의 日譯이 잇노니라)

四音節 六行식 三節이란다. 72 音節이다. 世界에서 가을 詩로 제일 유명하고 가장 音樂的이라는 讚辭를 밧는단다. 勿論 佛語의 原作으로 말이지.

月下의 一群에는 Gourmont(グウルモソ)의 秋の落葉詩作이 잇을 것이다.

가을

베르렌

가을 날 비올론의
늣겨 우는 소리는
애처러운 서름에
내맘을 울린다

종소리 들려 오면
애끈히 가슴 죄며
지나간 날 생각에

눈물이 소슨다
앗김업시 부러라
바려진 내 몸이야
마른님 이리저리
바람에 날리듯
(꽃)

환한 아츰 햇빗에 붓을 해로이 해서 오래 무쳐 두엇던
行爲價値原論을 해 보자

Ⅰ。 混沌、善惡(good, evil)과 正邪(right, wrong)의 區分
을 도모지 가릴 수 업는 階梯이니 「그 자식이 보기 실
혀서 때려 주엇스니 엇대?」 「어제 술 먹고 병이 나서 의사
가 술을 금하엿스나 오늘 또 먹고 싶어서 먹엇스니 죽
으면 엇대?」 이러케 길을 잡는다면 거기 무슨 善惡의
區別이 생길 까닭이 잇느냐。

Ⅱ。 한거름 더 나가면 自己個人標準의 善惡觀이 설
수 잇다。 가령 술에 병든 사람이 길게 살라고 하면서도(一
慾) 술을 먹고 싶은 것(一慾)、 胃腸病에 단것을 禁止밧
고 健康을 願하면서도(一慾)、 사탕이 먹고 싶은 것(一
慾)、 이러한 때에 그만 그 時時刻刻의 더 强한 慾求를
따라 한다면 그는 行動에 잇서서 Ⅰ과 다름업는 混沌에
빠질 것이다。

ⓐ 個人의 慾求에서도 勿論 서로 矛盾、背馳되는 바이
잇다。 가로대 自己의 하고 싶은 일을 하는 것이 자
기에게 善일 뿐이다。 〈나를 妨害하는 것이 나에게 惡일
뿐이다。〉

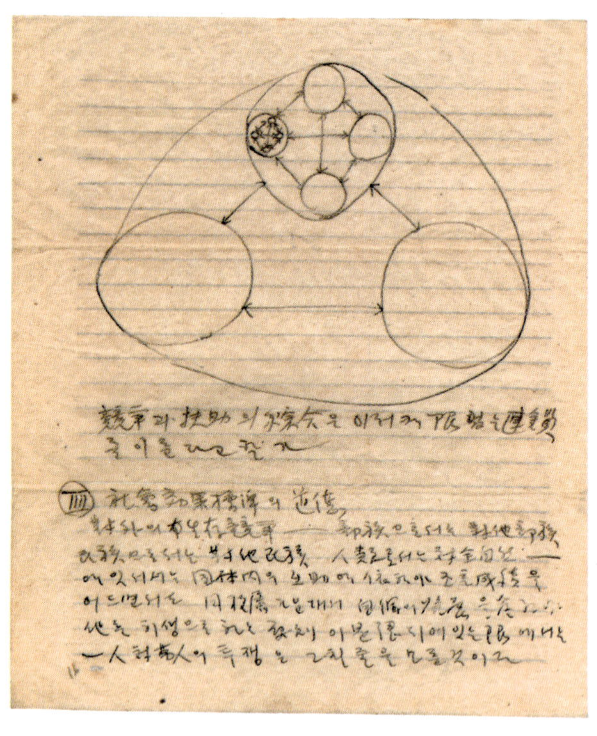

ⓑ 그러나 이 Ⅱ는 能히 系와 組織을 세울 수 잇는 것이다. 한 가지 目標를 最高善으로 세우고 다른 그와 背馳되는 慾求는 惡이라 하야 눌러 버릴 수 잇는 것이다. 가령 「個人의 生命은 發展되여야 할 것이다.」 그 점으로 個人의 健康에 有害한 酒、煙草 等은 禁하여야 할 것이다. ① 그래 極端으로 個人의 長生만을 目標로 세우면 山中에 靜坐하야 半木石的 存在를 하면서라도 仙道를 닥는 이도 잇슬 것이다 ② 長生만이 上이라 生前의 便利와 快樂이 最高라 하야 享樂에 빠지는 사람도 잇슬 것이다. 그러나 어느 便이든 自己의 길에 他人이 妨害가 될 때에는 考慮업시 그를 밀처내는 것이 必要한 善일 것이다. ③ 個人의 生命은 瞬間으로 보아 長久 單純한 者이다 空間으로 보아 占有에 지나지 못한다. 그럼으로 個人生命의 延長이오 分化인 個의 씨를 空間的으로 無限하게 펼치고 瞬間的으로 久遠하게 繼續식히는 것이 善이다. 그럼으로 必要에 依하야는 他個의 生命을 徹底히 排擊하여서라도 自個의 씨의 擴張을 圖하는 것이 善이다 單細胞生物의 分裂、繁殖이 곳이 生命力의 發現이다。個生命의 無限發展이 모든 有機的 生命의 最高 目的이다.〉

다만 사람은 이것을 어느 程度까지 맘먹고 意識的으로 計劃的으로 進行식힐 뿐이다. 모든 力에는 方向이 잇다. 以上 ①②③의 三者가 生命力의 方向이오 生命의 自目的이다.

사람은 이러한 目的을 意識的으로 實現하게 하는데 以上 三者를 分列식히지 안코 適當히 混合妥協식혀 될 수 잇는 대로 個의 長生도 願(醫學은 그 努力의 積極的 人類的 表現)하고 生存 中에는 適當한 快樂도 取하고、

自然界事象의 因果關係가 非常히 複雜하야 한 原因에 對한 結果를 分明히 推求하기에는 人類 知識이 너무 微弱하엿슴으로 若干의 有害를 認定하며도 식히는 일이 잇고 (아무래도 個體의 長久는 아러본 일이라는 斷定도 잇다) 子孫의 繁殖을 爲하야 當面의 苦難을 참는 일도 잇서 分析이 업시 自然的 衝動에 맛기여 混用하는 것이다.

有機體의 生命力은 한 傾向과 方向을 가지고 물의 나려감가치 다만 盲目的으로 突進하나니 이것이 I에 原始的 形態이다. 그러나 根本부터 巧妙한 能力인 生命力의 方向을 分析하여 보건대、自體의 空間的 成長、時間的 存續、子孫의 繁殖이 그 主要 方向을 形成한다。

Ⅲ。 道德의 發生

地球上에는 數多한 生命 單位가 잇다。 그 單位가 各各 自己의 生命發展의 方向으로 向할 때 互相의 方向에 衝突이 생길 것이다 그리하야 톡기는 풀을 뜨더 먹고 범은 톡기를 잡어 먹고 코기리와 싸호고 괴는 개와 싸혼다。

그러나 異族屬間의 싸홈은 흔히 力量의 差違로 말미아마 한 놈의 決定的 勝利로 끗을 매지나 力量이 相等한 同族屬間의 싸홈이 엇지 될 것인가。

이른바 兩虎相鬪에 들이 다 넘어질 것이다。여기서 休戰條約이 매저지며 怜利한 族屬 사이에 互相扶助가 相鬪爭을 가름한다。

모든 動物의 互相扶助가 慣習의 反覆에 因한 本能에 依함에 對하야 人類의 結果先見의 明과 意思相通의 便은 生活規約인 道德을 發生케 한다。

甲은 甲 하나의 씨로 왼 世界를 彌滿식히기를 目標하엿다 하자。甲의 子 乙、丙、丁은 또 서로 제 하나의 씨를 위하야 다툴 것 아니냐. 그래서 이 對內 투쟁의 激化는 對外 鬪爭을 失敗케 하야 乙、丙、丁이 다 滅亡하면 甲의 本目的을 失敗케 하는 것이니 본전과 利子를 다 이러버리는 셈이다. 여기서 乙、丙、丁의 近親은 休戰하고 互相扶助하야 對外鬪爭에 힘써 서로의 種・子를 繁殖 식히는 것이니 그러케 扶助를 행한 者라야 남고 그러치 아니한 者는 벌서 滅亡할 것이니 이것이 適者生存이다.

人類는 本是 肉體的으로 그리 强壯하지 못한 動物이라 食料의 獲得、野獸와의 鬪爭 等에 團體行動을 하게 된 것이다. 그것도 어느 各 個人이 團體生活의 必要를 몯저 깨다러서 그것을 實行한 것이 아니라 團 生活을 한 놈은 生存하고 그러지 안이한 놈은 滅亡하야서 人類는 最初부터 社會生活로 繁盛하여 왔는 것이다. 團 生活을 함에는 團體員 相互間에 團體를 爲하야 自己犠牲(=의 方向의)이 업슬 수 업다 여기서 道德이 생기는 것이다.

過去 社會의 道德이 團體員 互相間에 同時에 個 間의 競爭을 絶하야 互相扶助를 實行하는 同時에 個 間의 競爭을 絶滅식힌 것은 아니니 II와 III이 時間的으로 相繼하야 進步함이 아니오 人類가 社會를 가지며 道德을 가지며 同時的 現象이오 다만 그 具體的 現象을 理解하기 爲하야 分析하면 그와 가튼 分類가 成立되는 것이로 모든 個體間의 對立을 維持하며 한편으로 團體를 이루어 對外的 生存競爭을 한 것이다. 個人間의 對立이 잇스면서도 다른 家族 內에서는 個人과 個人에 대하야는 團 를 이루고 한 部族 안에서 個人族이 서로 對立하면서도 다른 部族에 대할 때는 를 이루고 民族은 民族끼리 鬪爭하면서도 自然에 生存競爭에는 協調도 하여 왔든 것이다. 가령 그림을 그려 본다면

〈그림〉

競爭과 扶助의 綜合은 이러케 限업는 連鎖를 이룬다고 할가.

IV. 社會效果標準의 道德

對外의 生存競爭 部族으로서는 對他部族 民族으로서는 對他民族 人類로서는 對全自然 에 잇서서는 團體內의 互助에 依하야 조흔 成績을 어드면서도 同族屬 가운데서 自個의 發展을 爲하야 代를 犧牲으로 하는 規則이 是認되여잇는 限에서는 一人 對 萬人의 투쟁은 그칠 줄을 모를 것이다.

더구나 다른 自然에 對한 人類의 支配的 地位가 鞏固하여질사록 人類間의 투쟁은 激化될 것이다. 가령 米國과 英國이 혹은 米國과 日本이 世界를 獨占的으로 支配하기 爲하야 끗까지 다투다고 하자.

들이 다 疲弊하야 滅亡하고 第三者에게 漁父의 利를 줄 것이다. 설령 日人이 朝鮮人을 驅逐하고 朝鮮을 차지한다고 하자. 나중에 日本島의 日人과 韓半島의 日人 사이에 다툼은 무엇으로 막을 것이냐.

結論을 모라나갈 수박게 업다. 新時代의 人類智는 要求한다. 人類라는 한 生物種의 存績을 長久하게 하기에 效果잇는 것이 善이오 害잇는 것이 惡이라고.

V. 實 問題의 善惡判斷

이러한 原理가 어려운 것이 아니다. 實地에 드러가서 엇더한 事實이 人類種屬의 存績에 有效하냐 有害하냐를 判斷하기가 極히 어려운 것이다. 가튼 原理를 認定하면서라도 그 判斷이 各各 다를 수 잇는 것이다. 가령 男女의

完全한 同等은 善이냐? 내가 善이라 대답한다 하자. 乙이 아니다 女子는 다만 柔順美麗하야 家事만 아는 것이 인류생명을 長遠히 한다고 主張하면 人類生命에 밋이는 效果는 實驗하야 볼 수 업는 것이오 다만 各自의 知慧로 豫測하는 데 지나지 못함으로 얼마던지 異論이 잇슬 수 잇고 現實的으로 可否를 判斷하기가 어려워진다.

梨花女專 音樂科에서 피아노 칠 줄 알고 맵시나는 색시를 길러낸다고 하고 그것이 善이냐 惡이냐 플러스냐 마이너스냐 대답하기 어렵지 아니하냐.

그러나 나는 +라고 해 둔다.

有産階級과 無産階級의 鬪爭에 잇서서 無産階級이 暴力으로라도 革命을 主張한다고 하자.

善이냐 惡이냐. 내가 答曰 善이다. 人類生命에 +이므로. 그러나 基督敎 社會主義者 曰 現 社會狀態는 改革을 必要를 한다. 그러나 暴力은 어듸까지 不可하다 設使 이 社會를 그대로 存續식힌다 할지라도. 이것을 깨여보자.

우리가 社會生活을 維持하고 對外의 生存鬪爭하기 爲하야 도덕이 생길 적에 孝하라, 忠하라, 友愛하라, 暴力을 쓰지 마라, 殺人을 하지 마라 이러한 여러 가지 實際的 道德律을 세워서 이것을 中間目的으로 하엿다. 모든 境遇에서 一一히 社會生活을 維持하기 爲한 手段으로 忠하라, 孝하라 이러케 길게 느러 놀 수가 잇스라. 中間目的을 그만 目的으로 세워버린다. 그리하야 우리는 習慣的으로 忠, 孝를 더 큰 目的에 對한 手段으로 認識하지 아니하고 바른 目的으로 認識한다. 그럼 앗가가치 暴力을 行하지 안는 것은 우리의 한 道德이다. 그럼으로 現狀대로 가서 이 社會가 엇더한 窮境에 드러간다 할지라도 暴力을 使用하지는 못한다는 理論이 생긴다 이것이 所謂 手段

의 目的化이다。

金錢은 當然히 生活의 手段으로 營求하든 것이나 그것을 늘 目標로 세워 努力하든 習慣이 한번 구더지면 金錢은 그만 最高의 目的이 되고 만다。

그럼으로 우리는 過去부터 習慣的으로 行해 오든 모든 慣習的 道德律을 다시 우리의 判斷으로 最高目標인 人類 生命의 +、- 에 關係식혀서 判斷하여 보아야 할 것이다。

내 腦의 健康과 誠力이 許諾한다면 한 권의 큰 冊을 차지할 문제다。

「아! 그러나 그러나—」 다시 쓰기로 하고 貞姬에게 따로 쓸렷더니 더 쓸 기운이 업다 가치 읽을 터이니 그냥 둔다。

그러고 너 藥은 먹엇늬?

　　29。8。12。　龍兒가

「高山의 공기」 「수리개의 이웃」 「구름의 동무」 「나 차운 바람」인 「트사라투스트라」를 쓴 「늬-체」(그는 獨逸文學 가운데에서 자기와 「하이네」만이 特出하다고 말했다)는 「Zarathustra」를 쓴 根本的 條件이라고 生理的 條件을 말한다。「偉大한 健康」을 말하야 「우리들 새로운」 일홈짓기 어려운、풀기 어려운 창조물、우리들 아즉도 증명하지 못한 장래의 早産兒--우리들 새로운 목적을 품는 자는 그 目的에 대한 새로운 手段 곳 새로운 건강 전에 잇음 보다 더욱 세고、날내고、굴고 더욱 대담하고 더욱 유쾌한 건강을 요구한다。제 시대까지에 따 우에서 이러난 價値와 目的의 왼 범위를 제 스사로의 마음으로 늣기고 그러고 이 理想의 「地中海」의 全海岸을 巡禮하려 渴望하는 자。—— 이러한 사람은 제 目的을 위하야 무엇보담 몬저 한가지를 요구한다。

곧 偉大한 건강이다——

그러고 트사라투스트라를 읽는 사람은 그의 理想에 對한 贊否는 둘재 두고 그 超人의 渴望에서 생기는 힘에 一種 새로운 生氣와 戰慄을 늣길 것이다。

「피와 잠언으로써 쓰는 자는 읽어 짐을 원치 안코 외여 짐을 원한다」는 「겨울 한날의 고요함 가붓한 거름거리 아이의 심술과 尊大를 늘 가지고」 잇는 Zarathustra의 Nietze)는 얼만한 건강을 실제 가젓더냐

그는 1844年에 나서 1870年에 병드러서 그 뒤에는 병을 여이지 못하고 1888年에 發狂하여서 1900年에 죽엇단다。그리하야 Zarathustra와 가치 힘잇는 그의 모든 著書는 그가 極度의 病苦와 싸호던 中의 産品이다。그 싸흠이 激할수록 그의 充溢한 生의 哲學的 表現도 따라 激했다 한다。

이런 이약이도 우리에게 얼만한 暗示가 될 듯하다。

너의 건강을 생각할 때에 한 가닥 검은 그림자가 뜬다。

「짜라투스트라」는 深淵을 사랑한다。「Zara」에는 만흔 「깁은 쏘」가 잇다 永劫回歸라는 思想이 잇다 쉽게 말하면 物質力인 原子의 數는 엇전지 有限이고 時間은 無限이다。原子의 여러 가지 配合으로 瞬間의 現象이 이러나는 것이매 無限한 時間 가운데는 똑가튼 配合이 다시 도라올 때가 잇다고 녁인다。그리하야

「가장 크단 자도 너무나 적구나! - 이것이 사람에 대한 내 실흠이엿다 그러고 가장 적은 자도 또한 영원히 도라온다!—— 이것이 모든 存在에 對한 나의 실흠이엿다!」

「아- 구역질이다 구역질이다 구역질이다」

「새로운 인생으로 옴도 아니오 더 나흔 人生으로 옴도 아니오 서로 비슷한 인생으로 옴도 아니오 가장 큰 것에나 가장 적은 것에나 영원히 똑가튼 이 인생으로 도라온다。」

「영원히 그는 도리켜(돌이켜-필자 주) 온다 네가 참기 어렵다는 저 족으만 인류는 「영원히 도리켜다」 이것이 그의 숨을 막고 그의 목구멍으로 넘어 갓구나. 超人을 渴望하는 사람을 새사람-사람 이상의-을 맨들려는 「Zara」에게 얼마나 무거운 試鍊이랴. (버서 내버린다면 얼마나 시원한 노릇이랴!) 참기 어려운 김은 쏘이라. 여기서 고개를 처 들고 나오는 「Zara」의 얼골은 꺽강한 헤염군이 물속으로 헤다가 쑥 내여 놋는 얼골일 것이다. 이 生의 矮小와 醜惡 永遠히 回歸하는 矮小醜惡이 苦悶과 嘔逆을 엇더케 征服할 것이냐. 이 生을 肯定할 勇猛心을 어덧케 살려 올 것이냐. 이 絶望의 思想이 「Zara」의 超人을 다저내는 마치 오 深淵이란다. 여기 서서 이 絶壁에 서서 「이러틋 함이 인생이엿든가 자! 다시 또 한 번」이 瞬間이여, 다시 또 한 번! 이것이 深淵을 다녀 나온 超人의 肯定이오 最高의 肯定形式이란다.

어리뒹절한 紹介라 좀 우수우냐 이러한 말이 잇더라. 「Zara」를 써서 急히 印刷식힌 이야기에 「별안간에 죽을 듯싶어서」. 이것이야 우슬 것 업지만 「내 思想의 영향 半年 느저진다는 것은 큰 일임으로」 늬-췌는 이런 自負를 가젓섯다. 그러나 나는 네게 付託하노니 아즉 그러저러한 自負도 업는 우리는 「무엇보담 마음 밧부지 안키를」

다른 말 쓰다가 이저버릴가 무서우니 한 가지 더 부탁은 네가 괴로워하는데 다만 막연한 不平不滿에 울어서는 안 된다. 즉 너의 苦悶이 한 점을 위여싸고 뱅뱅 돌기만 해서는 안 된다. (Oscar Wilde(와일드)의 獄中記에 獄中의 시상은 가는 것이 아니오 한 점을 軸으로 해 가지고 뱅뱅 돈다 revolving 고 하엿드라) 그러면 그것이 思想的으로 發展이 업고 解決이 업다.

(問題 設定을 賢明히 하여야 進步가 된다。) 가령 (이런 문제를 세우라는 것이 아니라 方式이 그러케 된다는 말이다。) 살아야겟느냐 살지 안아야겟느냐? 살라면 무엇을 하고 엇더케? 무엇이 하고 싶은데 엇더케 일을까? etc…

사람의 價値는 그 사람의 해 논 것으로 볼 것이 아니라 할라고 하든 것으로 볼 것이라는 말이 잇다. 이것이 내가 지난번에 이야기한 行爲價値批判의 效果主義와 矛盾되는 것 가트나 그러치 안타. 一億人의 凡人보다 一千人의 偉大한 目的을 세워 보앗든 사람은 더 偉大하다. 一億人의 凡人에게서는 하나의 위대한 事業도 못 나오지만은 一千人 中에서 하나라도 그 目的을 成功하면 一千人으로서 일운 일이니까 效果主義로 보아도 그러케 되지 안느냐.

p。24 유실

이대로 가라만은

설만들 이대로 가기야 하랴만은
이대로 간단들 못간다 하랴만은

바람도 업시 고이 떨어지는 꽃닢가치
파란 하늘에 사라저 버리는 구름쪽가치

조고만 열로 지금 숫더리는 피가 멈추고
가는 숨길이 여기서 끊맺는다면
아- 얇은 빛 드러오는 영창 아래서
참아 흐르지 못하는 눈물이 왼가슴에 저저나리네

(九月 五日)

네 詩 넷재 편에 대해서 말해 보자。全篇으로 보면 아모 것도 못된다。이 세상은 나 아니면 남이라네를 2행 겹쳐 쓴 것은 상당히 묵어운 맛이 잇서서 當當한 一篇 詩의 中心思想이 될 만한데다가 -사람들아 - 들어보소의 머리와 꿋줄의 꼬리가 다 알맛지 안케 가볍다。꿋을 가지고 特別히 이약이 해 보자。나 아니면 남이라 네가 네 번 겹처서 沈痛한데다가 - -미더 무삼。。이래버리면 所謂 脚輕이라。이것은 勿論 네 思想의 未熟이 이것을 더 발전식히지 못한 것이 原因되여 가지고 잇다。사람이 거름을 거러도 아래토리가 너무 가벼우면 넘어질 것 갓다。말에 꿋이 패지 못하면 힘이 업서 보이고 글씨에 팸을 할 적에 눌르지를 잘 못하고 삐처버리면 승겁다。우리 朝鮮 時調에 末章이 승거운 것이 흔히 만타 기껏 힘진 말을 해가다가 두어라、아마도 等으로 승거울 때가 만타。勿論 物外閑客的 人生觀이 영향한 바 잇슬 터이나 詩로서도 體를 엇지 못하엿다고 할 것이다。

네 詩에 對한 評이라는 것보다도 너의 理解力을 爲하야 너무 길게 評하엿다。내게 稱讚 듯기는 쉽지 안은 일이니 나오기만 하거든 줄곳 써보아라。잡어 느려도 보고 조려도 보고 글을 쓰는 이 아니라 써보기 前에 明確히 생각지 못했든 것이 쓰는 中에 뜻밧긔 發展을 해 나갈 때가 만타。文章의 習練뿐 아니라 思想의 發展이 되는 것이다。네편지 글은 엇전지 한 點을 뱅뱅 잡고 도는 늣김이 잇다。事件의 報告가 成功을 하지 못한다。漠然한 너의 感想이 걸으로 돌 뿐이고 事件 이약이는 너 혼자 아는 셈 잡고 붓에서는 안 나오고 마는 것갓다。前에도 注意식힌 일이 잇섯지。

혼자 作文 지을 때에도 事件記述을 해 봐라。내 感想은 들재 때 놋코 小說 모양으로 或은 재판관에 드리는 訴狀 모양으로 무슨 이약이던지 時間의 한 도막을 짤너서 그동안 事實은 좀 仔細히 記述하고 그 前 일도 그 事實을 理解하는 데 必要한 部分만 簡單히 記述하는 것이다。내 편지가 길다고 네가 실타고까지는 아니할 터이니。그 中에는 우리에게 快感을 주는 것이 잇고 이 세계에는 여러 가지 잇고 못 주는 것이 잇다。그라하야 우리에게 快感을 줌으로 우리가 好愛하는 것 中에는 여러 가지 아름답고、씩씩하고、맑고、아담하고(이러케 여러 한 개의 抽象的 形容詞로 形容할 수 잇는 것)한 것이 잇다。그럼으로 美는 우리에게 快感을 주는 것 中의 하나이여서 狹小한 意味를 가젓든 것이나 우리에게 快感을 주는 것은 무엇이나를 學問的으로 硏究할 적에 아름다운 것、씩씩한 것、여러 가지이나 그것을 總括해서 한 名辭로 부를 必要를 늣겨든 것이다。勿論 새 글字를 새말을 맨드러 쓸 수도 잇섯스나 約束하야 美라는 名辭를 쓰기로 되엿다。그럼으로 美學의 美는 普通 言語의 아름답다는 것보다는 意味가 훨신 넓어서 優美、典雅、崇高、莊嚴、悲壯、滑稽、等을 다 包含하는 槪念이 된다。그럼으로 우리가 感覺할 수 잇는 모든 自然的 存在(水、石、植、動物、人體、音響、味臭 等)에 快、不快를 늣길 때에 美、非美의 判定을 할 것이다。(個人을 標準함이 아니오 一般을 標準함이다)

꽃지기 전에 오라고 한 永郎이 잎이 핀 후에 올라왔읍니다 지난 세안에 된 永郎集도 수일전 몇몇 아시는분께 몇권 나누어 드리었을뿐, 한꽃 超然하였던 그는 그만치 孤獨도 하였읍니다。

그를 아시는 이는 그의 詩를 知音하실것이 의당한 일이기에 이러한 뜻으로 우리는 하로 저녁을 가리어 永郎과 永郎詩를 즐기고 위로하기로 하였읍니다。

五月十日

異河潤　金斗憲　李軒求　金晉燮
朴龍喆　李承萬　任性彬　尹喜淳
金煥泰　咸大勳　張起悌　鄭芝溶

時日　五月十六日 (土) 午后六時
場所　明月館本店
茶費　壹圓

김영랑 시집 출판기념회 초대장

꽃지기 전에 오라고 한 永郎이 잎이 핀 후에 올라왔읍니다. 지난 세안에 된 永郎集도 수일전 몇몇 아시는 분께 몇 권 나누어 드리었을뿐, 한꽃 超然하였던 그는 그만치 孤獨도 하였읍니다.

그를 아시는 이는 그의 詩를 知音하실 것이 의당한 일이기에 이러한 뜻으로 우리는 하로 저녁을 가리어 永郎과 永郎詩를 즐기고 위로하기로 하였읍니다.

五月十日

異河潤　金斗憲　李軒求　金晉燮
朴龍喆　李承萬　任性彬　尹喜淳
金煥泰　咸大勳　張起悌　鄭芝溶

時日　五月十六日 (土) 午后六時
場所　明月館本店
茶費　壹圓

1　청첩인에는 이하윤、김두헌、이헌구、김진섭、박용철、이승만、임성빈、윤희정、김환태、함대훈、장기제、정지용。 장소는 명월관 본점。 다비 곧 회비는 1원。

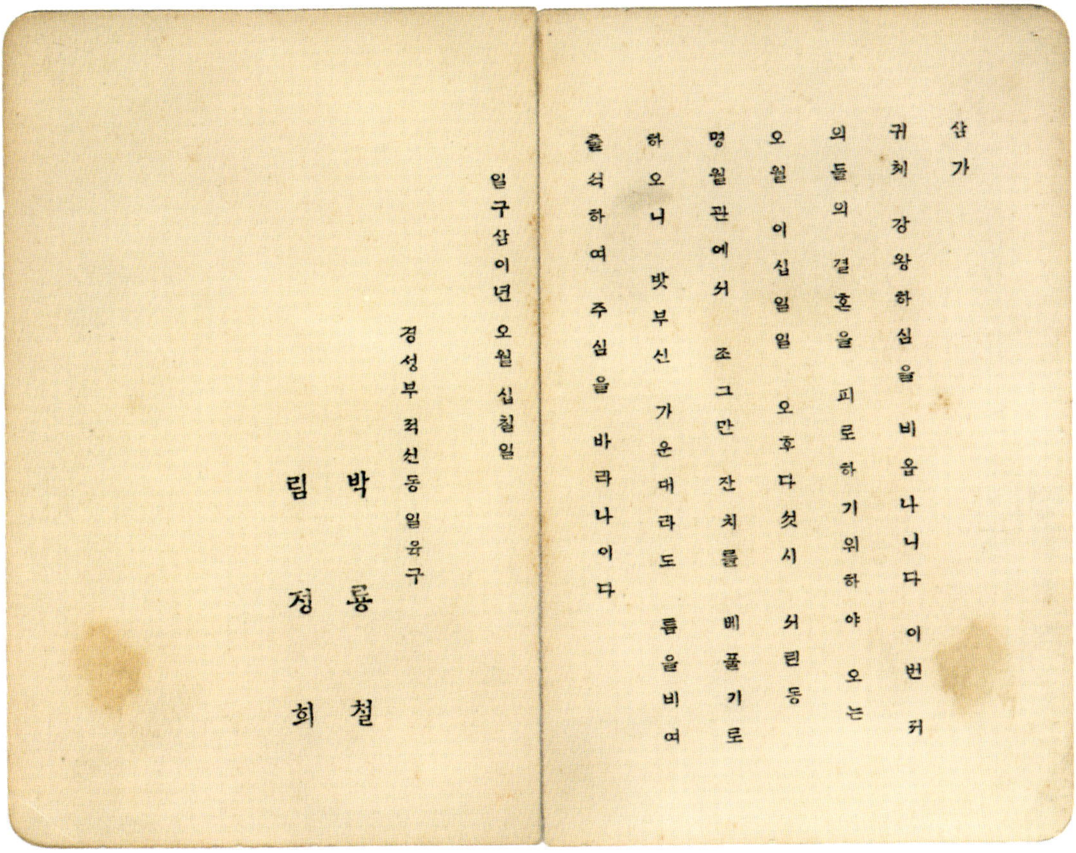

삼가

귀체 강왕하심을 비옵나니다 이번
의 들의 결혼을 피로하기위하야 오는
오월이십일일 오후다섯시 쉬린동
명월관에서 조그만 잔치를 베풀기로
하오니 밧부신 가운대라도 틈을비여
출석하여 주심을 바라나이다

일구삼이년 오월 십칠일

경성부 꼭선동 일육구

박 룡 철
림 정 희

삼가

귀체 강왕하심을 비옵나니다 이번
저의 들의 결혼을 피로하기위하야
오는 오월이십일일 오후다섯시 서
린동 명월관에서 조그만 잔치를 베플
기로하오니 밧부신 가운대라도 틈을
비여 출석하여 주심을 바라나이다

일구삼이년 오월 십칠일

경성부 좌선동 일육구

박 룡 철
림 정 희

1 박용철 · 김정희 결혼피로연 초대장

해설 · 연보

김 용 직

순수문학자의 조선문학 인식

박용철의 「조선문학의 과소평가」에 대하여-

1

여기에 재등장시키는 「조선문학의 과소평가」는 박용철 시인이 1930년대 전반기에 써서 발표한 평론이다. 이 글의 초고는 1933년 말경에 작성된 듯하다. 지금 그것을 박용철 시인의 유족이 보관하고 있다. 그 분량은 200자 원고지로 20매 가량이다.

박용철 시인은 그것을 당시의 관례에 따라 종서에 행서체로 써서 남겼다. 전문은 한글과 한문이 혼용된 문장으로 이루어져 있으며 본제목에 이어 「일본문학강좌(日本文學講座) 속의 조선어(朝鮮語)와 조선문학(朝鮮文學)」이란 부제목이 붙어 있다. 두루 알려진 바와 같이 『신동아(新東亞)』는 동아일보사가 1930년대 전반기에 창간, 발행한 시사 중심의 종합지였다. 이 잡지의 1934년 2월호의 문예란에 「조선문학의 과소평가」가 게재되어 있는 것이다. 그 무렵 『신동아』는 4·6배판으로 나왔다. 그런 잡지에 박용철 시인의 이 글은 종서 3단으로 짜인 3면에 걸쳐서 게재되었다.

그러니까 이 글은 일제치하에서 발표된 것으로 한국 현대비평사의 한 재산목록이 되는 셈이다.

박용철 시인의 이 글은 탈고와 동시에 월간지를 통해서 발표된 바 있다.

2

우리가 박용철 시인의 발자취를 살피려면 우리는 시문학사판 『박용철전집(朴龍喆全集)』 두 권을 펼쳐야 한다. 연보에 따르면 박용철 시인이 후두부 결핵으로 서울 사직동 자택에서 작고한 것이 1938년 5월달이었다. 평소 그와 도타운 우의를 가진 시문학파와 극예술연구회 출신 문우들이 그 직후에 박용철이 남긴 작품들을 모아 간행하기를 결의했다. 이때 그 기획에 참여한 이들이 김영랑, 정지용, 이헌구, 함대훈, 김광섭과 이정래(李晶來)등이었고 그 실무를 맡은 것이 미망인 임정희(林貞姬)여사였다.

『박용철 전집』 첫 권에는 임여사의 회고담이 붙어 있다. 그에 따르면 당시 박용철 시인의 많은 작품은 완성되지 않은 상태로 원고지와 노트들에 적혀 있었다고 한다. 애초 전집 간행이 발의·기획되었을 때 당연히 이에 대한 이야기가 오고갔을 것이다. 그러나 박용철 시인의 남다른 품성과 인정을 그리워한 유족과 문우들이 가능한 한 최대량의 작품을 담아서 전집을 엮어내기로 했다. 그 사이의 사정이 임정희 여사가 쓴 글을 통해서 어느 정도 드러난다.

(……) 처음에는 그의 안목을 가지고(박용철 시인이 자신의 작품에 대해 엄격했던 사실을 가리킴 —필자) 남에게 내어놓을 수 있을만한 작품(作品)만 추려볼까 하고 이미 발표된 작품과 비교적(比較的) 정한 종이에 정하게 쓰여진 작품을 골라 보다가 문득 그의 세계(世界)는 이미 살아진 것을 깨달았습니다. 내 욕망(慾望)은 그의 취미(趣味)나 체면(體面)을 위하기보다 우열간(優劣間)에 다만 거두어 보관(保管)하고 싶은 것입니다. (……)나는 취사선택(取捨選擇)을 않기로 뜻을 결정(決定)하였습니다.

이런 말들을 통해 유추될 수 있는 『박용철 전집』의 편집 방향은 명백하다. 우선 박용철 시인이 남긴 글들은 매우 잡다했다. 그것을 전집 편찬에 임한 사람들이 일단 총망라하고자한 것이다. 이런 편집 방침은 단적으로 말하면 전량 수록 원칙이었다고 생각된다. 그런데 이런 원칙에 어긋나는 사례가 생겼다. 그것은 박용철 시인의 두 편 희곡과 평론들이 이때 전집에 수록되지 못한 점이다. 그 사이의 사정을 파악하기 위해 다시 임정희여사의 후기를 보기로 한다.

배화학생극(培花學生劇)을 위하여 제작(制作)한 「석양(夕陽)」과 연희학생극(延禧學生劇)을 위하여 제작한 「말 안하는 색시」는 모두 그의(박용철 시인이 가리킴 —필자 주) 이십삼세(二十三歲)적 누이와 친우 염형우씨(廉亨雨氏)의 부탁을 저버리지 않은 것으로서 각각 당시 상연되었으나 하나는 사정에 의하여 다른 하나는 원고 유실(流失)로 수록(收錄)치 못하였으며 그 외(外)에 『신동아』지에 실린 「조선문학의 과소평가」와 『문예월간(文藝月刊』지에 실린 「소설계에 대한 희망」을 역시 사정에 의하여 실지 못하였습니다.

여기서 지나쳐볼 수 없는 것이 희곡 「석양」과 2편의 평론이다. 그 문맥으로 보아 「말 안하는 색시」는 망실된 작품이기 때문에 전집에 수록시키기 못한 것이다. 실제 이 작품은 그동안 전공자들에 의해 끈질긴 탐색이 이루어졌다. 그럼에도 그 자취가 묘연한 것이다. 그러나 나머지 2편은 「사정에 의해서」 수록이 유보된 경우이다. 그 「사정」이 무엇인가가 궁금하지 않을 수 없다.

③ 제작·발표의 연도순으로 보면 「석양」과 두 편의 평

론 가운데 「석양」이 가장 앞선 것이다. 유민영(柳敏榮)교수의 검토에 따르면 이 작품은 1927년 배화여고 기독청년회의 요청을 받아 쓴 것이다. 이 작품의 주인공은 수국이다. 그는 이상주의자로 사랑에 실패한 나머지 타락의 구렁텅이에 떨어진다. 그를 등장인물 가운데 하나인 영옥이가 구해낸다. 이 소녀는 그 오라버니가 3·1운동에 가담했다가 중국으로 망명한 사람이다. 그녀는 또한 순국의 누이인 순경의 친구다. 사기꾼에 걸려 전재산을 빼앗기려는 순국의 집을 그녀는 수경이와 손을 잡고 건져낸다. 그리고는 무기력하게 허무러져 버린 순국을 향해서 말한다. 「지금 조선과 같은 처지에서 자기 한 몸을 이끌고 가는 남을 하나라도 붙들어줄 만한 힘이 있는 젊은이가 그대로 버림받아서야 되겠어요.」이런 말들로 짐작되는 바와 같이 박용철의 「석양」의 바닥에 담긴 것은 민족의식이다. 이런 작품이 침략전쟁을 준비하면서 후방통제에 혈안이 된 1930년대 막바지의 일제에게 허용될 리가 없었다. 그런 나머지 「석양」은 『박용철 전집』에서 제외된 것이다.

다음 「소설계에 대한 희망」은 1932년 1월 발행인 『문예월간』에 실린 글이다. 이 글은 일종의 기획물로 그 큰 제목이 「문예계(文藝界)에 대한 신년 희망」이다. 이 때의 집필 분담은 평론계—유진오(兪鎭午), 연구계—정인섭(鄭寅燮), 시단—이하윤(異河潤), 화단—안석주(安碩柱), 악단—홍종인(洪鍾仁), 영화계—심훈(沈熏), 연극계—홍해성(洪海星)등으로 이루어졌다. 박용철은 여기서 소설계를 담당한 것이다. 그 분량도 2단 조판으로 한 면에 그치는 것으로 비교적 짧다. 『박용철전집』에서 이 단편소론이 수록되지 못한 사정은 그 내용에 있다. 이 글은 부제목이 「소설 십년간(十年間)」인데 여기서 10년간이란 기미 3·1운동 이후의 기간을 가리킨다. 박용철은 이 시기를 가리켜 「그 후 10년 이상 세계경제의 대변동(大變動)에 휩쓸려 현대적 경제기초의 박약한 이 민족은 급속한 보조로 경제적 몰락의 일로(一路)를 밟었다」라고 적었다. 일제의 시각에서 보면 이것은 명백한 반식민지적 발언이며 민족의식이 그 바닥에 깔린 경우였다. 이렇게 보면 이 글이 『박용철전집』에서 제외된 것은 「석양」의 경우와 거의 같은 사정에 의한 것이다. 앞에서 이미 제시된 바와 같이 임정희 여사는 이들과 함께 「조선문학의 과소평가」역시 「사정에 의해서」 전집 수록에서 유보되었다고 했다. 이것으로 우리는 이 글의 성향을 어느 정도 짐작해볼 수 있다. 적어도 거기에는 일제의 검열망 통과 여부가 문제되었던 것이다. 이런 사실은 이 글의 부제목과 허두 부분을 통해서 그 윤곽이 드러난다. 앞에서 이미 제시된 바와 같이 이 글의 부제목은 「「일본문학강좌」속의 「조선어와 조선문학」에 대하여」로 되어 있다. 이것은 이때 박용철이 한 발언이 이광수의 한글을 겨냥한 것임을 말해 준다。 실제 이때에 문제가 된 것이 그가 쓴 표제와 같은 글이었다。

구체적으로 이때의 『일본문학강좌』란 당시 일본의 개조사(改造社)에서 간행키로 한 기획도서의 이름이었다。 애초 이 책은 총 17권으로 기획된 것인데 그가운데 제 15권이 특수연구편이었다。 거기에는 「중국문학과 일본문학」、「서양문학과 일본문학」등의 항목이 보이는데 「조선어와 조선문학」도 그들 가운데 하나였다。 그러니까 「조선문학의 과소평가」는 개조사의 위와 같은 기획도서 내용이 발표된 것을 보고 집필된 것이다。

지금 이 글을 보면 그 내용이 크게 두 부분으로 나뉘어진다。 우선 허두인 서론 부분에서 박용철은 이광수가 조선문학을 정리·기술하는 데 남다른 각오、또는 마음의 자세를 지녀야 할 것이라고 전제했다。 이 글의 머리에서 그는 이광수를 가리켜 「조선문학을 외부에 소개하는 데」 가장 적임자라고 추거해 두었다。 그러나 이것은 문단의 대선배에 대한 박용철 나름대로의 인사말에 지나지 않았다。 그 증거가 되는 것이 위의 부분에 이어 나오는 그의 발언이다。

춘원(春園)이 개조지(改造誌) 재작년(再昨年) 유월호(六月號)에 「조선의 문학」이란 일문(一文)을 발표했을 적에

다소(多少)의 논란(論難)이 있었다。 취사(取捨)에 편의(偏倚)가 있다는 것과 그 사기(辭氣)가 모든 것을 너무 경홀(輕忽)하게 취급하다 해서 (……) 이것은 절대적인 시비(是非)는 아닐 것이다。

이런 말들로 나타나는 바와 같이 박용철은 우리 문학의 권위가 작가나 문단의 위에 있는 것으로 보았다。 한국 신문학의 개척자로서 이광수의 위상을 인정하면서도 조선문학의 조술(祖述)에는 남다른 각오가 요구된다는 생각을 그 바닥에 담고 있는 것이다。 이에 이어서 본론격으로 박용철이 문제 삼은 것이 조선문학、곧 우리 문학에 대한 개조사의 편집 태도였다。 참고로 밝히면 당시 개조사는 일본에서 이른바 진보적인 입장을 취한 도서출판사였다。 그런 개조사에서 조선문학을 어떻게 인식한 것인가는 일개 도서출판사의 문제에 끝나는 것이 아니었다。 이렇게 보면 이때 박용철의 평설은 개조사라는 일개 출판사를 겨냥한 것이 아니었다。 적어도 그것은 일본의 지식인과 학계、전체 문화계에 대한 화살이기도 했다。

「조선문학의 과소평가」의 본론을 통해서 박용철은 개조사의 『일본문학강좌』가 안고 있는 문제점을 두가지로 집약시켰다。 그 하나가 이 기획도서가 조선문학의 위상을 부당하게 격하시킨 점이었고 다른 하나가 편찬자들의 국민문학、또는 민족문학에 대한 인식

부족을 나무란 것이었다. 여기서 박용철은 우선 『일본문학강좌』 제 15권의 일부 체제를 거론했다. 거기서는 조선문학의 앞자리에 「아이누문학」, 「류우큐문학(琉球文學)」등의 항목과 함께 그 집필자가 긴다잇고우쓰께(金田一京助), 이나미 후유우(伊波普猷)등으로 나온다. 「조선어와 조선문학」은 그 다음에 보이며 그 집필자가 이광수로 되어 있는 것이다. 이런 항목 제시로 명백해지는 바와 같이 개조사의 『일본문학강좌』는 조선문학을 아이누 류우큐문학과 같은 위상에 놓고 다루려는 것이었다. 이에 대해서 박용철은 결연한 어조로 그 부당함을 지적해 나갔다. 그에 따르면 아이누 문학의 매체가 되는 아이누어는 거의 사어(死語)가 된 언어다. 그 무렵까지 남은 그 어휘의 숫자는 몇천에 그치는 것이었다. 뿐만 아니라 그것을 매체로 한 문학작품이 현재진행형으로 이루어지고 있는 것도 아니었다. 이와 같은 현상은 류우큐문학의 경우에 이르면 더욱 심각해진다. 아이누의 경우와 비슷하게 류우큐도 근대에 접어들기까지 독자적 언어를 쓰고 그것을 매체로 하여 문학작품을 쓰고, 읽는 경우가 아니었다. 그곳에 남방계의 한 종족이 살고 있기는 했다. 그러나 그들이 쓰는 언어는 계통이 불분명한 상태의 한 지역 방언으로 남아 있었을 뿐이다. 고대 민요라면 몰라도 그 방언을 매체로 해서 류우큐에 독자적 문단이 형성된 것도 아니다. 이에 반해서 조선문학은 장장 4000년의 역사를 지니고 있다. 박용철이 그의 주장을 편 당시에도 조선어를 매체로 한 문학활동은 엄연히 진행중임을 아무도 부정하지 못하는 사실이 있다. 사정이 이럼에도 불구하고 『일본문학강좌』와 같은 조선문학인식이 이루어진 까닭은 무엇인가. 이에 대해서 박용철은 「정치적 형태」라는 말을 썼다. 이때의 「정치적 형태」란 일제에 의해 우리가 국권을 침탈당한 사태를 가리킨다. 국권을 상실했으니까 정치적으로는 우리가 일본의 피지배 아래 놓여 있다. 그러나 문학은 그와 다른 문화의 한 형태다. 정치가 아닌 문화로 보면 우리는 한 때 일본에게 강한 영향을 끼친 시혜자의 위치에 있다. 그리고 몇천년의 역사를 가지며 현재에도 엄연하게 독자적인 형태의 문학을 보유하고 있는 것이다. 이런 조선문화의 한 갈래인 조선문학이 이미 과거형으로만 남아 있는 아이누 류우큐와 같은 유형으로 취급될 수는 없다. 박용철은 이런 논지로 개조사의 『일본문학강좌』식 조선문학 인식을 비판한 것이다.

4

그 논리를 전개하는 과정에서 박용철은 조선문학을 애란문학과도 차별화시켰다. 이에 대해서는 한때 일본문단의 중심축이 된 기꾸찌히로시(菊池寬)의 사례가 인용되었다. 한때 그는 조선문학이 일본문학에서 차지하는 비중을 영국에서 애란문학이 차지하는 비중에 대비시켰다. 이런 발언에 대해 그 무렵 우리 문단 일각에서 모욕적이라고 반발한 일이 있었던 것이다. 박용철은 이때의 일을 회상시키면서 애란문학과 조선문학은 명백하게 다른 위상을 차지한다고 못박았다. 그에 따르면 애란문학의 토대가 되어야 할 애란의 고유어는 그 세력이 미미할 뿐이다. 19세기 말에 이루어진 애란의 문예부흥으로 W. B. 예잇츠, 그레고리 부인등의 유능한 시인, 작가가 거기서 배출되기는 했다. 그러나 그들이 표현매체로 한 것은 애란의 고유어가 아니라 그들을 지배하게 된 영국민족의 언어였다. 그러니까 애란에서 근대문학이란 고유어가 망실된 상태에서 이루어진 문학이었다. 그에 반해서 조선문학은 몇천년의 전통을 가진 고유어를 토대로 한 문학이다. 그 위에 식민지 체제하라는 불리한 여건에도 불구하고 엄연하게 창작활동이 이루어지고 있었다. 박용철의 생각은 이런 논리에 입각한 것이었다.

이것으로 우리는 「조선문학의 과소평가」가 갖는 의도 하나를 파악할 수 있다. 애초부터 그것은 조선문학이 일본문학의 부속형태가 아니라는 생각을 전제로 한 것이었다. 그와 아울러 이 글은 그 바닥에 조선문학이 아이누나, 류우큐의 문학과 다를 뿐 아니라 애란문학과도 차별화되어야 할 것이라는 생각을 담고 있었다. 이것은 말을 바꾸면 조선문학의 독자적 존재론이다. 적어도 묵시적인 상태에서 이 글은 우리 문학을 어엿한 국민문학으로 보고 있는 셈이다.

이와 함께 박용철은 집필자로 예정된 이광수에 대해서도 상당한 염려를 가지고 있었다. 이때 그가 보기로 삼은 것이 앞에서 이미 그 이름이 나온 이광수의 「조선의 문학」이다. 이 글은 1932년 6월호 『개조(改造)』에 게재, 발표된 것이다. 발표 당시 그것은 일(日文)으로 되어 있었다. 그런데 다행스럽게도 이 글은 발표 다음해, 곧 1933년 3월에 『삼천리(三千里)』를 통해서 한글판이 나왔다. 지금 그것을 검토해 보면 전편이 일곱 개로 구분되어 있다. 그 첫 장은 짤막한 서론으로 되어 있고 이어 2장이 고전문학기의 한국문학에 대한 개설이다. 나머지 장들, 곧 3장에서 6장까지가 개항 후부터 1930년대까지 우리 문학을 개관한 부분이다. 끝자리인 7장이 조선문학과 문단이 지닌 문제점 지적과 함께 결론을 이루고 있다.

이런 분량 안배로 짐작되는 바와 같이 이광수의 「조선의 문학」은 고전문학기의 조선 문학에 대해서 매우 소략했다. 여기에는 조선문학의 최고 형태가 신라시대의 시가라고 단정되어 있다. 그로부터 세종대왕의 훈민정음 창제가 있기까지의 시기는 조선문학의 황무지가 되어 있다. 다음 한글 창제 이후에 나온 작품으로는 「용비어천가」, 「월인천강지곡」이 손꼽혔을 뿐이며 그 이후의 것으로는 시조를 들었다. 이광수는 여기서 소설과 함께 희곡이 있다고 적기는 했다. 그러나 희곡에 해당되는 작품을 구체적으로 들지는 않았다. 소설로는 「구운몽」, 「춘향전」, 「홍길동」등 세 편만이 간단하게 이야기되어 있는 것이다.

이때 이광수는 부분적으로 몇 가지 오류를 범했다. 가령 신라의 시가를 말하면서 그는 그것이 『삼국유사』와 『균여전』에 수록되어 있는데 그 수를 수천편(數千篇)이라고 적었다. 새삼 밝힐 것도 없이 『삼국유사』에 수록된 신라의 향가는 14수다. 또한 『균여전』에 실려 있는 「보현십원가」는 그 수가 통틀어 11수다. 두 책에 나오는 향가류나 한시는 그 이름만 나오는 것까지를 손꼽아도 반백에 미치지 못할 것이다. 이것을 백갑절도 넘게 기술한 것이 「조선의 문학」의 한 부분이다.

이광수가 고려왕조의 전시기와 조선왕조 초기를 조선문학의 황무지로 본 것도 문제다. 널리 알려진대로 이 시기에는 우리말을 기능적으로 적을 표기수단이 없었다. 그러나 이 무렵에도 우리 사회에는 매우 풍성한 양의 구비전승 형태에 속하는 문학이 있었다. 그들이 바로 서민대중에게 널리 퍼진 전설과 민담이며 민요와 잡가들이다. 특히 고려시대에 널리 전파된 시가 양식에는 속요, 또는 고려가요가 있었다. 후에 그 일부는 『악학궤범』, 『악장가사』, 『시용향악보』등에 채록되어 한국전통시가의 한 광맥을 이루었다. 뿐만 아니라 한국의 시가 양식을 말할 때 우리는 시조와 함께 가사를 뺄 수가 없다. 그럼에도 이광수는 「조선의 문학」에서 한 마디도 그에 대한 말을 남기지 않았다. 뿐만 아니라 이광수는 여기서 소설류, 곧 이야기문학의 흐름을 제대로 잡지도 않았다. 비근하게 손꼽아도 우리 문학사에서 이 양식의 흐름은 『삼국유사』에 그 보기가 남아 있는 전승민담에서 시작된다. 그 다른 형태이면서 지나쳐버릴 수 없는 것에 고려시대의 패관잡기들이 있다. 또한 한국의 소설류를 말할 때 우리는 김시습의 『금오신화(金鰲新話)』를 지나쳐버릴 수가 없다. 이어 영정시대(英正時代)에 양산된 판소리계 소설과 궁정과 내당에서 읽힌 『완월회맹연』이하의 대하소설도 빠뜨릴 수가 없는 이름이다.

이런 모양의 한계에 대해서는 혹 재고의 요청이 생길지 모른다. 향가와 고려가요, 시조, 가사로 이어지는 시가양식의 흐름이나 민담, 전설, 패관잡기, 전기류 소설, 서민소설로 이어지는 산문문학의 흐름이 일반에게 알려진 것은 비교적 근래의 일이다. 이광수가 「조선의 문학」을 쓴 시기는 1930년대 초였다. 거기서 빚어질 수 있는 제약여건을 무릅쓰고 그의 고전문학기 조선문학 파악을 일방적으로 폄하하는 것이 공변된 생각인가, 이 경우 우리가 예상할 수 있는 반문의 형태는 이런 테두리를 가질 것이다.

얼마간의 논거가 성립됨에도 불구하고 위와 같은 생

각이 「조선의 문학」이 안고 있는 문제점을 완전하게 해소시키지는 못할 것이다. 복잡한 절차를 거칠 것도 없이 우리 문학의 고전시대에 대한 정보는 그 많은 것이 『삼국유사』에 담겨 있다. 그 허두에는 단군의 건국신화, 해모수와 동명성왕이 된 주몽의 전설이 나온다. 고구려 유리왕의 「황조가」도 거기에는 한역으로 실려 있다. 그리고 무엇보다 소중한 우리 문학의 자산으로 신라의 향가 열네 수가 거기에 수록되어 있는 것이다. 이들 작품이 담긴 『삼국유사』가 오랫동안 밀봉상태로 전한 것은 사실이다. 그것은 극히 제한된 부수만이 우리 주변에 전승되었기 때문이다. 그러나 이런 사정은 우리 사회가 근대에 접어들자 일단락이 되었다. 구체적으로 1920년대 말에 이르자 일본의 동경제대와 경도제대 교수들에 의해 『삼국유사』의 복각이 시도되고 그 정본화 작업도 진행되었다. 이 기를을 이용하여 재빨리 『삼국유사』의 활자본을 낸 것이 육당 최남선(六堂 崔南善)이다. 그는 1927년 그가 주재한 『계명(啓明)』을 통해서 자세한 교감을 가하고 해제를 붙인 『교정본 삼국유사(校正本 三國遺事)』를 발간했다. 이광수의 글이 이 책을 읽지 않은 상태에서 작성된 것이라면 그것은 자기의 의무의 포기행위였다. 박용철이 앞에서 전제했듯이 그 무렵 그는 한국문단과 지성을 대표하는 존재다. 그런 그가 그것도 우리 민족의 고전 가운데 고전인 『삼국유사』를 존재조차도 몰랐다는 것은 어떤 단서를 붙이더라도 허용될 일이 아니었다.

다음 이광수의 편에 선 발언으로 또 한 경우가 생각될 수 있는 것이 그의 조선문학에 대한 해석이다. 일찍 그는 「조선문학의 개념」이라는 글을 썼다. 거기서 이광수는 조선문학의 개념을 표현매체가 한글로 된 것(조선문(朝鮮文)이라고 함 —필자 주)이라고 못박았다. 이제 그에 해당되는 부분을 옮겨 보면 아래와 같다. 「조선문학은 조선문으로 쓰이는 것이다. 조선문으로 쓰이지 아니한 조선문학은 마치 나지 아니한 사람, 잠들기 전 꿈이란 것과 같이 무의미한 일이다.」

여기에서 나타나는 바 이광수가 생각한 조선문학이란 엄격하게 한국어와 한글을 매체로 한 경우에만 적용된 개념이었다. 지금도 우리 주변에서 무시로 출몰하는 이런 생각이 빚어내는 부작용은 실로 엄청나다. 비슷한 예로 우리 문학사에서 한시의 갈래가 차지하는 비중은 절대적이다. 최치원으로 시작되는 이 양식의 작품 가운데는 비슷한 시기의 중국 본토 것들에 대비시켜도 저울의 추가 기울지 않을 정도의 것이 다수 있다. 또한 고전문학기에 우리 선인들은 경세 치민을 위해 수많은 논책(論策)을 썼다. 그것들 가운데는 지금 우리가 읽어도 가슴에 메아리를 일으키는 것이 없지 않다. 이광수식의 순수매체원칙이 적용되면 그 전량이 조선문학의 울타리 밖으로 내쳐지는 것이다.

다。이것은 매우 반문화적인 태도이며 나아가 민족의 이익에 어긋나는 생각이다。이런 이유로 우리는 이광수가 조선문학을 지나치게 축소시킨 입장에도 찬동할 수가 없다。여기서 우리가 얻게 되는 결론은 명백하다。「조선의 문학」에서 보인 이광수의 고전문학기 조선문학 해석은 매우 가볍고 소략한 것이다。

이와 아주 비슷한 이야기가 개항 이후의 조선문학에 대해서도 가능하다。이광수는 이 글에서 이른바 조선의 신문학을 애국시가 시대에서 비롯되는 것으로 보았다。이때 그가 말한 애국시가는 개화가사의 일종이다。그 형식은 창가 이전의 4·4조로 되어 있다。다만 그 내용이 나라、겨레에 대한 사랑을 담았다。애국시가에 이어 이광수는 최남선을 들었다。그가 애국시가의 판에 박힌 형식을 극복하여 신시의 길을 열었다는 것이다。그에 이은 신시의 개척자로 이광수는 주요한、김안서(金岸曙)、박월탄(朴月灘)、김소월、김파인(金巴人)、양주동(梁柱東)등의 이름을 들었다。또한 시조시인으로는 이병기、이은상、정인보가 거명되어 있다。이광수의 이런 현대시 기술에는 문학사가 요구하는 인과율의 감각이 거의 포착되지 않는다。우리가 문학사라고 말할 때 그것은 문학적 사건을 시간의 순서에 따라 나열하는 것을 뜻하지 않는다。아무리 넉넉하게 잡아도 이때의 시인과 작가의 작품들은 문학적 결과이다。그 결과를 앞선 시인·작가의 작품이나 또는 정치·사회·경제·문화적 환경에 비추어 기술하는 것이 문학사의 정식이다。그럼에도 이광수의 글에는 육당의 신체시가 어떤 이유로 애국시가 다음에 나타난 것인가의 설명이 없다。그와 육당 다음에 주요한、김억 등의 자유시가 형성된 이유도 전혀 언급되지 않았다。

이광수는 관례에 따라 현대시 다음에 현대소설을 거론했다。여기서 그는 김동인(金東仁)、현진건(玄鎭健)、염상섭(廉想涉)、나도향(羅稻香)과 최서해(崔曙海)등의 이름을 들고 그들의 대표작들을 소개하는 입장을 취했다。그런데 이런 경우의 작품 선정에도 적잖은 한계가 있었다。구체적으로 이광수는 김동인의 대표작을 「감자」、「발가락이 닮았다」로 보았다。현진건의 경우에는 「지새는 안개」를 손꼽았다。우리가 알고 있는 한 김동인의 초기 작품으로 「감자」에 앞서는 것이 「약한 자의 슬픔」이며 「배따라기」다。그럼에도 이광수는 김동인의 것으로는 다소 이질적인 「감자」등을 들고 있는 것이다。한편 현진건은 그 무렵 이미 「빈처(貧妻)」、「운수 좋은 날」등의 대표작을 가지고 있었다。그들을 뒷전으로 돌린 채 수상쩍은 문장으로 이루어진 「지새는 안개」를 현진건의 대표작으로 손꼽은 것도 일방적인 것이다。

이와 아울러 「조선의 문학」에서 또 하나 지나쳐버릴 수 없는 것이 있다。그것은 이광수 자신의 작품활동이 거기서 제외된 점이다. 이에 대해서 이광수는 이 글 끄트머리에 「조선문학에 대한 필자 자신의 역할은 일체 쓰지 않기로 하였다. 그것이 바른 줄을 알기 때문이다.」라는 말을 붙여 놓았다. 이때 그는 이런 말이 그 무렵까지 우리 사회를 지배한 자신을 낮추는 일、곧 겸양이라고 생각한 것인지 모른다. 그러나 「조선의 문학」과 같이 문예비평、또는 문학사의 감각이 깃들어야 할 글에서 이런 태도는 크게 빗나간 것이었다. 이미 지적된 바와같이 우리 신문학사에서 이광수가 담당한 역할은 아무도 부정할 수가 없는 것이었다. 특히 소설 분야에서 「무정」、「개척자」가 지닌 선구적 공적은 결정적이었다. 이인직(李人稙)과 이해조(李海朝)가 남긴 신소설의 차원이 그로하여 극복되었다. 이광수 자신이 한국현대소설의 새 지평을 타개한 것으로 평가한 김동인、현진건、염상섭 등도 그의 선도적 역할에 힘입어 출현한 것이다. 이런 그의 존재를 제외시킨 것은 문학사의 공리에 어긋나는 일이다. 그러니까 이광수는 이 글을 통해 두 가지 과오를 범했다. 그 하나가 필요한 자료들을 수집、검토하지도 않은 상태에서 조선문학을 개관한 점이다. 그리고 다른 하나가 통시적 고찰에 요구되는 원인규명의 감각이 전혀 나타나지 않는 일이다. 이와 같이 볼 때 박용철이 그를 향해서 보낸 말은 제대로 과녁을 맞힌 것이었다. 그가 지적한 것처럼 「일본문학강좌」의 한

부분으로 「조선문학」을 쓰는 것은 바람직한 일이 아니었다. 그러나 일단 이광수가 그것을 쓰기로 약정한 이상 그의 조선문학 개관은 제대로 되어야 했다. 박용철은 그런 뜻을 바닥에 깔고 「조선문학의 과 소평가」를 만든 것이다.

이광수가 이 글을 어느 시기에 어떻게 썼었는지에 대해서는 적실하게 알려진 것이 없다. 『이광수전집』에는 이에 대한 언급이 전혀 나타나지 않는다. 나아가 거기에는 시문학파와 해외문학파에 대해서도 별도로 언급된 것이 없었다. 이로 미루어 보아 이광수는 박용철과 그 주변에 대해 별로 호감을 갖지 않았던 것으로 생각된다. 그러나 이때 박용철이 보낸 발언이 그에게 적지 않은 충격을 가한 자취는 있다. 그 단적인 증거가 되는 것이 「일본문학강좌」에 이광수의 이름이 빠진 점이다. 개조사의 『일본문학강좌』는 1935년에 간행되었다. 그런데 그 15권째에 「조선어와 조선문학」은 나타나지 않는다. 지금 그 강좌의 15권 목록을 보면 시마사끼(島崎藤村) ―「회고(回顧)」、아베(阿部次郎) ―「일본문학(日本文學)의 장래(將來)」등 제목이 나온다. 그리고 나까무라(中村孝也) ―「무사도(武士道)와 일본문학」다음에 「아이누어와 아이누문학」、「류우큐어와 류우큐문학」등이 보인다. 그러나 이 다음자리에 있어야 할 이광수의 「조선어와 조선문학」은 빠져 있다. 이것은 집필자로 예정된 이광수가 원고를

보내지 않았기 때문일 것이다. 그렇다면 그 빌미가 된 것은 박용철의 「조선문학의 과소평가」일 수밖에 없다.

이제까지 우리는 항용 박용철을 두고 순수시인이라는 호칭을 써 왔다. 또한 일제치하의 순수시와 순수문학에 대해 민족의식의 결여라든가 현실 도피의 성향이 있는 것으로 돌린 바도 있다. 그러나 「조선문학의 과소평가」를 통해 검출되는 바 그 동안 우리가 지녀 온 이런류의 통념은 시정되어야 한다. 이 글에 나타나는 바와 같이 순수시인 박용철의 마음 바닥에는 뚜렷이 조선문학, 곧 모국어 문학에 대한 인식이 자리하고 있었다. 일찍 『시문학』을 발간할 때부터 그는 시와 문학을 모국어의 완성으로 믿고 있었다. 그에게 모국어란 민족의 역사·전통이었고 그 혼을 집약·승화시켜 나갈 그릇이었을 것이다. 그것을 부당하게 이광수와 같은 조선 문단의 원로가 축소, 왜곡시키는 일을 박용철은 앉아서 볼 수가 없었다. 그런 나머지 그는 번득이는 총독부 사찰진의 감시체제를 무릅쓰고 「조선문학의 과소평가」를 썼다. 이것은 분명히 박용철의 순수가 그 본바탕을 민족에 두고 있었음을 뜻한다. 이제 우리가 가져야 할 결론이 분명해졌다. 「조선문학의 과소평가」를 읽으면서 우리는 일제치하의 우리문학, 나아가 전체 한국문학을 다시 읽고 평가하는 마음의 자세를 다져야 한다. 이런 사실을 확인하려는 데 이 글을 쓴 목적 하나가 있다.

문학 절대의식, 그 의미와 궤적

― 박용철의 문학세계 ―

김용직

1. 짧은 생애, 큰 발자취

연보에 따르면 용아 박용철 시인이 서울의 사직동 자택에서 작고한 것이 1938년 5월의 일이었다. 의식이 있는 동안 그는 번역시의 원고 쓰기에 매어 달렸다고 한다. 그런 그가 지병인 후두부 결핵으로 35세에 타계한 것이다. 당시 우리 사회의 평균수명은 60세 안팎이었다. 그러니까 박용철의 타계는 그 절반을 조금 넘는 경우였다. 이렇게 짧은 생애였으에도 불구하고 박용철은 여러 분야에서 유의성이 큰 활동을 하다가 간 분이다. 박용철의 문단 활동은 1930년대 초 『시문학』을 주재, 발간하면서 화려하게 이루어졌다. 이 순수시 전문지는 그가 심혈을 기울여 발간한 것인데 거기에는 정지용, 김영랑 등 우리 시의 가장 수준 높은 시인들 작품이 수록되었다. 이후 그는 「떠나가는 배」, 「싸늘한 이마」등을 효시로 한 서정시를 써 가는 한편, 영미·독일등의 해외시를 번역, 소개했다. 『시문학』에 이어 그는 종합문예지인 『문예월간』을 주재, 발행하였으며 우리 현대시사에서 신선한 충격이 된 『정지용시집』, 『김영랑시집』도 출간시켰다. 『문예월간』에 이어 박용철은 격조 높은 수수문학지 『문학』을 기획, 발행하였다. 같은 무렵에 그는 연극연구단체인 극예술학회에 참여한 바 있다. 거기서 그는 버나드·쇼와 입센, 세익스피어, 안톤 체홉 등의 작품들을 번역, 소개하는 한편 극예술연구회의 기관지인 『극예술』을 기획, 주재하여 그 발행을 가능케 했다. 이런 박용철의 문단 활동은 언제나 창작과 함께 해외문학의 수입·수용시도를 병행시켰다. 후에 출간된 『박용철전집』 제1권에서 4분의 3을 차지한 양의 번역시가 그 자취로 남아 있다. 또한 「시적 변용에 대해서」, 「효과주의 비평요강」 등 일련의 격조를 지닌 비평을 발표했으며 시조와 한시를 쓰는 한편 창작극에도 손길을 뻗쳤다. 이런 일들은 한 개인이 치르고 꾸려나가기에는 너무 벅찬 시간과 정력, 경비가 소요되는 경우였다. 그럼에도 그 문단 경력을 통틀어도 10년이 미치지 못하는 기간에 박용철은 그 혼자서 이들 엄청난 양의 작업을 진행하여 결실을 보게 한 것이다.

2。 서정시 지상주의의 참모습

박용철의 시와 문학을 외곬으로 뚫고 흘러내리는 것은 문학지상, 좋은 시와 문학작품을 만들어내는 일이었고 그것을 응호, 전개시키는 일이었다. 그러나 이것이 단순한 차원의 예술지상주의에 그치지는 않았다. 그가 생각한 좋은 시와 훌륭한 문학이란 서정의 함량을 극대화 시킨 경우였다. 그 실현을 위해 박용철은 시의 언어를 갈고 다듬는 일에 비상한 관심을 기울였다. 이런 경우의 좋은 보기가 되는 것이 『시문학』 창간호의 편집후기 허두 부분이다.

우리는 詩를 살로 색이고 피로 쓰듯 쓰고야 만다. 우리의 詩는 우리 살과 피의 맺힘이다. 그럼으로 우리의 詩는 지나는 거름에 슬적 읽어치워지기를 바라지 못하고 우리의 詩는 열번 수무번 되씹어 읽고 외여지기를 바랄 뿐 가슴에 느낌이 있을 때 절로 읊어나오고 읊으면 느낌이 일어나야만 한다. 한말로 우리의 詩는 외어지기를 구한다. 이것이 오직 하나 우리의 傲慢한 宣言이다.[1]

여기서 주제어로 강조되고 있는 것은 물론, 詩다. 그리고 전후 문맥으로 보아 박용철에게 詩는 절대를 의미한다. 우선 박용철은 詩를 살로 새기고 피로 쓰듯 쓰겠다는 선언을 앞세웠다. 그 다음 그 詩가 읽는 이들에게도 깊은 사랑을 받아야 한다는 생각을 피력했다. 그러니까 말을 바꾸면 박용철은 그의 일체를 詩에 건 사람이다. 여기에는 이미 六堂이나 孤舟 류의 詩＝개화 계몽의 팽이식 도구론이 통하지 않는다. 『廢墟』나 『白潮』의 경우와도 그 생각은 현격한 차이가 있다. 『廢墟』나 『白潮』 동인에게 詩는 자기 자신들의 가슴에 맺힌 응어리를 풀기 위한 放水路였을 뿐이다. 이것은 그들에게 詩에 앞서, 인간 또는 자기 자신이 있었음을 뜻한다. 그러나 박용철의 경우에 詩는 그가 전심전력을 기울여서 매달리는 필생의 사업이었고, 일체를 뜻했다. 그랬으니까 그가 「살」 또는 「피」로 새기는 詩를 지향하고 나선 것이다.

여기서 우리는 박용철의 詩 일체주의가 어디에서 비롯된 것인가를 따져볼 필요를 느낀다. 이 경우 우리가 무엇보다 먼저 주목해야 할 일이 있다. 그것은 박용철의 詩 선택이 일종의 진로변경과 함께 이루어진 점이다. 그 이전 우리 주변에서 詩는 대개 청소년기부터 지망하고 나서는 것이 통례였다. 그런데 박용철은 처음 이공계 지망생이었고, 거기서 詩로 방향을 바꾼 것이 그가 비교적 나이가 들고 나서의 일이었다. 이것은 그가 이공계 지망 때 지닌 희망과 의욕을 송두리째

1 『시문학』(1)(1930。3)、p。39。
2 이 사이의 사정에 대해서는 김영랑의 후기、『박용철전집』(1)(시문학사、1940)、p.12 참조

리째 詩쪽으로 이월시켰음을 뜻한다. 뿐만 아니라 여기서 덧붙여서 작용한 듯 보이는 것이 박용철의 수재의식이다. 우리가 수재라고 말할 때 그것은 대체로 교육체제 속의 학교 성적으로 의역되어 버린다. 그리하여 그 의식을 가진다는 것은 단연 다른 사람의 추종을 허락하지 않는 평가를 받아야 한다는 정신 성향을 빚어내는 것이다. 그의 진로 변경전부터 지속된 우등 기록은 박용철로 하여금 詩에서도 최상의 성과를 올리기를 기했을 공산을 가진다.[3]

이런 관점에서 보아야 박용철이 우리에게 던져진 몇개 수수께끼의 매듭이 정도 풀린다. 우선 그는 여유있는 집 출신이었을 뿐 그 자신이 대단한 자산을 가진 것은 아니었다. 그리고 적어도 동경 유학 시절까지 출판에 관심을 가진 자취는 포착되지 않는다. 그럼에도 귀국해서 얼마 지나지 않아 『시문학』의 기획·발간을 시도했다. 이 경우에 우리는 당시 『시문학』과 같은 문예동인지가 채산을 맞출 길이 없었다는 사실에 유의할 필요가 있다. 그 이전에 나온 『폐허』와 『백조』, 『금성』 등이 모두 그랬던 것이다. 더욱이나 박용철의 『시문학』 발간은 위의 경우와는 사정이 상당히 달랐다. 『폐허』에서 『금성』이 발간된 시기에는 시문학을 위한 발표지로 알맞은 것이 없었다. 그러나 『시문학』이 발간된 1930년대 초에는 이미 우리 주변에 몇개의 문예지가 발행되고 있었다. 그런데 박용철은 그것을 이용하려 하지 않고 새로 시 전문지를 창간·발행한 것이다. 뿐만 아니라 『시문학』 세 권을 내는 가운데 그는 그런 류의 사업이 채산성이 없다는 사실을 충분히 체득한 터였다. 그럼에도 그는 『문예월간』을 출간했고, 이어 『문학』을 탄생시켰다. 이것은 피상적으로 보면 발표매체에 기울인 정성이며 편집자의 감각으로 풀이됨직도 하다. 그러나 이런 해석으로는 박용철이 세속적 손익계산에 어두운 시골 샌님이 될 뿐이다. 철저하게 그는 새롭고 흘륭한 정상급의 詩를 쓰고 싶었던 것으로 보인다. 그것도 그 혼자뿐이 아니라 한 때의 시인을 모아서 새차원의 개척을 기도했다. 그런데 그런 일이 효과적으로 이루어지기 위해서는 새로운 발표매체가 필요했다. 그런 나머지 출간된 것이 『시문학』이며, 『문예월간』과 『문학』 등이 된 셈이다. 이렇게 보면 박용철의 출판사 경영과 잡지 발간의 속셈이 한결 명백해진다. 단적으로 말해서 그것은 그의 정상급 詩를 노린 의지

---

3 여기서 또 하나 고려되어야 할 것이 박용철의 一高 진학 시도가 있었던 사실이다. 즉 그는 靑山學院 4학년 때 일차 一高에 응시했다. 그리고 낙방의 고배를 마셨다. 이때 만약 그가 원하는 대로 진학이 이루어졌다면 창작 대신 학구의 길로 들어섰을지 모른다. 그러나 一高에 실패한 나머지 외국어전문의 길로 들어서게 되나 외국어전문으로는 문학연구의 정상 차원이 구축되기가 쉽지 않았다. 이런 계산과 그에 따른 보상심리가 박용철을 실제 창작 활동 쪽으로 내몰았을 공산이 크다. 一高 진학 시도에 대해서는 金永郞, 人間 박용철 『朝光』(1939. 12), p.316 참조.

의 한 표현에 속할 뿐이다.

한편 박용철의 초기시를 검토해보면 그가 생전에 보여준 일련의 행동들이 더욱 명쾌하게 설명될 수 있다. 애초부터 격조 있는 서정시를 지향한 점에서는 박용철이 다른 『시문학』 동인들과 조금도 다를 것이 없었다. 그러나 문학, 또는 시의 해석에 있어서 그는 다른 동인들과 상당한 차이를 보여준다. 이 경우의 좋은 보기가 되는 것이 「떠나가는 배」, 「고향」 등이다.

나 두 야 간다
나의 이 젊은 나이를
눈물로야 보낼거냐
나 두 야 가련다

아늑한 이 항구-ㄴ들 손쉽게야 버릴거냐
안개가치 물어린 눈에도 비최나니
골짝이마다 발에 익은 멧 부리모양
주름살도 눈에 익은
아— 사랑하는 사람들

버리고 가는 이도 못 닛는 마음
쫓겨가는 마음인들 무어 다를거냐
돌아다 보는 구름에는 바람이 희살짓네
압대일 언덕인들 마련이나 잇슬거냐

나 두 야 가련다
나의 이 젊은 나이를
눈물로야 보낼거냐
나 두 야 간다

— 「떠나가는 배」 - 전문 4

고향을 찾어 무얼하리
일가 흐터지고 집무너젓는데
저녁 가마귀 가을 풀에 울고
마을 앞 시내도 넷자리 바뀌엿슬라.

어린 때 꿈을 엄마 무덤 우에
남겨 두고 떠도는 구름 따라
멈추는 듯 불려온지 여나무해
고향은 이제 찾어 무얼하리.

하날가에 새 기쁨을 그리어 보라
남겨둔 무엇일래 못잊히우랴
모진 바람아 마음껏 불어쳐라
흘어진 꽃닢 쉬임 어디 찾는다냐.

험한 발에 짓밟힌 고향 생각

4 『시문학』(1)(1930. 3), pp. 22-23.

—아득한 꿈엔 달려가는 길이언만—
서로의 굳은 뜻을 남게 앗긴
옛사랑의 생각같은 쓰린 심사여라。

-「고향」- 전문[5]

이들 작품은 정지용의 것과 근본적으로 다른 성향의 시다。「향수」로 대표되는바 정지용은 자기감정을 직접적인 말로 토로하지 않는다。그는 대상 또는 제재를 그 이전에 심상으로 제시한다。심상 가운데도 감각적 범주에 드는 차원으로 대상을 노래하여 그것을 선명하게 객체화한다。이런 경우의 좋은 보기가 되는 것이「얼룩백이 황소가 해설피 금빛 게으른 울음을 우는 곳」이다。여기서 황소의 울음은 청각적 사실일 뿐이다。그것을「얼룩백이」、「금빛 게으른 울음」등으로 매체화하여 채색도 선명하게 색채감각화하고 있는 것이다。[6] 이에 반해서「떠나가는 배」나「고향」은 적지 않게 주정적이다。낭만파의 단면을 드러내는 이들 시에도 비유가 쓰이기는 했다。그러나 그 매체들은 시인이 지닌 감정을 증폭시키고 있을 뿐 그것이 심상으로 제시되어 화학적 변화를 일으키지는 않았다。이것이 그의 시와 정지용의 작품들 사이에 가로놓인 근본적 차이다。

우선 박용철의 작품은 그 말씨부터가 김영랑의 경우와는 상당히 다르다。김영랑은 감정을 정서로 바꾸는데 역점을 두면서 말을 썼다。그리하여 그 말들은 의미 내용을 갖는 기에 앞서 그 분위기를 자아내게 하도록 쓰인 것이다。그러나 박용철의 詩는 그와 달라서 상당히 관념적인 내용을 담고 있는 편이다。그 결과 그의 말들은 감각의 상태에 그치기보다 다소간 서술적인 쪽으로 기울어진 것이 되었다。또 하나 여기서 지적되어야 할 것이 이 작품에 나타나는 상실감정이라든가 우수의 그림자 같은 것이다。따지고 본다면 상실의 감정은 김영랑에게도 없지 않았다。그러나 그의 경우 상실의 느낌은 내면화하기 이전의 가벼운 감상에 그쳐 있다。말하자면 마음 밑바닥에 닿는 내면적 깊이나 무게가 이루어지지 않은 상태에 속하는 것이다。그러나 박용철의 경우에는 사정이 다르다。그의 우수나 상실감정 속에는 대개 사색적인 속성이 깃들여져 있는 것이다。범박하게 보면 이것은 호흡영역의 확장 시도인 동시에 정신의 깊이를 수용하려는 노력에 해당된다。그리고 거기에는 제 나름의 논거가 마련된 자취도 검출된다。

넓은 의미에서 창작활동이란 제 목소리를 지니며 제 설 자리를 마련하는 일에 해당된다。그런데 시문학파가 발족한 뒤 그 영역은 아주 제한되어 있었다。『시

5 『문예월간』(1931。11)、pp。50-51。
6 이에 대해서 자세한 것은 김용직、정지용론、『한국현대시사』(1)(한국문연、1996)、pp。237-238。

『문학』 동인 가운데 한 사람인 김영랑은 이미 짧은 형식 속에 해맑은 가락을 담은 詩를 발표했다. 그리고 정지용은 독특한 말씨로 선명한 심상의 詩를 발표하고 있었던 것이다. 그러니까 감각이나 정서만으로는 박용철이 새로 기를 꽃을 여지가 없었던 게 당시의 우리 시단 상황이었다. 이런 사정을 감안한 나머지 이루어진 것이 박용철의 사변적 공간 개발이었다. 이는 셈이다. 아울러 그 말씨가 길어진 까닭도 바로 이런데 있다. 이것은 분명히 박용철이 그 나름의 설자리를 마련하고자 한 시도에 해당된다.

그런데 문제는 이와 같은 시도가 시로도 끝날 수 없었던 데 있었다. 되풀이되지만 한국 시단에 진출하면서 박용철이 노린 것은 질적으로 정상에 속하는 서정시 제작이었다. 그런데 그를 위해 사색적인 내용을 갖는다는 것은 어디까지나 부차적인 문제였다. 물론 하잘것없는 제재나 옅은 내용을 바닥에 깐 작품보다는 여러 사람에게 유의성을 갖는다거나 철학적 깊이를 다룬 詩가 묵직하게 보일 공산은 있었다. 그러나 그들은 詩를 위한 여러 소인들이지 그 자체가 詩는 아닌 것이다. 이런 사실은 한국 근대시에 나타난 여러 사례를 통해서도 얼마든지 입증된다. 가령 개항기에 육당이나 孤舟는 즐겨 문명·개화를 노래했다. 그런 내용은 당시 우리 주변에서 충분히 우리를 긴장케 하는 제재들이었다. 또한 신경향파의 카프의 경우에도 비슷한 이야기가 가능하다. 목적의식을 내세운 그들의 詩는 어떻든 현실에 입각한 작품의 제작을 외친 나머지 씌어진 것들이다. 그러나 그런 의도에도 불구하고 개화·계몽을 노래한 詩나 대지에 발을 붙이기를 기한 프로시들 가운데 좋은 詩로 손꼽힐 수 있는 것들은 아주 드물었다. 박용철은 우리 근대시사가 이런 단계를 거친 다음에 그의 활동을 시작한 시인이다. 그런데 그의 詩는 그런 목표에 넉넉히 도달했다고 생각되지 않는다. 이 의욕과 실제의 거리를 의식한 순간, 그는 또 다른 시도를 갖지 않을 수 없었다.

이때의 모색에는 비평적 기준이 필요했다. 그것을 박용철이 같은 시문학파 동인인 정지용이나 김영랑의 것으로 삼을 수는 없었다. 그렇게 되면 그의 시는 당대의 것의 모방·아류에 떨어질 수밖에 없었기 때문이다. 박용철은 그것을 동서 고전에서 구해야 했고 그와 아울러 그 나름의 기법으로 표현하지 않을 수 없었다. 그것을 차질 없이 이끌기 위해서 그에게 비평적 가늠자가 필요했다. 좋은 시, 절정의 시를 쓰기를 기한 박용철이 여러 방면에 손을 뻗칠 필요가 여기에 있었다.

7 이에 필요한 자세한 것은 김용직, 김영랑론, 위의 책, pp.89-90.

3. 하나의 원천—서구 근대시 수용

박용철의 시적 목표 달성을 위해서 몇 가지 시도를 했다. 그는 우선 동서 고전을 살피고자 했다. 그 구체적 형태로 나타난 것이 해외시의 수용시도였다.

박용철이 해외시를 수용하는 경우 거기에는 두 가지 방법이 생각될 수 있었다. 그 하나가 漢詩를 익히고 거기서 시 쓰기의 기법을 터득하는 일이었다. 지금과 달라서 그의 세대에게는 唐詩를 중심으로 한 한시 읽기가 별로 힘든 일이 아니었다. 1930년대에 이르기 전까지 우리 사회에서는 학동이 소학교에 입학하기 전에 천자문이나 동몽선습, 소학을 읽는 것이 거의 관례가 되어 있었다.[8] 그 연장선상에서 당시나 한국의 한시들은 중등학교 이수자들에게도 꽤 널리 읽히고 있었다. 박용철 자신도 어느 정도 그것을 이용할 수 있는 교양을 지니고 있었다. 구체적으로 1929년 여름에 그는 김영랑에게 편지를 띄웠다. 거기서 그는 칠언절구 한 수를 곁들여 보냈다.

細雨活葉誇榮生 輕風舞枝感天情
田澗不厭衣漸濕 山昏却喜花鮮明[9]

비 젖은 닙사귀는 반득반득 빛이 살고
춤추는 가장이는 나붓나붓 절을 한다
님은 옷 비마저 보자 꽃빛 산뜻하여라

널리 알려진 바와 같이 절구는 엄격한 규범에 의해 씌어진다. 그런데 박용철의 이 한시에는 어느 정도 그것이 지켜져 있다. 우선 여기에는 韻이 제대로 지켜져 있고 斂에도 큰 잘못이 없다. 이렇게 보면 한시에 대한 박용철의 소양에는 의심의 여지가 없는 것이다. 그러나 당시 우리 주변의 사정은 서정시의 기준으로 이런 한시를 그가 지향하는 좋은 서정시로 하여금 수용할 수 없도록 만들고 있었다. 그가 쓰고자 한 것은 넓은 의미의 현대시였다. 이때 문제되는 현대시의 개념 속에는 반드시 새롭다든가 신선하다는 느낌이 포함되어 있었던 것이다. 뿐만 아니라 다시 여기서 무엇이 「새로움」이며 「신선한 것」인가도 문제 되어야 한다. 박용철이 쓰고자 한 것은 자유시였기 때문에 그것은 「새로움」과 「신선함」을 불가피하게 박용철 나름의 문체나 형태를 통해서 제시할 필요가 있었다. 이렇게 되면 한시가 그에게 전면적인 전범으로 쓰일 체제가 아니었다. 이런 까닭으로 한문과 한시를 통한 해외시 수용은 창작시의 직접적인 영양소로 작용하지 못했다.

---

8 박용철 약력, 『전집』 권말에 따르면 그는 네 살 때 외가에서 『사자소학(四字小學)』을 배운 것으로 나타난다.

9 『박용철전집』(2), p.312.

한시의 경우와는 달리 박용철은 서구 근대시 수용을 위해서는 좋은 조건을 지니고 있었다. 우선 그는 전통적으로 영어교육에 비중을 둔 아오야마 학원을 다녔다. 그리고 동경외어에서는 소양과 실력으로 그는 영시와 독일어 작품을 읽을 수 있었다. 특히 독일의 근대시인들 수용에는 상당한 능력을 보였다. 그 증거는 『시문학』 창간호에서부터 나타난다. 구체적으로 여기서 그는 실레르의 「헥토르의 이별」, 괴테의 「미뇬의 노래」를 번역·소개했고, 이어 하이네의 「내 눈물에서는」, 「다수한 봄밤」, 「나를 사랑하는 주리아」, 「남의 나라에서」, 「일어나며 묻는 말」, 「뺨에 뺨을 대어라」, 「한마디 말씀에다」, 「노래의 날개에 너를 싣고」, 「아름다운 고기잡이 아가씨」, 「소나무는 외로이 서서」 등 10편에 달하는 작품을 우리말로 옮겨놓았던 것이다. 이들 번역시는 그 솜씨만으로도 상당한 수준에 이른 것들이다.

노래의 날개에 너를 싣고
사랑아 멀리, 가고 지워라
깐지스 강가 꽃피는 들로
거기서도 가장 아름다운 구석을 나는 아노니

고요한 달빛 아래
붉게 꽃피는 뒤안이 있고,
연꽃은 저의 어여쁜
어린 누의를 기다리고 있다.

시르미꽃 웃고 속살거리며
하날의 별을 치어다 본다
장미는 저이끼리 귀에 대이고
향기로운 이야기를 가만이 한다.

순하고 살가운 사슴은
이리 뛰여와 귀기우린다.
그러고 멀리서 소리내는
거룩한 강의 흐름이 들린다.

—「노래의 날개에 너를 싣고」 1~4연 [10]

이러한 박용철의 역시에서 우리가 읽을 수 있는 것은 두 가지로 나타나는 번역의식이다. 우선 여기에는 가능한 한 原詩에 충실 하려한 의식이 검출된다. 그 결과 번역시에서 원시의 행과 연 구분이 정확하게 지켜졌다. 또 하나 우리말의 고유한 맛도 살리고자 했다. 그 단적인 증거가 되는 것이 1연 둘째 행의 「가

10 『박용철전집』(1), pp. 269-270.

고 지워라」다. 이 부분은 본래 「가고 싶다」로 직역될 수 있다. 그것을 「―지워라」와 같은 모양으로 표현한 것은 우리말만이 갖는 어감을 살리고자 한 시도로 이해될 수 있다. 이와 같은 현상은 역시를 통해 역시 이외의 것을 노린 결과로 풀이될 수도 있겠다. 그의 유고집을 보면 박용철은 독일, 영국, 미국, 애란 등 여러 나라의 서구 시 308편을 우리말로 옮겨 놓았다. 그런데 이들 작품 가운데 발표매체를 통해 활자화한 것은 불과 20여 편에 지나지 않는다. 이것은 그가 번역시를 자체로 꾀한 것이 아니라 다른 방편으로 이용했을 가능성을 암시한다. 그리고 위에 본 바와 같이 그는 번역시를 통해서 우리말 연습을 병행하고 있는 것이다. 이런 사실로 미루어 보면 박용철이 서구 시 번역을 통해 노린 것이 무엇이었느냐가 짐작된다. 즉 그는 그것을 통해서 자신의 창작시를 살찌우고자 했으며 나아가 그것은 좋은 詩를 위한 연습용으로 이용한 것이다.

박용철의 창작시는 상당한 특색 있는 것이 되었다. 그의 시는 어두운 색조 또는 우수의 그림자를 깃들인 것이 적지 않았다. 이것을 박용철의 성장환경에 결부시켜서 설명하고자 한 예도 있다.[11] 그러나 이런 배경론과 함께 우리가 또 하나 고려해야 할 것이 그의 독서에 경도된 적이 있다. 구체적으로 박용철은 한때 키에르케고르에 경도된 적이 있다. 그는 키에르케고르에서 詩와 시인에 관계되는 부분을 번역·소개한 바 있다. 다음은 그 한 부분에서 가려 뽑은 것이다.

> 詩人이라는 것은 무엇이냐. 그 가슴 속에 심각한 고뇌를 감추고 歎息嘯泣을 아름다운 음악같이 울려낼 수 있는 입술을 가진 불행한 사람이다. 옛날 희랍의 폭군 팔라리스가 眞鍮로 소[牛]를 만들고 그 속에 넣어서 태워 죽이던 불행한 사람들과 같다. 이 불쌍한 사람들이 부르짖는 소리가 이 폭군의 귀에는 미묘한 음악으로 들렸다는데 그와 마찬가지 운명 아래 詩人도 놓여 있는 것이다.[12]
>
> 어떠한 종류의 美든지 그 발달의 극점에 가서는 민감한 사람의 가슴에 눈물을 잣는다. 우수는 모든 사람의 정조 중에서 가장 정당한 것이다. 영혼이 이를테면 그 流謫의 버드나무 아래 쉬어 앉아서 머언 고향을 생각하는 동경의 한숨을 쉴 때에 그 영혼의 노래의 主調가 우수가 되지 않고 어쩔 것이냐.[13]

우리가 여기서 새삼스럽게 키에르케고르의 내면세계에 대해서 거론할 필요는 없을 것이다. 널리 알려진

---

11 김윤식, 박용철론, 『한국근대작가논고』(일지사, 1974), pp. 127-128.

12 Verschiedene, 『문학』(1) (1934. 1), p. 31.

13 Verschiedene, 『문학』(2) (1934. 2), p. 23.

바와 같이 그는 서구의 대표적인 실존철학자의 한 사람이다. 그에 따르면 우리가 실존하기 위해서는 단독자가 되어야 한다. 단독자가 되기 전 우리는 온통 감각의 세계 또는 쾌락과 충동을 좇는 생활에 빠져 있다. 그것은 물론 키에르케고르가 상정한 윤리적 실존의 전 단계에 속한다. 그리고 종교적 실존이 전제되지 않은 것이기 때문에 美와 예술, 詩의 차원은 본질적인 의미에서 비애와 환상, 우수에 젖지 않을 수 없는 것이다. 물론 여기서 박용철의 詩에 엿보이는 우수가 과연 키에르케고르의 것과 동일한 차원의 것인가는 문제되어야 한다. 그러나 한 발 물러서 생각하면 박용철의 키에르케고르 수용은 비교문학의 범주에 드는 일이다. 그런데 비교문학에서 수용과 영향은 반드시 동질적인 선이나 대등한 차원에서 이루어지지 않는다. 이런 사정을 감안해 보면 박용철과 서구문학의 관계가 더욱 명백해진다. 적어도 그는 자신의 詩를 위해 끈질기다고 생각될 정도로 서구 쪽의 것을 읽고 살폈다. 그리고 그를 통해서 상당한 수확이 있었음도 부인될 수 없는 일이다.

4. 시론과 미학적 실체성

박용철 문학을 말하는 자리에서 반드시 지적되어야 할 것이 그의 비평 활동이다. 그가 이 분야에 끼친 활동은 서구 시 수용보다도 한발 늦게 이루어진 것이었다. 『시문학』 창간호를 보면 그는 창작시와 함께 번역시를 발표했다. 그러나 같은 무렵에 그가 비평에 속하는 글을 발표하지는 않았다. 이것은 앞의 전제를 다시 확인하게 만든다. 즉 박용철은 그의 시를 위해 한 기준으로 서구의 근대시를 수용한 것이다. 그에 부수된 요소로 시 자체에 대한 생각을 이론적으로도 규명하고 싶었다. 그런 나머지 그는 시론에도 손을 댄 셈이다.

□ 순수와 변용의 논리 ─ 詩의 해석

어차피 박용철이 詩를 향해 던지는 질문방식에는 어느 정도의 테두리가 정해져 있었다. 그는 절정을 노래하고 싶은 시인이었다. 그런데 이때 문제되는 절정이란 모든 독자의 심금을 울리는 작품을 뜻했다. 그런데 초기에 품은 박용철의 이에 대한 해석은 다분히 낭만파의 입김을 느끼게 해주는 것이었다.[14]

詩라는 것은 詩人으로 말미암아 창조된 한낱 존재이

14 이에 대해서는 한계전, 하우스만 시론의 수용과 순수시론, 『한국현대시론연구』(일지사, 1983) p.135에서 언급된 것이 있다.

다。(……) 우리가 거기에서 받는 인상은 혹은 비애·환희·우수、혹은 평온·명정、혹은 격렬·숭엄 등 진실로 추상적 형용사로는 다 형용할 수 없는 그 自體 數대로의 무한수일 것이다。그러나 그것이 어떠한 방향이든 詩란 한낱 高處이다。물은 높은 데서 낮은 데로 흘러나려온다。詩의 심경은 우리 일상생활의 수평정서보다 더 고상하거나 더 우아하거나 더 섬세하거나 더 장대하거나 더 격월하거나 어떠튼 더를 요구한다。거기서 우리에게까지 「무엇」이 흘러나려와야만 한다。[15]

여기에는 우리가 놓쳐서는 안될 것이 두 가지 있다。우선 박용철은 詩를 시인에 의해 빚어지는 것으로 보았다。그리고 시인의 내면에 엉긴 것이 밖으로 표출된 것을 詩로 파악한 점도 주목되어야 한다。그런데 이때 문제되는 엉긴 것、또는 내용물은 카프나 민족문학파의 경우처럼 이데올로기의 류가 아니다。「비애」、「환희」、「우수」 등의 단어로 유추될 수 있는 바와 같이 그것은 명백히 감정의 범주에 속하는 것들이다。다만 그것은 일상생활에서 빚어지는 것 이상의 것이어야 한다。이것은 어딘가 모르게 워즈워드식 감정의 자발적 분출론을 연상케 만드는 견해다。그런 의미에서 박용철이 출발 당시에 지닌 詩의 인식은 다분히 낭만주의의 흐름을 느끼게 하는 경우였다。

한편 이런 유의 소박한 시론은 어차피 지양·극복되어야 했다。시인이 마음속에 간직한 높고 깊은 생각이 작품의 동기를 이루는 것은 사실이다。그러나 이런 상태가 곧 詩를 완성시켜주는 것은 아니다。실제 작품 활동에서 詩는 제재나 생각의 문맥화며 그 형태·구조화의 과정을 반드시 거칠 필요가 있다。그런데 여기에는 그에 대한 배려의 자취가 전혀 검출되지 않는 것이다。

『시문학』 창간에 즈음해서 쓴 글은 물론 본격적인 의미의 비평이 아니었다。따라서 우리는 거기서 박용철이 그 무렵 가졌던 詩에 대한 생각의 일단을 파악하는 것으로 족하다。좀 체계가 선 그의 시론은 그 후에 기대할 수밖에 없는 것이다。이제까지 박용철이 보여준 본격 비평의 하나로 주목된 것에 「效果主義的 批評論綱」이 있다。그 제목으로 짐작되는 바와 같이 이 글은 애초 그 성격이 비평론으로 씌어진 것이다。따라서 詩에 대한 박용철의 생각이 어떻게 변했는가를 살필 수 있는 직접적 자료는 아니다。그러나 적어도 여기에는 그의 문학관의 일단이 피력되어 있다。여기서 「효과」란 예술작품의 평가를 독자의 반응에서 구하고자 하는 입장에서 씌어진 것이다。이렇게 보면 박용철은 그가 지향하는 좋은 詩의 기준을 가늠하기

---

15 박용철、『시문학』 창간에 대하여、『조선일보』(1930。3。2)、『박용철전집』(2)、pp。142-143。

위한 한 방편으로 독자론 내지 수용비평의 입장을 취한 것이다. 구체적으로 이 글에서 박용철은 예술작품의 올바른 평가를 위해 몇 가지 전제를 세웠다. 그에 따르면 일반 독자의 내면세계는 심한 개인 편차를 가지며 또한 유동적이라는 것이다. 따라서 작품의 올바른 평가를 그들에게 맡길 수가 없다. 또한 그 지양·극복책으로 통계학이 이용되어서도 안 된다. 이것을 그는 「效果의 실증적 측정」이라고 못 박았다.[16] 한 사회를 구성하는 여러 사람에게 작품에 대한 의견을 묻고 그것으로 효과를 결정하고자 하는 것은 예술을 신문기사의 차원으로 격하하는 일이다. 하기는 박용철이 이 방법을 논평 없는 상태로 기술하기는 했다. 그러나 다음 자리에서 그는 분명하게 비평가의 역할을 말하고 있다. 그에 따르면 비평가는 효과의 민감한 「계량기」인 동시에 예술작품이 발표됨으로써 일어날 수 있는 일련의 사태까지를 효과적으로 예보할 수 있는 「晴雨計」이어야 한다.[17] 그러면서 박용철은 여기서 문제되는 비평의 효과적 달성이 어떻게 가능한 것인가를 어느 정도 생각해 두었다. 그에 따르면 과거의 비평은 지나치게 개인의 능력 또는 직관이나 천재에게 작품의 평가를 내맡겼다는 것이다. 그가 효과주의 비평론을 쓸 무렵에는 사회통계론을 신봉하는 또 하나의 극단론이 대두되었다고 보았다. 효과주의 비평론의 주안점은 바로 이 두 개의 극단론에서 빚어지는 부작용을 효과적으로 해소하려는 데 있었던 것이었다. 효과주의론은 일종의 독자수용론이지 양질의 서정시를 만들어내는 데 필요한 기법론이 아니었다. 그리하여 어차피 박용철은 그의 詩를 위해서 이런 단계를 지양시키지 않을 수 없었다.

좋은 詩와 나쁜 詩를 가늠하면서 정상의 작품을 만들기를 기한 박용철의 모색과정을 살피는 우리에게 또 하나 주목되는 詩論이 그의 하우스만 수용 시도다. 구체적으로 이런 현상은 『문학』 2호에 「詩의 명칭과 성질」을 번역·소개한 일로 집약되어 나타난다. 본래 하우스만의 이 글은 1933년 5월 9일 케임브리지 대학에서 있었던 기념강연으로 이루어진 것이다. 여기서 하우스만은 존슨 박사의 주장을 반박함으로써 워트 옹호론과 17세기 형이상학파시 예찬론에 맞섰다.[18] 그와 아울러 詩를 지적인 것 내지 이성의 산물이라고 보는 견해에도 반대했다. 그는 詩에 그 이상의 의의를 부여했던 것이다.

> 시는 내 생각에는 이성적인 것보다는 육체적인 것이다. (……) 어떤 날 아츰 면도를 하다가 나는 내 생각을 조심해 감시해야 할 것을 경험으로 배웠다. 만일

16 『박용철전집』(2), p. 27.
17 위의 책, p. 28.
18 위의 책, pp. 54-57.

詩의 한 줄이 내 마음 속에 떠오른다면 내 살에는 소름이 끼쳐서 면도가 나아가지 아니하는 것이다. 이 특별한 표징과 같이 오는 것은 脊柱를 타고 나려가는 전율이다. 또 한 가지 표징은 목이 갑갑해지며 눈물이 눈에 솟아오르는 것이다.[19]

여기서 무엇보다 주목해야 할 것이 詩 곧 육체론이다. 그리고 이 말의 뜻하는 바는 육체의 반대 개념을 생각해 보는 것으로 그 성격이 명백해진다. 하우스만은 처음부터 끝까지 詩를 反理性, 反主知主義의 범주에 속하는 것이라고 주장한 사람이다. 그러면서 같은 자리에서 그는 워즈워드와 R. 번즈를 이끌어 들였다. 그것으로 그는 詩가 反意圖的인 것이라는 주장을 보강했던 것이다. 여기서 의 도란 시인이 그 나름의 계획을 세우고 지성을 작동시키는 상태를 가리킨다. 그러나 그에게 詩는 항상 그 반대 입장에서 빚어지는 것이었다.

가령 워-즈워-드도 말하기를 詩는 강한 감정의 자발적 유일이라 했고, 번즈도 이런 고백을 남겼다. 『나는 일생에 두번이나 세번 충동이 아니라 목적을 가지고 詩作을 했다. 그러나 나는 도무지 성공하지 못했다.』한 말로 하면 내 생각에는 詩의 산출이란 제1 계단에 있어서는 능동적이라는 것보다는 오히려 수동적, 非志願的 과정인가 한다. 만일 내가 詩를 정의하지 않고 그것이 속한 사물의 종별만을 말하고 말 할 수 있다면, 나는 이것을 분비물이라 하고 싶다.[20]

이것은 아주 끈질긴 詩=내면세계의 표현, 說이지 그 이상도 그 이하도 아니다. 이렇게 보면 이 글에서 하우스만이 취한 입장은 아주 명쾌하게 드러난다. 그것은 그가 철두철미하게 낭만주의의 자세를 지니고 있는 점이다. 한편 여기서 궁금해지는 것이 박용철의 하우스만 수용 사유다. 당시 우리 주변에는 T. E. 흄과 I. A. 리차즈 등 주지주의계의 비평이론과 작품분석 방법이 수입 중에 있었다. 그럼에도 이 비평의 전초지대를 외면한 상태에서 박용철이 철늦게 생각되는 낭만파시론을 번역·소개한 까닭은 무엇인가. 우선 하우스만은 그 작품세계가 매우 암울하고 비관적인 색조에 젖은 시인이다. 그것을 그는 제 나름의 독특한 말씨라든가 가락에 실음으로써 독자에게 즐거움을 주는 것으로 바꾸어내었다.[21] 박용철의 詩 역시 우수가 깃들은 것이었음은 이미 살핀 바와 같다. 그러니까 그는 詩를 통해서 하우스만에게 아주 친근한 감정을 품었을 공산이 있다. 다음 이 경우 우리에게

19 위의 책, p. 71.
20 위의 책, p. 72.
21 이에 대한 자세한 언급으로는 Christopher Ricks' The Nature of Housman Poetry' A. E. Housman : A Collection of Critical Essays (Englewood Cliffs' 1968) 참조.

또 다른 암시가 될 수 있는 것이 박용철의 시적 체질
이다. 그 자신이 이공계를 지망한 때가 있었음에도
불구하고 詩를 논하는 자리에서 박용철은 철두철미하
게 조화라든가 균형감각에 의거한 거대한 작품을 싫어했다.
본래 박용철은 김기림에 대해서 상당한 호감을 갖고
있었다. 그랬음에도 『氣象圖』가 나왔을 때 그는 이
장편시에 대해 이례적인 혹평을 가했다.

이 長詩가 잡지에 발표되었을 때 필자는 이 詩의 이
메지의 교묘한 구사, 풍자적 문명비평의 정신, 더욱이
나 그의 야심적인 企圖에도 불구하고 이 시인의 정신
의 연소가 이 거대한 소재를 화합시키는 고열에 달치
못했다는 것과 詩의 각부가 직선적으로 제각기의 방향
을 가진다는 것을 말한 일이 있다. (……) 필자가 이
시인을 존경함에도 불구하고 이 詩를 참으로 사랑하지
못하는 이유는 이 詩가 폭풍경보로 시작해서 폭풍경보
해제로 끝나는 이 均整된 좌우동형적 구성이다.[22]

여기서 좌우동형적 구성이란 말은 도식적으로 나타
나는 시적 계산의 부작용을 가리킨다. 박용철은 은연
중 그에 맞서는 자리에 「정신의 연소」를 갖다 놓았
다. 이것은 단적으로 말해서 반지성주의이며 낭만파
의 기질이다. 이런 생리상의 상통이 있었기에 그는
하우스만을 수용했으리라 본다. 그런데 문제는 바로

여기서 다시 제기된다. 그가 상당한 정열을 들여 하
우스만을 수용했음에도 불구하고 그것이 서정시의 제
작을 위해서 기능적이며 효과적인 돌파구를 마련해줄
수는 없었다. 본래 낭만주의 시론은 영감과 천재론에
그 끈이 이어진다. 거기에 시작개혁을 위한 기법이
개입할 여지는 크게 열려있지 못했다.

소박한 입장의 낭만주의 시론은 결국 表出論의 자리
를 벗어나지 못한다. 거친 표출이 詩가 될 수 없는
것은 통곡이나 욕설이 예술이 될 수 없음을 보아 아
주 명백해진다. 이런 사실에 대한 인식은 박용철이
문단생활을 거듭하는 가운데 차츰 인식된 것 같다.
하우스만 수용과 같은 무렵에 그는 詩가 직접적인 내
면세계의 표출이 아니라 그 변용으로 가능하다는 사
실을 깨치기 시작했다. 이런 경우 우리에게 아주 좋
은 보기가 되는 것으로 다음과 같은 것이 있다.

詩의 主題되는 감정은 우리 일상의 감정보다 그 수면
이 훨씬 높아야 됩니다. 물은 높은 데서 낮은 데로 흘
러듭니다. 그래야 우리가 그 詩를 읽을 때에 거기서 우
리에게 흘러 나려오는 무엇이 있을 것이 아닙니까. 더
고귀한 감정, 더 섬세한 감각이 남에게 없는 「더」를 마
음속에 가져야 비로소 시인의 줄에 서 볼 것입니다.

22 『박용철전집』(2), pp.109-110.

그러나 이 「더」는 나타날 「더」라야 할 것입니다. 우리의 감각이 觸知할 수 있는, 나타나 있는 것만이 우리의 感受의 대상이 되는 것입니다. 그림 그리기를 배우지 않은 사람이 좋은 경치를 그리기 위하야 붓을 들기로 그려놓은 것을 우리는 웃을 뿐입니다. 美人을 앞에 놓고 석고를 만져거려도 손의 숙련이 없으면 훌륭한 조상의 出來를 우리는 헛되이 기다릴 것입니다. 詩의 표현이 그림 그리기나 조각 만들기와 그 원리에 있어서 다름없을 줄은 사람마다 알면서도 졸렬한 말슴씨로 그려지지 아니한 그림과 보기 숭한 조상을 만들어 사람 앞에 붓그러운 줄 모르고 내놓습니다.[23]

박용철은 여기서 분명히 '詩=감정의 자연스러운 유로' 설을 수정·보완하고 있다. 뒤에 그는 詩가 감정의 직접적인 표출이 아니라 그 재조직, 편성이라는 사실을 좀더 뚜렷이 인식하게 된다. 그 단적인 표현으로 씌어진 것이 「詩的 變容에 대해서」이다. 이 글은 그 부제목으로 「서정시의 고고한 길」을 달고 발표되었다. 이로 미루어보아도 이 글이 박용철의 서정시에 대한 생각을 집약시킨 것임을 알게 된다. 그런데 이 글은 크게 세 부분으로 나누어진다. 우선 허두 부분에서 박용철은 詩가 제작자의 몫임을 밝힌다. 그것을 그는 『우리의 모든 체험은 피 가운데로 溶解한다. 피 가운데로 피 가운데로』[24]라고 표현했다.

다음 그는 시작의 주체인 시인의 성격에 대해 말하고 있다. 그에 따르면 그것은 참고 기다리며 괴로움이나 아픔까지를 詩를 위해서 자양화시키는 일을 뜻한다. 세 번째 이런 인내와 수련, 고심과 노력을 거치고 나서야 비로소 참된 詩를 뜻하는 「생명의 꽃」[25]이 피어난다. 이것을 박용철은 시적 변용, 곧 詩의 길이라고 보고 있는 것이다.

널리 알려진 바와 같이 「시적 변용에 대해서」는 그 아름다운 문장으로 이름이 높은 글이다. 또한 이 글에는 박용철의 시관이 집약적으로 담겨 있기도 하다. 그러나 서정시론 자체로서가 아니라 그 제작자로서 박용철이 문제되는 경우 이 글에는 명백한 난점이 있다. 그것은 하우스만 수용의 경우와 같이 여기에도 구체적인 시작의 전략이 제시되지 못한 점이다. 결국 박용철은 원론에 속하는 비평에서는 창작시의 지름길을 찾지 못한 채였다. 그렇다면 당연히 그의 觸手는 다른 쪽으로 뻗칠 수밖에 없었다.

2 박용철의 실제 비평

한국문단에서 실제비평이란 신문과 잡지에 월간과

---

23 박용철, 辛未詩壇의 回顧와 批判, 『박용철전집』(2), pp. 77-78.
24 박용철, 『박용철전집』(2), p. 3.
25 위의 책, p. 7.

연평의 형태로 발표되는 것이다. 박용철이 이런 유의 우리 주변 詩를 다루기 시작한 것은 1931년부터다. 이해 12월 7일자 『중앙일보』를 통해서 그는 우리 詩의 한 해를 결산하는 「신미시단의 회고와 전망」을 썼다. 그 이전에도 박용철이 쓴 실제비평류의 글이 아주 없었던 것은 아니다. 그 구체적 보기가 되는 것이 1932년 12월호 『문예월간』에 실린 「문예시평」이다. 그러나 거기서 다룬 것은 연극과 소설 등이었다. 그러니까 詩에 관한 실제비평으로는 「신미시단의 회고와 전망」이 허두에 놓인다. 그리고 이 글이후 박용철은 연거푸 「乙亥詩壇 總評」(1935)、「丙子詩壇의 一年成果」(1936)、「丁丑年 시단회고」(1937) 등을 작성、발표했다. 참고로 밝히면 박용철이 연평을 쓰지 않은 1933년과 1934년에는 거기에 그럴 수밖에 없는 사정이 있었다. 우선 1933년도에 그는 동경행을 계획한바 있다.[26] 뿐만 아니라 이때 그는 『문학』을 발간하기 위해 동분서주 중이었던 것이다. 그리고 다음해에 그는 건강이 악화되어 일체 집필을 유보하지 않을 수가 없었다.[27]

결국 박용철은 부득이한 사정이 아닌 경우 한 해도 빠지지 않고 연평에 손을 댄 셈이다. 당시 우리 주변에서는 실제비평에 속하는 글로 서평과 연평、월평、그리고 자유스러운 입장에서 쓰는 작품론 등이 있었다. 그런데 서평은 대개가 내용 소개와 의례적인 인사 말 등으로 끝나는 것이 통례였다. 그리고 월평은 거개가 신문사나 잡지사의 기자들이 쓰고 있었다. 또한 30년대 후반기에 이르기까지 詩 분야에서 본격적인 자유기고의 작품론은 별로 씌어지지 않았다. 이렇게 보면 이 분야에서 연평의 비중은 꽤나 큰 것이 된다. 그런데 여기서 고려되어야 할 것이 이와 같은 연평을 박용철이 그가 타계하기 직전까지 해마다 집필한 사정 같은 것이다. 이런 경우 우리가 생각할 수 있는 집필 동기에는 대개 세 가지 정도가 있다.

우선 그 하나로 생각될 수 있는 것이 자기현시욕이라든가 문단에서의 위치 확보를 위한 방편론 같은 것이다. 글을 쓰는 모든 사람은 자신의 글이 여러 사람에게 읽히고 그 이름이 드날리기를 바라는 법이다. 박용철의 연평도 그런 입장에서 씌어졌을 가능성이 있다. 다음 또 하나의 경우로 생각될 수 있는 것이 고료수입 문제다. 당시 우리 주변에서 문인들의 경제 사정은 아주 좋지 않았다. 일반 문예지나 잡지사에서

---

26 위의 책, p.291.

27 이에 대한 사정은 1933년 3월 22일자로 이헌구에게 보낸 편지에서 잘 드러난다. "오자마자 묘하게 수일 몸이 시원치 않아 집에서는 대단한 병자취급이오. 독서、원고 집필 등 엄금 형편입니다. 내 생각에는 그저 그만한데 밖에서 보기에는 그저 그만한 모양이 아닙니다. 劇研 번역을 도적것으로 하느라고、미안한 생각만 있고 어쩔 줄 모르겠습니다. 기관지에 낼 글은 아무나 맡아서 쓰시도록 하지요. 지금 이 모양에 쓸 것 같지 못합니다.." 『박용철전집』(2)、pp.302-303.

는 고료가 지불되지 않은 쪽이었다. 그들이 얼마간 수입을 올릴 수 있는 길은 그리하여 신문사 측의 원고를 쓰는 정도에 국한되었다. 그런데 박용철의 연평은 모두가 그런 쪽의 청탁에 응해 씌어진 것이다. 한편 이런 경우 또 하나 고려되어야 할 것이 집필자 자신의 내면적 요구나 의도 같은 것이다. 대개 글을 쓰는 사람은 그 글이 쓰고 싶은 의욕을 돋구어 줄 때 손쉽게 그에 매달리는 법이다. 이때 그에게는 앞서 경우와는 다른 좀 더 근본적인 집필 동기나 사유 같은 것이 성립된다. 물론 박용철이 그 예외일 수는 없을 것이다.

박용철이 연평에 손을 댄 동기 가운데 그 비중이 크리라 생각되는 경우가 위에 말한 세 가지 중 마지막 것으로 짐작된다. 1930년대 중반기 경 그는 연평들을 썼다. 그런데 그 무렵 이미 그는 『시문학』과 『문예월간』 등 당대 일류급 문예지의 주재·발간자였고, 또한 거기에 수준급의 작품을 발표하고 있었다. 따라서 구태여 문단을 의식하고 자기 현시의 방편으로 연평에 손을 댈 필요가 없었던 것이다. 다음 박용철이 지닌 재정 형편에 대해선 이미 그 사정이 앞에서 드러난 바와 같다. 단적으로 말해서 그는 『시문학』이나 『문예월간』, 『문학』 등을 기획해서 발간할 수 있을 정도로 경제적 능력이 있는 가문의 출신이었다. 그런 그가 얼마간의 고료를 생각한 나머지 연평을 썼을 리는 없다. 더욱이나 30년대 중반기에 접어들면서 박용철은 차츰 건강상태가 좋지 않았다. 그리고 연평을 쓰기 위해서는 좋든 싫든 일년간 여러 신문 잡지에 발표된 작품과 단행본으로 나온 시집들을 읽을 필요가 있다. 이것은 상당한 끈기와 정력이 요구되는 일이다. 그렇다면 우리가 연평을 쓰기 위해서는 거기에 이런 부담을 보상하고 남을 정도로 이식이 붙을 전망이 서야 하는 것이다. 그런데 박용철에게 건강이나 경제적인 문제까지가 부차적인 것으로 생각될 수 있는 경우란 자신의 詩를 위한 일밖에 없었다. 이렇게 보면 그가 연평에 매달린 이유가 스스로 분명해진다. 즉 박용철은 자기 자신의 詩를 쓰기 위해서 그 정보 확보 내지 비평적 안목을 세우려는 의도와 함께 실제 비평에 속하는 시평을 쓴 것이다.

실제비평에서 박용철이 호평을 가한 시인들은 金永郞과 鄭芝溶·辛夕汀·金玄鳩 등이다. 구체적으로 金永郞에 대해서 그는 「그의 四行曲은 天下一品」이라느니, 「美란 우리의 가슴에 저릿저릿한 기쁨을 일으키는 것」이라면 「그의 詩는 한 개의 표준으로 우리 앞에 설 것」[28]이라는 말을 아낌없이 사용했다. 또한 지용에 대해서는 「시인의 시인」[29]이라는 칭예를, 그리고

28 박용철, 「신미시단의 회고와 비판」, 『박용철전집』(2), pp. 78-79.
29 위의 책, p. 79.

辛夕汀에게는「이 시인의 고요한 명상을 나는 사랑합니다」라고 긍정적 평가를 아끼지 않았다. 이미 나타난 바와 같이 정지용, 신석정 등은 작품의 성향이 박용철의 시와는 180도 다르다. 그는 어느 편인가 하면 감정을 진술 형태로 노래한 시를 많이 썼다. 그에 반해서 정지용과 신석정은 감정을 객체화시켰고 심상 제시, 특히 시각적 심상을 제시한 작품을 즐겨 쓴 편이다. 사정이 이럼에도 박용철이 그들의 시에 대해 아낌없는 찬사를 보낸 까닭이 무엇인가가 궁금하다. 그 가장 큰 요인으로 추정되는 것이 언어의 세련미로 생각된다. 정지용이나 신석정과 함께 그가 김영랑에게도 칭찬을 아끼지 않았다. 김영랑의 시는 정지용이나 신석정과 그 성향이 달랐다. 그러나 거기에는 세 사람의 공통 특질 같은 것으로 우리말이 아름답게 다듬어진 단면이 포함되어 있었다. 이것이 그가 이들에게 호평을 가한 비밀인 셈이다. 그러나 이 경우에 아주 뜻밖으로 생각되는 예가 나타난다. 그것이 金起林의 詩에 대해서 박용철이 비판적이었던 점이다. 이미 연급된 바와 같이 『氣象圖』에 대해서 그는 이례적이라고 생각될 정도로 부정적인 의견을 폈다.

주) 한 개의 모티브에 완전히 통일된 樂曲이기보다 필름의 다수한 단편을 몬타쥬한 것 같은 것이다. (…) 시인

이 詩의 인상은 (여기 이 詩는 『氣象圖』를 가리킴-필자의 敬服할 만한 노력과 계획에 불구하고 시인의 정신의 연료가 이 거대한 소재를 화합시키는 高熱에 달하지 못하고 그것을 겨우 접합시키는 데 그쳤든 것 같다. 그중에서도 필자의 가장 불만인 점은 이 詩가 명랑한 아침 폭풍경보에서 시작해서 다시 명랑한 아침 폭풍경보 해제에 끝나는 이 완전한 左右同形的 구성이다.30

이런 발언에 앞서 박용철은 『氣象圖』를 가리켜」총체적으로 이 詩에는 혼란과 요설(饒舌)의 인상이 있다」31 라는 말도 썼다. 이것은 그가 金永郞이나 鄭芝溶의 詩에 보낸 호평에 견주어 보면 좀 지나치다고 생각되는 혹평이다. 구체적으로 『氣象圖』가 호되게 비판된 같은 해의 詩를 다룬 자리에서 박용철은 「琉璃窓」을 보기로 들었다. 널리 알려진 바와 같이 이 詩는 전문이 10행으로 된 것이다. 그러니까 일간신문의 학예란이 연평의 게재지면이라는 사정을 감안해 본다면 결코 작품을 예시하는 일이 손쉽지 않은 경우다. 그럼에도 박용철은 서슴없이 이 작품을 전문으로 제시했다.

유리에 차고 슬픈 것이 어린거린다
열없이 불어서서 입김을 흐리우니

<hr>

30 박용철, 을해시단총평, 『박용철전집』(2), p。95。
31 위의 책, p。94。

길들은양 언날개를 파다거린다
지우고 보고 지우고 보아도
새까만 밤이 밀려나가고 밀려와 부디치고
물먹은 별이, 반짝, 寶石처럼 백힌다.
밤에 홀로 유리를 닦는 것은
외로운 황홀한 심사이어니
고흔 肺血管이 찢어진채로
아아, 늬는 山새처럼 날러갔구나. 32

이 작품이 훌륭한 점을 박용철은 강렬한 감정에 있다고 보았다. 그리고 그 감정이 유리창을 통해 구체화되었기 때문에 (그것을 結晶, 凝縮이라고 함-필자) 명품, 가작이라는 입장을 취했다. 33 이것은 그가 여러 시론을 통해서 편 '좋은 詩=특이한 체험이 절정에 달한 순간, 또는 상태의 확보+그것을 얻어 최고의 기능으로 발휘시키는 길'로 도식화될 수 있다. 그리고 여기서 우리가 지나쳐 볼 수 없는 것이 박용철 시론의 근본 전제다. 다른 자리에서 그는 「詩가 감정의 자연스러운 발로」34 라는 워즈워드 류의 소박한 낭만주의를 굳이 비판했다. 그러나 그 다음 자리에서 박용철이 그대로 곧장 신고전주의나 주지주의의 입장을 취한 것은 아니다. 좋은 詩를 절정의 순간이나 그 상태의 확보로 보았다는 것은 그가 詩를 여전히 시인의 몫으로 돌리고 있음을 뜻한다. 이것은 차원을 달리했

다고 할지라도 여전히 낭만주의적인 발상이다. 그런데 詩를 소박한 감정의 표출 이상의 것이라고 보기 위해서 그는 「시=生理的 필연」이라는 개념을 내세웠다. 박용철은 여기서 문제되는 生理를 다시 全生理라고 재 명명한 다음, 그 뜻이 「육체, 지성, 감정, 감각, 기타의 총합을 의미한다」35고 못 박았던 것이다.

박용철이 『氣象圖』를 호되게 비판한 까닭도 바로 이런 그의 시론에 근거를 둔 것이다. 그는 金起林이 주장하는 주지주의의 또는 지성의 詩를 기교, 또는 기법만에 의거하려는 경향으로 파악했다. 그렇다면 내용 또는 주제가 되는 의미나 감정은 뒷전으로 물러나고 새로우려는 考案만이 독주 상태가 된다. 박용철에 따르면 그것은 유행에 편승하는 디자이너의 길일뿐이다. 「先人과 같은 詩를 쓸 우려가 있으니 우리는 새로운 고안을 해야 한다는 데서 출발하면 거기는 衣裳師에로의 길이 있을 뿐이다.」36 물론 이와 같은 金起林 비판은 전면적 진실이 아니다. 널리 알려진 바와 같이 金起林은 T. E. 흄이나 T. S. 엘리어트의 신봉자였고, 그리하여 그는 신고전주의의 자였다. 그런 그는 낭만주의 미학의 중심개념에 속하는 시인의 의

32 위의 책, p.90.
33 위의 책, pp.91~93.
34 위의 책, p.76.
35 위의 책, p.84.
36 위의 책, p.84.

도나 사상·세계론을 지양·극복하지 않을 수 없었다. 그리고 그에 대체하는 개념으로 지성과 기법의 필요를 역설할 필요가 있었다. 이것을 박용철은 일방적으로 받아들여서 손끝으로 詩를 쓰려는 입장이라고 배제해 버린 것이다.

그러나 여기서 문제되어야 할 것은 이런 유의 이른바 낭만주의 시론이 갖는 논리상의 정당성 여부를 가늠해 내는 일이 아니다. 이미 되풀이된 바와 같이 시인으로서 박용철은 그의 창작을 위해서 시론을 펴고 실제비평을 했다. 그런데 실제비평에서 그가 얻어낸 것은 그가 지닌 창작 생리의 확인이었고, 교양 생리의 표출이었다. 그리고 그 한계를 인식한 가운데 그가 주목한 것이 그를 통해서 그는 金永郎과 鄭芝溶·辛夕汀 드의 시였다. 박용철이 金起林의 詩를 배제한 것은 그 연장선상에서 이루어진 것이다. 이렇게 보면 절정의 시를 위한 박용철의 모색은 매우 치열한 것이었다. 이런 문제는 창작시 제작에서 절실한 문제로 나타났다. 박용철은 그 해결을 위해서 전심전력으로 창작에 임하고 문단활동도 펼쳤다. 그러나 그의 육신이 그의 의욕에 병행되지 못했다. 그 나머지 그는 35세의 푸른 나이로 작고, 타계했다. 그의 조서는 그 자신이나 이웃친지에게 뿐만 아니라 한국문단의 큰 손실이었다. 박용철의 시는 그리하여 지금 우리에게 뚜렷한 시사점을 던지는 존재인 것이다.

연 도	생애와 작품	연대별 사건(사회, 정치, 문학)
1904년 (1세)	8월 2일 화요일(음 甲辰년 6월 21일, 光武 8년), 전라남도 광산군 송정면 소촌리 363번지(속칭 솔머리, 현 광주광역시 광산구 소촌동) 출생. 부친 박하준(朴夏駿), 모친 고광(高光). 셋째 아들로 태어남. 두 형이 어려서 죽었기 때문에 법률상 장남.	・2월 23일, 일제의 한국 식민지화 전단계인 한·일의정서 체결. ・러·일전쟁 발발 (1905년 9월까지).
1905년 (2세) 1906년 (3세)		・5월 12일, 이헌구 출생. ・8월 2일, 시인 박팔양 출생. ・11월 19일, 극작가 유치진 출생. ・11월, '을사보호조약' 체결. ・일제 통감부 설치.
1907년 (4세)	겨울, 전라도 의병 활동이 벌어지자 부친 박하준을 따라 외가와 가까운 전라남도 창평에서 지냄.	・의병투쟁 전국으로 확산. ・6월, 네덜란드의 헤이그에서 열린 제2차 만국평화회의에 을사조약의 부당성을 호소하기 위해 고종이 특사 파견. ・7월, 고종 강제 퇴위. ・8월-9월 한국군 강제 해산.
1908년 (5세)	창평에 머무르면서 한문수학. 사자소학을 깨침.	・2월, 일본군에 의한 의병 토벌작전 전개.
1909년 (6세)	부친 박하준이 전라남도 광주읍(현재 광주광역시)에 집을 마련하여 광주에서 살게 됨. 3월 17일(음력 2월 26일) 누이 박봉자 출생.	・10월, 안중근, 이토 히로부미 사살. ・11월 29일, 비평가 늘인 김환태 출생.
1910년 (7세)	한글을 깨쳐 신소설을 읽고 산수를 배움.	・8월, 일제의 국권침탈(한일합방).
1911년 (8세)	4월 10일, 전남광주공립보통학교(현재 광주 서석초등학교) 입학.	・8월, '조선교육령' 반포, 초등교육기관 4년제, 중등교육기관 4년제(여학교 3년) 실시.

1912년 (9세)		·'토지조사사업' 시작
1913년 (10세)	아우 박남철 출생. 박남철은 일본 의과대학을 졸업하고 서울시립병원장으로 재직하다 한국전쟁 중인 50년에 납북됨.	
1914년 (11세)	광주공립보통학교 4학년, 해마다 개근상과 우등상을 받는 등 모범적인 학교생활.	·제1차 세계대전 발발
1915년 (12세)	3월 24일, 광주공립보통학교 졸업.	·5월 18일, 시인 미당 서정주 출생.
1916년 (13세)	4월, 경성(서울) 휘문의숙에 입학했다가 배재고등보통학교(현 배재중학교와 배재고등학교)로 전학. 학제 개편에 따라 배재학당이 배재고등보통학교로 설립인가 받음. 같은 반 급우 염형우, 장용하와 더불어 배재의 3인조로 알려짐. 같은 시기에 배재에 재학한 사람들로는 문학인 박영희, 김기진 그리고 조각가 김복진 등이 있음.	
1917년 (14세)	배재고보 2학년, 수학에 천재성 발휘.	·영랑 김윤식 휘문의숙에 입학.
1918년 (15세)	배재고보 3학년	·11월, 제1차 세계대전 종결.
1919년 (16세)	모친 고광의 병환과 3.1만세운동의 발발로 학업을 중단. 겨울, 15세 된 장성 출신의 울산 김씨 김회숙(金會淑)과 결혼.	·1월 22일, 고종 황제 승하. ·2월 1일, 『창조』창간. ·3월 1일, 3.1만세운동. ·4월, 상해에서 대한민국임시정부 수립.
1920년 (17세)	7월까지 배재고보에 재학하다 학업을 중단. 겨울, 일본 동경으로 건너가 청산학원 편입학시험준비를 함.	·3월 5일, 『조선일보』창간. ·4월 1일, 『동아일보』창간. ·7월 25일, 『폐허』창간.
1921년 (18세)	4월, 동경 청산학원 중학부 4학년에 편입학. 기숙사 생활을 하면서 모범적인 학교생활 영위. 청산학원 중학부 5학년에 재학 중이던 영랑 김윤식을 만나 친교 맺음.	·5월 24일, 『장미촌』창간.

1922년 (19세)	청산학원 중학부 5학년, 기숙사를 퇴사하여 친우 장용하와 자취생활을 함.	・1월 9일, 『백조』 창간. ・4월, 영랑 김윤식 청산학원 고등부영문과에 입학. ・2월, '조선교육령' 개정(2차)으로 보통학교 6년, 고등보통학교 5년(여학교 4년)으로 학제변경.
1923년 (20세)	3월, 청산학원 중학부 졸업. 4월, 동경외국어학교(현 동경외국어대학) 본과 독어부에 입학. 제1학기를 마치고 귀국 후, 관동대진재로 인해 학업 중단. 누이 박봉자 가정교사를 초빙하여 설립한 가정학교에서 수학. 9월 10일, 연희전문학교 문과 1학년 2학기 전학. 최봉칙, 염형우 등과 함께 수학하면서 위당 정인보, 일성 이관용 등의 지도를 받음. 수주 변영로, 윤심덕 등과 친분을 맺음.	・5월 1일, 방정환, '어린이날' 제정. ・9월 1일, 관동대진재 발발. ・9월, 동인지 성격을 탈피한 최초의 문예지 『조선문단』 창간.
1924년 (21세)	5월, 최초의 창작희곡 〈해피나라〉를 연희전문학교 교지 『연희』에 발표. 9월 19일, 연희전문학교 휴학 첫 금강산 여행.	
1925년 (22세)	4월 10일, 박봉자 배화여자고등보통학교 입학. 서울 냉동에서 여름까지 머물며 홀로 학문에 정진.	・8월 23일, '조선 프롤레타리아 예술가동맹-약칭 카프(KAPF)-' 결성.
1926년 (23세)	주로 고향 소촌리에 머물면서 문학수업을 함. 창작희곡 〈말 안하는 시악시〉가 연희전문 학생극 대본으로 선정되어 공연됨.	・6월 10일, 6.10 만세운동 ・10월, 동경에서 '해외문학연구회' 결성. ・11월, 『중외일보』 창간.
1927년 (24세)	3월 15일, 1년 6개월여 향리생활을 접고 상경. 6월 7일, 위병 악화로 세브란스병원에 5일간 입원하여 치료를 받다. 11일 퇴원. 6월 24일, 함경남도 안변군 삼방약수터로 요양여행을 떠남. 23일간 요양하는 중, 화가 이당 김은호를 만남. 원산 등지를 여행하면서 건강 회복에 힘씀. 8월 19일 상경. 10월 1일, 영랑 김윤식과 금강산 여행을 떠남. 9일 갑작스런 위병 악화로 상경.	・1월 1일, '해외문학연구회'의 기관지인 『해외문학』 창간. ・2월, 좌우익 세력이 합작하여 결성된 민족 단일전선 '신간회' 조직. ・11월 15일, 카프 기관지 『예술운동』 창간.

1927년 (24세)	10월 11일, 평동에 거처를 정하고 영랑과 함께 연말까지 지냄.	
1928년 (25세)	2월, 영랑과 함께 시잡지의 출판에 대한 결정적인 의논. 9월, 배화 학생극 대본으로 창작 희곡 〈석양〉을 써서 공연.	·10월 1일, 기독교잡지 『신생』(편집 겸 발행인 김조, 유형기) 창간.
1929년 (26세)	3월 22일, 박봉자 배화여고보 졸업. 4월, 박봉자 이화여자전문학교 문과 입학. 고향 소촌리에 머물면서 시작(詩作) 및 영시·독일시 번역에 전념. 용아 박용철의 대표작 〈떠나가는 배〉, 〈이대로 가라 마는〉, 〈밤기차에 그대를 보내고〉, 〈싸늘한 이마〉 등이 이 시기에 쓰임. 9월, 박봉자의 학교선배인 임정희와 서신을 주고 받으면서 애정을 가꾸어 냄. 10월 22일, 시전문잡지 발간을 구체화하기 위하여 상경. 10월 25일, 정지용과 처음 만남. 12월 10일, 위당 정인보, 수주 변영로 등과 만나 시잡지 발간에 대해 논의하였으나 시잡지의 제목을 『시문학』으로 명명하였을 뿐 잡지 창간의 뜻을 이루지 못하고 하향.	·2월 1일, 최승희 제1회 무용발표회(경성공회당). ·5월 1일, 양주동 등 『문예공론』 창간. ·6월 12일, 월간잡지 『삼천리』 창간. ·10월 24일, 뉴욕 월가의 주가폭락으로 인한 세계 경제 대공황 시작. ·11월 3일, 광주학생운동 발생.
1930년 (27세)	3월, 옥천동 자택에 출판사 '시문학사' 설립. 3월 5일, 시문학동인 김영랑, 정지용, 이하윤, 정인보, 변영로 등과 함께 『시문학(詩文學)』 창간호 발간하다. 편집과 재정은 박용철이 맡음. 창작시 5편 〈떠나가는 배〉, 〈이대로 가라만은〉, 〈싸늘한 이마〉, 〈비나리는 날〉, 〈밤기차에 그대를 보내고〉와 독일 역시(譯詩) 2편 쉴레르 작 〈헥토르의 이별〉, 괴테 작 〈미논의 노래〉, '편집후기'가 창간호에 실림. 5월 20일, 『시문학(詩文學)』 제2호 발간. 창작시 4편 〈시집가는 시악시의 말〉, 〈우리의 젓어머니〉, 〈한조각 하날〉, 〈사랑하든 말〉과 하이네 작의 독일 역시(譯詩) 10편 〈내눈물에서는〉, 〈다수한 봄밤〉, 〈나를 사랑하는 줄이야〉, 〈남의 나라에서〉, 〈이러나며 뭇는 말〉, 〈뺨에 뺨을 대여라〉, 〈한마듸 말슴에다〉, 〈노래의 날개에 너를 실고〉, 〈아름다운 고기잡이 아가씨〉, 〈솔나무는 외로이 서서〉, '편집후기'가 제2호에 실림.	7월, 독일 나치가 총선거에서 크게 늘임.

1930년 (27세)	9월, 배재고보 동창이자 막역의 친우였던 염형우 별세. 가을, 견지동으로 이사하여 자택을 출판사 '시문학사' 사무실로 병용. 『시문학(詩文學)』제3호를 발간하려 하였으나 원고 부족 등 여러 가지 사정으로 발간이 늦춰짐.	
1931년 (28세)	2월, 숙부상(叔父喪)을 당하여 소촌리로 내려가 부인 김씨와 실질적으로 이혼. 가을, 이하윤과 종합문예지 발간 계획을 세움. 10월 10일, 『시문학(詩文學)』제3호 발간. 창작시 1편〈仙女의 노래〉, 창작시조 6수〈哀詞 中에서〉와 하이네 작의 독일 역시(譯詩) 10편〈원망도 안는다〉, 〈아름다운 세상〉, 〈사랑을 보낸 다음에는〉, 〈아름다운 희망은〉, 〈저의 들은〉, 〈숲가운대로〉, 〈서투른 길에〉, 〈오월이〉, 〈너를 사랑함으로〉, 〈내 안해 되는 날에는〉등이 실리고 '시인의 말'과 '편집후기'를 씀. 11월 1일, 이하윤과 함께 종합문예월간지 『문예월간(文藝月刊)』창간호 발행. 출판사명을 '시문학사'에서 '문예월간사'로 바꿈. 집필진으로 '해외문학파'인 김진섭, 장기제, 이헌구, 함대훈 등이 참여. 『문예월간』을 통해 박용철의 문학세계가 시론(詩論) 및 평론, 번역소설 등으로 확장되기 시작. 창작시 2편〈고향〉, 〈어듸로〉와 시조 6수, 평론〈효과주의적 비평논강〉발표. 12월 1일, 『문예월간』제2호 발간. 평론 1편〈문예시평〉과 역시(譯詩) 4편 언터매이어(미국)의〈석회갱부(石灰坑夫)〉와〈의심〉, 브릿지스(영국)의〈나이팅게일〉, S.부르크(영국)의〈지구(地球)와 사람〉발표. 12월 7일, 『중앙일보』에 평론〈신미시단의 회고와 비판〉발표.	·6월, 제1차 카프 검거 - 박영희, 김기진, 임화, 김남천 등 조선프롤레타리아예술동맹원 70여 명 종로경찰서에 검거됨 ·7월 8일, '극예술연구회' 결성. 이 때에 박용철은 참가하기 전임. ·10월 14일, 『중외일보』, 『중앙일보』로 개칭. ·12월 10일, '조선어학연구회'를 '조선어학회'로 개칭, 기관지 『한글』창간.
1932년 (29세)	1월 1일, 『문예월간』제3호 신년호를 발간. 단평〈문예계에 대한 신년희망 — 소설계에〉와 시조 5수 발표. 1월 12일, 『동아일보』에 평문〈쎈티멘탈리즘도 가 — 32년 문단전망〉게재. 3월 1일, 『문예월간』제4호 괴테특집호 발간. 괴테의 시 8편〈거친들의 장미〉, 〈이별〉, 〈멀리 간 이에게〉, 〈냇가에서〉, 〈해금타는 늘근이의 노래〉, 〈미뇬의 노래〉, 〈목양자(牧羊者)〉와 소설〈베르테르의 서	·1월, 이봉창, 일본왕 암살기도 이중교 폭탄 투척. ·4월, 윤봉길, 일본 전승기념식 폭탄 투척 사건. ·5월, 문예월간지 『동방평론』창간.

1932년 (29세)	름〉을 번역하여 싣고, '괴테연표'를 편집하여 싣다. 4호를 끝으로 『문예월간』 종간. 3월, 적선동으로 이사. 3월 22일, 『동아일보』에 역시(譯詩) 〈애수(哀愁)〉 발표. 5월, 『동방평론』(5월 호)에 역시(譯詩) 〈이름없는 애국자의 무덤 (토마스 무어 작)〉 발표. 5월 20일, 임정희와 결혼. 6월 30일 ~7월 5일 『동아일보』에 연극평론 〈실험무대 제2회 시연초일을 보고〉 발표. 7월, 『신생』 7월 호에 역시 〈밤 (파아젠 작)〉, 〈근심 (하우스맨 작)〉 발표. 7월, 장티푸스로 입원. 박용철의 건강이 나빠지기 시작. 8월 10일, 아들 종달(鍾達) 출생. 10월, 『신생』 10월 호에 〈노래(메레이드작)〉 발표. 12월 4일, '극예술연구회'가 동인제에서 회원제로 조직이 개편되자 회원으로 정식 입회하여 기획부 간사를 맡음.	
1933년 (30세)	2월 4일, 극예술연구회 제3회 공연 극본해설〈「우정」에 대하야〉를 『조선일보』에 게재. 6월 11일, 『동아일보』에 역시(譯詩)〈오 나라 (디스데일 작)〉가 실림. 6월, 제4회 공연(27일-28일)의 상연대본 버나드 쇼의 〈무기와 인간〉을 장기제, 김광섭과 공동번역. 9월, 이헌구와 동경 여행을 계획하였으나 결행하지 못함. 새로운 문학잡지 발간 계획을 세움. 9월 15일, 『동아일보』에 역시(譯詩) 〈애국심 (마독스 휴퍼 작)〉이 실림. 11월, 『중앙』 11월 호에 〈전쟁시 2편(깁슨 작)〉이 실림. 11월, 극예술연구회 제5회 공연대본 피란델로 작 〈바보〉와 세익스피어 작 〈베니스 상인〉법정장면을 번역, 유치진의 〈버드나무선 동리의 풍경〉과 세익스피어의 〈베니스 상인〉법정장면에서 단역으로 출연.(11월 28일 ~30일 공연) 11월 25일 ~26일, 『동아일보』에 〈'피란델로' 작 「바보」에 대하야〉게재. 12월, 『문학』 창간호 편집 완료.	·1월, 동아일보사, 여성잡지 『신가정』 창간. ·8월, 이효석, 정지용, 이무영, 이태준, 김기림 등 9명 문인단체 '구인회' 조직. ·10월 29일, '조선어학회', 〈한글 맞춤법 통일안〉 공표. ·11월, 조선중앙일보사, 『중앙』 창간.
1934년 (31세)	1월 1일, 『문학』 창간호를 발간. 박용철이 편집, 발행, 재정 등을 담당. 역시(譯詩) 2편 〈꿈나라 장미의 노래(브라이언 후커)〉, 〈저녁 노래(시드니 라늬어)〉와	·4월 18일, '극예술연구회' 기관지 겸 동인지 『극예술』 창간.

| 1934년
(31세) | 번역시론 〈VERSCHIEDENE①(키에르케고르)〉를 싣고 '편집여언(編輯餘言)' 집필.
1월, 극예술연구회 기관지 『극예술』을 창간하기로 하고 박용철이 편집과 발행을 맡음.
2월 1일, 『문학』제2호 발간.
번역논문〈시의 명칭과 성질(하우스만)〉, 번역시론 〈VERSCHIEDENE②(키에르케고르)〉를 싣고 '편집여언(編輯餘言)' 집필.
2월, 『신가정』 2월호에 〈여류시단(女流詩壇) 총평(總評)〉기고.
봄부터 건강에 이상이 생기기 시작. 3월, 『문학』제3호와 『극예술』창간호의 편집을 이헌구에게 맡기고, 극예술연구회 제6회 공연대본인 〈인형(人形)의 가(家)〉를 번역하기 위해 귀향. 거의 병석에 누워 번역 완료.
4월 1일, 『문학』제3호 발간. 번역소설 1편 〈거울(릴리안 리온)〉이 실리고 '후기(後記)'를 씀. 이것으로 『문학』 종간.
4월, 상경하여 후두결핵의 악화로 경성제국대학병원에 입원, 중태 진단을 받고 1개월 동안 치료받음.
4월 18일, 극연 제6회 공연과 동시에 『극예술』창간호가 발행되어 무료로 배포됨.
8월, 차남 종일(鍾逸) 출생.
가을, 건강이 서서히 회복되기 시작.
12월 7일, 극예술연구회 제7회 공연 때 『극예술』제2호 발행. 이 시기에 창작 희곡 〈말 안 하는 시악시〉, 〈사랑의 기적〉을 쓴 것으로 추측됨. | · 5월, 제2차 카프 검거, 이기영, 백철, 박영희 등 조선프롤레타리아예술동맹원 80명 검거됨. |
| 1935년
(32세) | 2월, 『시원』 2월호에 창작시 단편 발표.
3월 1일, 『동아일보』에 수필 〈봄을 기다리는 맘 : 너를 어찌 참아〉발표.
봄, 정지용, 영랑 김윤식과 함께 폐병으로 병석에 있던 임화에게 병문안을 갔다가 돌아오는 길에 시집발간에 합의하고, 지용과 영랑의 시집 발간 준비에 착수.
4월, 『시원』 4월호에 창작시 〈밤〉을 발표.
8월, 『시원』 8월호에 창작시 〈소악마(小惡魔)〉 발표. 『극예술』제3호 발행.
10월 27일, 『정지용시집』 발간.
11월, 『조광』11월호에 수필〈한거름 비켜서면〉발표.
11월 5일, 『영랑시집』 발간.
12월, 『시원』 12월호에 창작시 〈그 전날 밤〉발표. 이 | · 2월 10일, 시전문지 『시원』(편집 겸 발행인 오일도) 창간.

· 5월, 종합교양지 『사해공론』 창간. 이광수, 이태준, 박종화, 이기영, 윤기정, 한인택, 정비석, 채만식, 이효석, 염흥섭, 김문집, 안회남 등이 필진으로 활약.

· 5월 28일, '조선프롤레타리아예술가동맹(KAPF)' 해체
· 11월 1일, 월간 종합지 『조 |

1935년 (32세)	하윤의 역시집 『실향의 화원』간행. 12월 24일~28일, 『동아일보』에 평론 〈을해시단(乙亥 詩壇) 총평(總評)〉 발표.	광』 창간.
1936년 (33세)	1월, 『삼천리』1월호에 역시(譯詩) 〈꿈나라 장미의 노 래(브라이언 후커)〉발표. 3월 18일~19일, 『동아일보』에 평문〈'기교주의'설의 허망〉기고. 이를 계기로 김기림, 임화와 '기교주의' 논쟁을 함. 3월 21일~25일, 『동아일보』에 평문 〈기술의 문제〉(상 중하) 발표. 4월, 『조광』4월호에 〈백석시집 「사슴」평(評)〉발표. 4월, 『여성』4월호에 〈여걸사제(女傑四題)〉 발표. 5월 12일, 『영랑시집』 출판기념회 개최. 5월 29일, 극예술연구회 제11회 공연 때 『극예술』제4 호 발행. 7월, 3남 종률(鍾律) 출생. 9월, 박봉자, 평론가 김환태와 결혼. 9월 29일, 극예술연구회 제12회 공연 때 『극예술』제5 호 발행. 가을, 사직동으로 이사. 겨울, 정지용과 함께 문학지 간행을 계획함. 정지용, 이헌구, 구본웅(인쇄발행 책임) 등을 간행동인으로 하 여 문예지 『청색지(靑色紙)』 발간 계획을 세움.	·3월 13일, 정지용 등이 '구인회' 동인지 『시와 소 설』 발간. ·4월 1일, 조선일보사, 여성 종합지 『여성』창간. 제용 묵·윤석중·노천명 등이 편집을 맡음.
1937년 (34세)	1월, 『청색지(靑色紙)』발간취지서를 문인들에게 발송 하였으나 무산됨. 3월, 셋째아우 만철의 입학시험 응시를 기회로 한 달 정도 경도(교토)와 동경을 여행함. 8월, 강원도 통천군 송전해수욕장을 여행함. 가을, 정지용과 함께 금강산을 여행함. 초겨울부터 건강이 다시 악화되기 시작. 12월 21일~23일, 『동아일보』에 평론 〈정축년회고(丁 丑年回顧) : 시단(詩壇)〉 발표.	·7월, 중·일전쟁 발발(~45 년까지).
1938년 (35세)	1월, 『삼천리문학』1월호에 평론 〈시적변용에 대해 서〉발표. 1월, 부친의 병환 때문에 하향하였다가 하순 경, 병세 가 위중하여 급상경. 2월, 세브란스 병원에 입원하였으나 의사소통이 불가 능할 정도로 병이 악화됨. 3월, 성모병원으로 옮겨 치료 계속함.	·1월 1일, 삼천리사, 격월간 문예지『삼천리문학』(편집 겸 발행인 김동환) 창간. ·3월, '조선교육령' 3차 개 정. ·6월 3일, 『청색지』(편집 겸 발행인 구본웅) 창간.

1938년 (35세)	4월, 『삼천리문학』 4월호에 창작시 〈만폭동(萬瀑洞)〉 발표. 5월 12일, 오후 5시, 서울 사직동 자택에서 후두결핵으로 타계. 5월 15일, 사직동 자택에서 영결식을 마친 후, 전남 광산군 송정면 우산리 산3번지(현 광주광역시 광산구 우산동 산3번지)에 안장됨.	· 12월 1일, 극예술연구회의 단체명이 극단 극연좌(劇團 劇研座)로 바뀌면서 신문 형식의 『극예술』제6집(편집 및 발행인 서항석)이 속간되었으나 6호를 끝으로 종간.
1939년	5월 5일, 『박용철전집』제1권 시집(시문학사) 간행. 영랑 김윤식, 정지용, 이헌구, 함대훈, 김광섭 등이 편집에 참여하고 미망인 임정희가 발행.	
1940년	5월 20일, 『박용철전집』제2권 평론집(시문학사) 간행.	
1963년	『朴龍喆全集』제1·2권의 영인본을 출판사 '현대사'에서 간행.	
1968년	12월 31일, 『박용철시집』(현대문학사) 간행. 시인 민영, 박용철의 처남 임영무 등이 전집에 실린 시들 중에서 1차 선정한 후 미당 서정주가 재선하여 임정희가 발행.	
1970년	8월, '영랑·용철 시비건립위원회'가 『영랑·용아시선』(세운문화사)을 간행. 12월, '영랑·용철 시비건립위원회'가 주관하여 전남 광주시 광주공원 시인동산에 용아 박용철, 영랑 김윤식의 시비를 건립.	
1975년	'문학사상사 자료조사연구실'에서 『朴龍喆詩集』(상·중·하)를 발행.	
1985년	11월 15일, 광주광역시 광산구청에 의해서 광산구내에 있는 송정공원에 박용철시비가 건립됨.	
1986년	2월 7일, 용아의 생가(광주광역시 광산구 소촌동 363번지)를 광주광역시 기념물 제13호로 지정.	
1991년	11월 15일, 시집 『떠나가는 배』(한국대표시인100인선집 12)가 '(주)미래사'에서 발행됨. 정한모, 권두환, 최동호, 권영민 등이 편집.	
1992년	광주광역시 광산구 광산문화원에 의해서 '제1회 박용철 추모 글짓기대회'가 개최됨. 해마다 개최되어 2002년 현재 제10회에 이름.	
1995년	광주광역시 광산구청이 문화재 복원 사업의 일환으로, 1970년대에 시멘트 기와와 슬레이트 등으로 개량되었던 박용철 생가의 지붕을 초가지붕으로 복원하여 관리.	
1996년	6월, 한국문인협회가 SBS문화재단의 후원으로, 박용철의 생가를 한국현대문학표징 제11호로 지정하여 생가의 뜰에 표징물을 세움.	

2001년	2월, 광주광역시 광산문화원에서 용아일대기 편찬사업을 추진하기 위하여 '용아 일대기 편찬 추진위원회'를 구성. 위원장 류복현 광산문화원 원장, 집필위원 김용직, 김효중, 유민영, 유승우, 이향아 교수, 자문위원 박종달(박용철의 장남), 임영무 교수(박용철의 처남), 간사 고지나 광산문화원 편집실장 9월, 용아 생가의 원형보존과 복원 사업의 일환으로 기와를 얹은 흙담을 설치하다. (광산구청, 광산문화원) 10월 20일, 은관문화훈장 추서(대통령) 11월 28일, 박용철의 고향인 광주광역시 광산구에서는 박용철의 은관문화훈장 수상을 기념하여 광산문화원 주최로 용아 박용철 문화훈장 수상 자축 행사가 열림.
2002년	9월 27일, '문학의 집·서울' 주최 〈박용철 시인의 밤〉행사. 12월 광산문화원에서 『용아 박용철의 예술과 삶』 발간.
2003년	4월 26일, 『용아 박용철의 예술과 삶』 집필위원들이 주축이 되어 유족들의 참여로「박용철기념사업회」(회장 차범석) 발족, 2004년 박용철 탄생 100주년 기념사업을 준비. 9월, 박용철 탄생 100주년 기념사업에 계간지『시로 여는 세상』공동주관자로 참여.
2004년	3월 1일, 계간지『시로 여는 세상』봄호에 〈박용철 탄생 100주년 기획특집〉이 실림. 3월 2일, 광주지역「용아 박용철 탄생 100주년 기념사업 추진위원회」 발족. 8월, 『박용철전집』1,2권과 『시문학』 등 문학잡지 4종 15점 복간 발행. 9월 13일-18일, 광주광역시의 후원과「용아 박용철 탄생 100주년 기념사업 추진위원회」주최로 광주에서 기념행사가 열림. 9월 22일, 서울에서「박용철기념사업회」주최, 계간지『시로 여는 세상』주관으로 용아 박용철 탄생 100주년 기념축제 '시와 노래로 불러보는 〈떠나가는 배〉의 시인' (한국일보 11층)이 열림. 12월, 일역 박용철시집 발간.

1. 박용철 작품집

단독 사화집

시문학사 편, 『박용철전집 제1권: 시집』, 동광당서점, 1939
시문학사 편, 『박용철전집 제2권: 평론집』, 동광당서점, 1940
현대사 편, 『박용철전집 제1, 2권』 영인본, 현대사, 1963
서정주 편, 『박용철 시집』, 현대문학사, 1968
문학사상사 자료조사연구실 편, 『박용철시집 상, 중, 하』, 문학사상사, 1975
미래사 편, 『박용철: 떠나가는 배』, 미래사, 1991
시로여는세상 편, 『박용철 시집: 나두야 가련다』, 시로여는세상, 2004
깊은샘 편, 『박용철전집 제1권: 시집』 복간주석본, 깊은샘, 2004
깊은샘 편, 『박용철전집 제2권: 평론집』 복간본, 깊은샘, 2004
한보리, 『박용철탄생 100주년기념 작곡집: 떠나가는 배』(박용철의 시 11편에 곡을 부침),
　　　　시하나 노래하나, 2004
이승순 편역, 『박용철시선』, 일어판, 화신사, 2004

공동 사화집

서정주 편, 『작고시인선』, 정음사, 1957
유치환 외 편, 『한국시인전집』1, 5, 7, 8, 10, 신구문화사, 1959
영랑 용아 시비건립위원회 편, 『영랑 용아 시선』, 세운문화사, 1970
김재현 편역, 『The Immortal Voice』(한국 현대시 63인선), 영어판, 〈떠나가는 배〉등
　　　　박용철의 시 7편을 번역하여 수록, 삼화출판사, 1974
문화공론사 편, 『한국시인전집』, 문화공론사, 1977
지식산업사 편, 『한국현대시문학대계』2, 6, 8, 12, 15, 16, 18, 24, 지식산업사, 1980

발행 문학지

박용철 편, 『시문학』 제1호, 제2호, 제3호, 시문학사, 1930-1931
박용철 편, 『문예월간』 제1호, 제2호, 제3호, 제4호, 문예월간사, 1931-1932
박용철 편, 『문학』 제1호, 제2호, 제3호, 시문학사, 1933-1934
박용철 편, 『극예술』 제1호, 제2호, 제3호, 제4호, 제5호』, 시문학사, 1934-1936
깊은샘 편, 『박용철 발행 잡지총서: 시문학 제1, 2, 3호』, 복간본, 깊은샘, 2004
깊은샘 편, 『박용철 발행 잡지총서: 문예월간 제1, 2, 3, 4호』, 복간본, 깊은샘, 2004
깊은샘 편, 『박용철 발행 잡지총서: 문학 제1, 2, 3호』, 복간본, 깊은샘, 2004
깊은샘 편, 『박용철 발행 잡지총서: 극예술 제1, 2, 4, 5호』, 복간본, 깊은샘, 2004

2。 평론, 연구, 기타

김철우, 〈해외문학파의 정체와 임무〉『조선지광』100호, 1930.10.

김광섭, 〈박용철의 인간과 문학〉『조광』, 1936

김광섭, 〈고 박용철 애사 우애와 시와 그 업적〉『조광』4권 7호, 1938

김영랑, 〈박용철전집 제1권 후기〉『박용철전집 제1권』, 동광당서점, 1939

임정희, 〈박용철전집 제1권 간행사,『박용철전집 제1권』, 동광당서점, 1939

이헌구, 〈고 박용철 전집 제1권 시가편을 읽고〉『조선일보』, 1939. 8. 21.

김광섭, 〈북 레뷰 - 고 박용철 전집 제1권 시가편〉『순문예』, 1939

김영랑, 〈요절한 그의 면영 - 인간 박용철〉『조광』5권 12호, 1939

김광섭, 〈용아형의 비평〉『박용철전집 제2권』, 동광당서점, 1940

함대훈, 〈인간 박용철의 추억〉『박용철전집 제2권』, 동광당서점, 1940

이헌구, 〈용아형의 시와 수필의 세계〉『박용철전집 제2권』, 동광당서점, 1940

박하준, 〈저자약력 1〉『박용철전집 제2권』, 동광당서점, 1940

장룡하, 〈저자약력 2〉『박용철전집 제2권』, 1940

김영랑, 〈저자약력 보유〉『박용철전집 제2권』, 동광당서점, 1940

김진섭, 〈고 박용철전집 제2권 평론집〉『동아일보』1940.6.23.

이양하, 〈고 박용철씨 유저 평론집〉『조선일보』1940.6.29.

김광섭, 〈박용철의 인간성과 예술〉『조광』58호, 1940.8.

김영랑, 〈고인신정 문학이 부업이라던 박용철 형〉『민성』10월호, 1946

김영랑, 〈박용철과 나〉『자유문학』, 1958.6.

채수연, 〈용아 박용철의 시와 시론〉『이화여대 국어국문학연구』, 1961

이하윤, 〈박용철의 면모〉『현대문학』12호, 1962

정태용, 〈박용철〉『현대문학』145호, 1967.1.

김윤식, 〈박용철론 상〉『현대시학』8호, 1969.11.

김윤식, 〈박용철론 하〉『현대시학』9호, 1969.12.

김윤식, 〈용아 박용철 연구〉『학술원논문집』9집, 1970.6.

양왕용, 『1930년대 한국시의 연구』, 『어문학』24집, 1972

최원규, 〈박용철의 시세계〉『현대시학』4권 7호, 1972

김용성, 『한국현대문학사탐방』, 국민서관, 1973

김윤식, 『박용철, 이헌구 연구』, 범문사, 1973

김용직, 〈시문학파 연구〉『한국현대시연구』, 일지사, 1974

김윤식, 〈무명화와 순수의 논리, 박용철의 경우〉『한국근대문학사상』, 서문당, 1974

정태용, 『한국현대시인연구 기타』, 어문각, 1976

김시태, 〈박용철론 순수의 배경〉『시문학』59호, 1976.6.

이기서, 〈변용과 순수의 미학 박용철론〉『시문학』66호, 1977.1.

김학동, 〈박용철전집의 문제성〉『한국문학』42호, 1977.4.

김학동, 〈용아 박용철론〉『국어국문학논총』, 탑출판사, 1977

김학동, 〈용아 박용철론〉『한국현대시인연구』, 민음사, 1977

한계전, 〈박용철에 있어서 하우스만 시론의 수용〉『관악어문연구』2집, 1977

정봉래, 〈용아 박용철론〉『변용의 시학』, 전남공론사, 1977

박제천, 〈박용철 떠나가는 배〉『박용철의 시세계』, 문화공론사, 1977

김종철, 〈시와 역사적 상상〉『30년대 시인들』, 문학과 지성사, 1978
김학동, 〈하이네 이입과 그 영향〉『비교문학론』, 서강대 인문과학연구소, 1980
이어령, 『한국작가전기연구』, 동화출판공사, 1980
경 철, 〈시인의 고향순례 박용철 편〉『죽순문학』15호, 1980
김명인, 〈순수시론의 환상과 구현 박용철의 시적 변용〉『어문론집』22집, 1981
시라가와 유다까, 〈김소운의 일역시에 대하여〉『동국대 대학원 연구논문집』12, 1982
김진경, 〈박용철 비평의 해석학적 과제 효과주의적 비평논강을 중심으로〉『선청어문』13
        집, 1982
김효중, 〈박용철의 번역시론 - A. E. 하우스만의 시론을 중심으로〉『어문학』43호, 『어문학』
        43호, 1983
김효중, 〈박용철의 역시고〉『효성여대 국문학연구 7집, 1983
김효중, 〈용아 시에 나타난 자연관〉『한국문학연구』(최정석박사 회갑기념논총), 효성여대출
        판부, 1983
김효중, 〈용아 박용철 시의 여성적 이미지 고찰〉『효성여대 성문제연구』12집, 1983
김효중, 〈용아의 괴테시 번역에 관한 고찰〉『영남어문학』11집, 1984
김효중, 〈박용철의 릴케시 번역〉『효성여대 국문학연구』8집, 1984
한영옥, 〈용아 박용철의 시 연구〉『성신여대 연구논문집』22집, 1985
유태수, 〈박용철의 문학의식과 그의 시〉『심상』139호, 1985
김효중, 〈번역 텍스트 선정과 번역 지도의 문제 - 박용철론〉『한민족어문학』13, 1986
김용직, 〈높고 깊은 차원의 모색 박용철론〉『문학사상』171호, 1987.1.
김용직, 〈뜻있는 시도 박용철의 시론〉『문학사상』173호, 1987.3.
최원규, 〈박용철의 시에 대하여〉『한남어문학』13집, 1987.6.
김효중, 『박용철의 하이네 시 번역과 수용에 관한 연구』, 정음사, 1987
김효중, 〈박용철 시에 미친 하이네의 영향에 관한 연구: 이미지의 차용을 주로 하여〉『대구
        가톨릭대 연구논문집』34집, 1987
장무익, 〈1930년대 전기의 시 - 시문학파를 중심으로〉『공사논문집』24집, 1988
정상균, 〈김윤식, 박용철론〉『문학한글』3호, 1989
정봉래, 〈용아 박용철의 변용의 시학〉『문예운동』40권 40호, 1989
김경복, 〈박용철 시의 공간의식 연구〉『한국문학논총』11집, 1990
김봉군, 〈시문학파와 김현구의 시〉『성심어문논집』, 1990
김명인, 〈밀실과 절망의 순수의식〉『박용철: 떠나가는 배』, 미래사, 1991
정효구, 〈1930년대 순수서정시 운동의 시대적 의미〉『한국현대시의 쟁점』, 시와시학사, 1991
진창영, 〈시문학파의 유파적 의미 고찰 - 박용철을 중심으로〉『동아어문논집』2집, 1992
유승우, 『시문학파 연구』, 민족문화사, 1992
구명숙, 〈박용철의 서정시 운동 - 하이네 역시를 중심으로〉『시문학』254, 1992
양혜경, 〈박용철 시론의 전통지향성 연구〉『동아어문논집』3집, 1993
이기철, 〈1930년대 전반기 시론의 주류 - 박용철, 김기림, 김환태의 시론〉『영남대 국어국문
        학연구』21, 1993
허창성, 〈박용철의 떠나가는 배, 유치환의 바위〉『시와 시학』10호, 1993
진창영, 〈시문학파의 문학적 성향 고찰〉『동아대 국어국문학논문집』, 1994
신명경, 〈박용철 시론의 낭만주의적 성격〉『동남어문논집』4집, 1994
김학동, 『현대시인연구 II 시와 산문 - 서지 및 연보』, 새문사, 1995
유윤식, 〈용아 박용철론〉『인천대 인천어문학』11집, 1995

김동근, 〈박용철 시론의 변용적 의미〉『한국언어문학』 34호, 1995

김용직, 〈박용철론〉『한국현대시사 1, 2』, 한국문연, 1996

유윤식, 〈시문학파의 문학적 방향과 시적 특질 고찰〉『인천대 인천어문학』 12집, 1996

고형진, 〈순수시론의 본질과 전개과정 박용철과 조지훈의 순수시론을 중심으로〉『현대시』 7, 1996

김효중, 『한국현대시연구』, 대구효성가톨릭대학교출판부, 1997

김선태, 〈시문학파의 형성 연구 - 김현구의 위상을 중심으로〉『목포대 목포어문학』 1, 1998

이명찬, 〈시의 언어에 대한 새로운 자각〉『한국 근대 시론사』, 문학과지성사, 1998

이향아, 『한국 시, 한국 시인』, 학문사, 1998

안한상, 〈박용철의 순수시론고〉『명지대 인문과학연구논총』 19집, 1999

이미경, 〈1930년대 기교주의 논쟁의 전개양상과 그 의미〉『어문학』 67, 1999

염 철, 〈박용철론 비극적 세계 인식과 서정시의 고독한 길〉『1930년대 문학과 근대체험』, 이회문화사, 1999

채만묵, 『1930년대 한국 시문학 연구』, 한국문학사, 2000

이명찬, 〈박용철 시론의 의미〉 문학과 비평 연구회 편『1930년대 한국시의 근대성』, 소명출판, 2000

손광은, 〈박용철 시론 연구〉『전남대 용봉논집』 29집, 2000

허형만, 〈박용철 시론 연구〉『한국현대시인 특성론』, 국학자료원, 2000

한계전, 〈박용철의 떠나가는 배 덩어리의 시론과 심화〉신용협 편『현대 대표시 연구』, 새미, 2001

손광은, 〈박용철 시 연구〉『한국현대시인연구 상, 하』, 푸른사상사, 2001

허형만, 〈박용철 시 연구〉『한국현대시인연구 상, 하』, 푸른사상사, 2001

허형만, 〈박용철 시인의 공간의식 박용철론〉『우리 시대의 시인 연구』, 시와사람사, 2001

이향아, 〈시인 박용철 연구 박용철 시의 시간과 공간〉『용아 박용철의 예술과 삶』, 광산문화원, 2002

김용직, 〈순수와 반기교주의 박용철 비평의 양상〉『용아 박용철의 예술과 삶』, 광산문화원, 2002

김효중, 〈번역가로서의 용아 박용철 하이네 시 번역과 수용을 중심으로〉『용아 박용철의 예술과 삶』, 광산문화원, 2002

유민영, 〈용아의 연극운동과 그 연극사적 의미〉『용아 박용철의 예술과 삶』, 광산문화원, 2002

유승우, 〈문예운동가로서의 박용철의 삶과 문학〉『용아 박용철의 예술과 삶』, 광산문화원, 2002

류복현 고지나, 〈박용철의 삶과 문학〉『용아 박용철의 예술과 삶』, 광산문화원, 2002

오형섭, 〈김수영 시론과 박용철 시론의 관련성 연구 - 한국 근대비평의 구조와 계보〉『어문연구』 39집, 2002

배경열, 〈박용철 시의 세계〉『문학춘추』 42호, 2003

경 철, 〈용아 박용철의 생애 단면〉『문학춘추』 42호, 2003

김병택, 〈박용철 시론 박용철 시론의 서구 시론 수용〉『한국 현대시인의 현실 인식』, 새미, 2003

윤동재, 〈박용철 시에 나타난 한시의 영향〉『한국 근대문학의 형성과 발전』, 보고사, 2004

김용직,〈최초로 공개되는 유고들 - 작은 거인의 큰 발자취〉박용철 탄생 100주년 기념특집
　　　『시로 여는 세상』9호, 2004.3.
문예원,〈박용철의 시세계 애상적인 정조와 의지에의 지향〉『시로 여는 세상』9호, 2004.3.
이승원,〈박용철의 시론과 비평〉『시로 여는 세상』9호, 2004.3.
김효중,〈박용철의 번역문학 정보재생의 정확성과 민족 언어의 조탁〉『시로 여는 세상』9호,
　　　2004.3.
유민영,〈박용철의 극문학〉『시로 여는 세상』10호, 2004.6.
유승우,〈문예운동가로서의 박용철〉『시로 여는 세상』10호, 2004.6.
박용철,〈석양〉(최초로 공개되는 미발표 희곡),『시로 여는 세상』10호, 2004.6.
김용직,〈박용철론 - 피와 살의 시, 또는 순수의 제단〉탄생 100주년 기념 특집『문학사상』
　　　385호, 2004.11.
유성호,〈박용철의 시 - 순수시 지향과 낭만적 우수 사이의 거리〉『문학사상』385호, 2004.11.
오형엽,〈박용철 시론의 구조와 계보 체험과 변용〉『문학사상』385호, 2004.11.
김효중,〈박용철의 해외시 번역〉『문학사상』385호, 2002.11.
김재혁,〈새로 발굴된 박용철의 원고 R. M. 릴케의 서정시 - 초벌 번역원고를 통해 본 박용
　　　철의 번역태도〉『문학사상』386호, 2004.12.
김용직,〈시인 박용철의 색다른 시극적 면모 발견 민족에 바탕을둔 순수〉『문학사상』390호,
　　　2005.4.

3。석·박사 학위논문

정양완,『박용철 연구』, 서울대 석사 논문, 1964
이기서,『용아 박용철 연구 - 시사적 위치를 중심으로』, 고려대 교육대학원 석사 논문, 1971
추방원,『용아 박용철의 시세계 고찰』, 조선대 석사 논문, 1982
서기남,『시문학파 연구 - 영랑, 용철, 지용을 중심으로』, 조선대 석사 논문, 1983
박영순,『박용철론』, 연세대 석사 논문, 1983
김효중,『박용철의 하이네 시 번역과 수용에 관한 연구 - 박용철의 창작시와 한국문단에 미
　　　친 영향을 주로 하여』, 영남대 박사 논문, 1986
유윤식,『시문학파 연구』, 한양대 박사 논문, 1988
유은선,『박용철 연구』, 전주우석대 석사 논문, 1990
김상윤,『박용철 시론』, 인천대 교육대학원 박사 논문, 1992
진창영,『시문학파 연구』, 동아대 박사 논문, 1994
김미경,『박용철 시 연구』, 동덕여대 석사 논문, 1995
오형엽,『1930년대 시론의 구조적 연구 - 김기림, 임화, 박용철을 중심으로』, 고려대 박사 논문,
　　　1999
정영미,『용아 박용철 론 - 순수시론을 중심으로』, 인천대 석사 논문, 2000
김창호,『박용철의 시와 시론의 상관성에 대한 연구』, 전남대 석사 논문, 2001
김형주,『시문학파 시 연구』, 대구가톨릭대 박사 논문, 2001
조영희,『박용철 시의 죽음의식 연구』, 이화여대 석사 논문, 2003
염　철,『김기림과 박용철 시론의 대비 연구 주체 인식양상을 중심으로』, 중앙대 박사 논문,
　　　2003

박용철기념사업회가 이 자료집의 출간을 주관하였다.
기념사업회는 2003년에 발족하여 박용철 선생에 관련
되는 저술, 출판, 행사 등을 위한 활동을 하고 있다.

회장 : 차범석, 부회장 : 김용직, 상임이사 : 임영무.

박용철 유필원고 자료집

2005년 4월 20일 인쇄
2005년 4월 30일 발행

저작권자　박　종　달
책임편집　김　용　직
펴　낸　이　박　현　숙
편　　집　예 인 아 트
인　　쇄　신화인쇄공사
제　　책　일 광 제 본

110-290 서울시 종로구 낙원동 58-1 종로오피스텔 606호
T.　02) 764-3018~9　F. 02) 764-3011

펴낸곳　도서출판　**깊 은 샘**

등록번호/제2-69. 등록년월일/1980년 2월 6일

ISBN　89-7416-150-8
ISBN　89-7416-150-8(전 3권)
※ 깊은샘은 E-mail : kpsm80@hanmail.net
에서 만나실 수 있습니다.
※ 잘못된 책은 교환해 드립니다.

값 **35,000원**

• 이 책은 대산문화재단의 지원으로 간행되었음.